Der scheinbar leichte Auftrag, eine Fabrikantentochter, die mit einem Arbeiter durchgebrannt ist, wieder zur Familie zurückzuführen, erweist sich als Pulverfass.

In Pécherots zweitem Band der Krimi-Trilogie aus dem Paris der Zwischenkriegszeit tritt wieder ein bemerkenswertes Personal auf: Neben Nestor Burma sind das ein Zauberkünstler, im Zivilstand Bestatter, ein glatzköpfiger, Rinderblut trinkender Schmuggler, eine Leiche ohne Kopf, die sich als Trotzkis ehemaliger Sekretär entpuppt und kein Geringerer als André Breton höchstpersönlich, der Waffen nach Spanien schmuggeln hilft.

In Frankreich sind die Tage der Volksfront gezählt. Das Land wird erschüttert durch Attentate der rechtsextremen Cagoule, deren versuchter Staatsstreich nur wenige Monate zuvor vereitelt wurde.

Die Lage in Europa wird immer angespannter. Hitler hat Österreich annektiert. Der Völkerbund schweigt, als Mussolini in Äthiopien einmarschiert. Auf der anderen Seite der Pyrenäen tobt der Spanische Bürgerkrieg.

Patrick Pécherot beherrscht die Kunst, Zeit und Figuren auferstehen zu lassen wie ein Panoptikum und sie in eine spannende Krimihandlung einzubetten.

Patrick Pécherot, 1953 in Courbevoie geboren, Journalist. 2002 erhielt er den »Grand Prix de Littérature Policière« für **Nebel am Montmartre,** den ersten Band einer Trilogie über das »populäre« Paris der zwanziger und dreißiger Jahre. Außer Krimis schreibt er Jugendbücher und Comics. Der dritte Band der Trilogie, **Boulevard der Irren**, erscheint 2012 bei Nautilus auf Deutsch.

www.pecherot.com

PATRICK PÉCHEROT

BELLEVILLE – BARCELONA

KRIMINALROMAN

AUS DEM FRANZÖSISCHEN
ÜBERSETZT VON CORNELIA WEND

EDITION NAUTILUS

Der Verlag dankt Heribert Becker für die Übersetzung der Gedichtzeile von Jacques Prévert, »Je te salue geai d'eau d'un noir de jais que je connus jadis«.
Die Übersetzungen der Zitate von André Breton sind folgenden Werken entnommen:
André Breton, »Die Manifeste des Surrealismus«, deutsch von Ruth Henry, Rowohlt-Verlag, Reinbek 1968.
André Breton, »L'Amour fou«, deutsch von Friedhelm Kemp, Suhrkamp-Verlag, Frankfurt/Main 1975.
André Breton, »Freie Liebe«, deutsch von Max Hölzer, in: Hans Magnus Enzensberger (Hg.), »Museum der modernen Poesie«, Suhrkamp-Verlag, Frankfurt 1980, Bd. 1.
André Breton, »Geben Sie alles auf«, in: ders., »Die verlorenen Schritte. Essays, Glossen, Manifeste«, deutsch von Holger Fock, Edition Tiamat, Berlin 1989.
Das Zitat von Albert Camus entstammt einem Brief an Wilebaldo Solano, einen Führer der POUM, abgedruckt in »La Batalla« Nr. 123 vom 25. Juli 1954, Übersetzung von Cornelia Wend.

Das Glossar auf den Seiten 219-224 erstellte Ronald Gutberlet.

Die Originalausgabe des vorliegenden Buches erschien unter dem Titel »Belleville–Barcelona« bei Éditions Gallimard, Paris 2003.

Edition Nautilus Verlag Lutz Schulenburg
Schützenstraße 49 a · D - 22761 Hamburg
www.edition-nautilus.de

Deutsche Erstausgabe März 2011
Umschlaggestaltung: Maja Bechert, Hamburg
www.majabechert.de
Autorenporträt Seite 2: Elise Grynbaum
Druck & Bindung: Friedrich Pustet, Regensburg
1. Auflage · ISBN 978-3-89401-735-4

Und nicht zu vergessen: verrostete Waffen.
Léo Ferré, Les Anarchistes

Paris, 1938, die Tage der Volksfront sind gezählt. Eine politische Krise löst die andere ab, eine Regierung folgt auf die nächste. Gruppen der extremen Rechten wollen die Republik stürzen. Das Land wird erschüttert durch Attentate einer dieser Gruppen, der Cagoule, deren versuchter Staatsstreich nur wenige Monate zuvor vereitelt wurde.

Die Lage in Europa wird immer angespannter. Hitler annektiert Österreich und hat es als Nächstes auf die Tschechoslowakei abgesehen. Die Völkergemeinschaft schweigt, als Mussolinis Italien in aller Ruhe in Äthiopien einmarschiert. Auf der anderen Seite der Pyrenäen tobt der spanische Bürgerkrieg. Die Front der untereinander zerstrittenen Republikaner, denen es an internationaler Unterstützung fehlt, wird von den Truppen General Francos durchbrochen.

In der UdSSR löst Stalin eine neue blutige Säuberungswelle aus. In Moskau sind die Schauprozesse in vollem Gange, die Jagd auf Oppositionelle kennt keine Grenzen mehr.

Es droht ein allgemeiner Flächenbrand. Um das zu vergessen, singt man *Tout va bien*, lacht über die Possen von Fernandel oder ist gefesselt von Eugène Weidmann, dem jungen Serienmörder, dessen Prozess in Versailles beginnt.

In Belleville, in den Räumen der Agentur Bohman – Ermittlungen, Nachforschungen, Observationen – langweilt sich ein Detektiv. Er weiß noch nicht, dass die Welt um ihn herum ins Taumeln geraten ist.

I

Die junge Frau war weiß im Gesicht wie ein Clown, aber niemandem war zum Lachen zumute. Außer der dicken Dame, die in der ersten Reihe vor sich hingluckste. Ein kurzes, abgehacktes Lachen, wie ein Hustenanfall. So ein heiseres Gekratze, mit dem man versucht, sich im Griff zu behalten, und das allen anderen auf die Nerven geht. Das war insofern ungünstig, als die Nerven aller bereits bis zum Zerreißen gespannt waren. Unter den Anwesenden sah ich zwei oder drei, die der Dicken gern eine geknallt hätten. Damit sie endlich Ruhe gab.

Die bleiche junge Frau tangierte das nicht, die konnte so leicht niemand mehr aus der Ruhe bringen. Sie lag dort, umgeben von vier Kerzen, den Kopf auf Blumen gebettet, steif wie eine Statue. Sie ruhte auf einem Brett, das auf zwei Böcken lag. Ihr Körper war mit einem Laken bedeckt, und angesichts der Formen, die sich darunter abzeichneten, war es ein echter Jammer, dass man der Schwester bei ihrer letzten Ruhe keine Gesellschaft leisten konnte.

Der Typ hatte sich auf leisen Sohlen genähert, mit Trauermiene, dem Anlass entsprechend. Eine echte Bestatterfresse. Sein schwarzes Gewand war ihm zu groß. Er setzte einen Fuß vor den anderen und bewegte dabei sein Cape auf und nieder. Dann zog er das Brett weg, das der Verstorbenen als Unterlage diente. Sie rührte sich nicht, blieb in der Horizontalen, lag steif auf den Böcken. Mit geübter Geste zog er nacheinander beide Böcke unter ihr weg. Die dicke Frau stieß einen Schrei aus. Die Tote schwebte im Nichts. Um uns das zu beweisen, legte der Knilch einen Reif um ihren Körper und ließ ihn daran entlanggleiten, vom Kopf bis zu den Füßen und zurück, ohne dabei auf den geringsten Widerstand zu stoßen. Dann verbeugte er sich, die Hände vor der Brust.

Ein Offiziant blies die Kerzen aus. Im Saal wurde es dunkel, und auch bei der dicken Dame gingen die Lichter aus. Als das Licht wieder aufflammte, war die Tote verschwunden.

»Unglaublich!«

Im halb leeren Theater klatschte mein Nachbar immer noch voller Begeisterung. Ich drehte mich zu ihm um: »›Eine Leiche fiel in Ohnmacht‹, hübscher Titel für einen Fantomas, oder?«

»Monsieur, etwas mehr Respekt, Sie reden über Swami!«

Er sah nicht so aus, als wäre er zum Scherzen aufgelegt. Eher wie einer dieser armen Irren, die dem erstbesten Fakir auf den Leim gehen. Ich überließ ihn seiner Verzückung und verdrückte mich. In der Eingangshalle hing ein gemaltes Plakat, das einen Kasernenhof zeigte. Darauf wurde angekündigt, dass die Pariser am 15. Mai 1938 ein Wiedersehen mit den spaßigen Landsern von Courteline feiern konnten. Zweiundfünfzig Jahre nach ihrem Entstehen stand die berühmte »Militär-Revue in drei Akten und neun Bildern« wieder auf dem Spielplan. Während in Europa schon wieder mit den Säbeln gerasselt wurde, lachte man in Frankreich über die »Gaités de l'escadron«.

Am Ende eines mit allerlei Requisiten vollgestellten Ganges entdeckte ich die Garderoben. Die erste war leer. An die zweite Tür war eine Visitenkarte gepinnt, derzufolge hier kein Geringerer als Professor Sri Aurobindo Bakor, großer Swami von Bombay, zu finden war.

»Hallo Corback!«, rief ich, als ich die Tür aufstieß.

Der Meister schminkte sich gerade ab. Eine Wange war schon sauber, die andere noch nicht. So ähnelte er einem Minz-Lakritzbonbon. Er musterte mich finster, seine Augen waren noch schwärzer als sein Bart. Er sah aus, als wollte er nach mir schnappen.

»Wer hat Ihnen erlaubt hereinzukommen?«, bellte er.

Plötzlich hellte sich sein Gesicht auf.

»Das gibt's doch nicht«, sagte er mit veränderter Stimme, »Pipette, du alte Pfeife! Nes…«

»Stopp! Nicht diesen Namen.«

»Oh, die Zeiten sind wohl vorbei!«

»Ich erkläre es dir…«

»Moment, ich schminke mich ab, und dann kippen wir uns einen hinter die Binde.«

Er klatschte sich eine dicke Schicht Creme ins Gesicht wie eine alte Schachtel das Make-up.

»Bist du nicht mehr bei Borniol?«, fragte ich und schnupperte an einer Dose mit Vaseline.

»Doch, damit bessere ich immer noch mein Gehalt auf. Als Sargträger verdient man sich ja schon keine goldene Nase, aber als Swami ist man wirklich arm dran.«

»Deine Requisiten können ja nicht so teuer sein.«

»Das?« Er deutete auf die Blumen und die Trauergehänge auf den Bügeln. »Nachts wird keiner beerdigt. Erzähl mir lieber was von dir. Immer noch Privatdetektiv?«

»Immer noch. Bei Bohman – Ermittlungen, Nachforschungen, Observationen.«

»Viel ist nicht gerade aus uns geworden.«

Er schnappte sich eine herumstehende Flasche, als die Tür aufging und eine Erscheinung den Raum betrat. Ihr Sari umspannte sie fester als eine Gussform die Bronzestatue. Die Tote war wieder unter den Lebenden.

»Ich habe dir schon mal gesagt, dass du bessere Laken nehmen musst. Du weißt genau, dass dieser Stoff meine Haut reizt«, maulte sie und enthüllte dabei den Ansatz ihrer Brüste. Sie klopfte sich eine Zigarette aus einem Päckchen, das zwischen einem Lidstrich-Fläschchen und schmutzigen Wattestücken lag.

»Ist doch wahr!«, sagte sie an mich gewandt. »Sehen Sie, ich habe lauter rote Flecken.«

»Das ist ja furchtbar«, sagte ich teilnahmsvoll, ihre Kippe unter meiner Nase. »Nicht mal vor der Schönheit hat Corback Respekt.«

Sie stieß eine Rauchwolke aus: »Ah! Siehst du. Dein Freund ist ganz meiner Meinung. Dabei kenne ich ihn nicht mal.«

Ich hatte das Gefühl, dass die Stimmung kippte: »Ich möchte nicht länger stören.«

Corbeau schien das zu begrüßen.

»Lucia ist nach der Trance immer nervös. Mach dir keinen Kopf, morgen geht es ihr schon wieder besser. Komm doch mal vorbei, dann können wir über alte Zeiten reden. Rue Curial 3. Merk's dir, ja?«

Ich verzog mich, während die Kleine nörgelte: »Ein Leichentuch aus Seide bringt dich auch nicht um.«

Im leeren Theater packten die Mädchen vom Einlass ihre Siebensachen. Draußen war die Nacht hereingebrochen, und die Bistros hatten sich gefüllt. Ich stopfte meine Pfeife, ging die Rue de Belleville hinunter und stieß dabei immer wieder Rauchwölkchen aus wie eine kleine Lokomotive.

Dieser Corbeau. Das war nun sicher zehn Jahre her. Schon als wir uns kennenlernten, malochte er im Bestattungswesen. Das war in Belgien. Dort hatte er eine Zaubernummer in einem Zirkus. Um die Reisekosten aufbringen zu können, hatte er die Versicherung beschwindelt. Ein vorgetäuschter Arbeitsunfall, eine erlogene Geschichte mit einem Nagel, der aus einem Sarg herausstand. Wer mit verwesenden Leichen zu tun hat, kann sich schon beim kleinsten Wehwehchen eine Infektion holen. Das wollte der Arzt nicht riskieren. Vierzehn Tage Krankschreibung waren immer noch günstiger als so eine verdammte Tetanus-Infektion. Mit dem Attest in der Tasche tauchte Corback in Gent auf. Lebœuf stellte ihn mir damals vor. Auch so ein Kumpel aus der guten alten Zeit. Wenn er nicht gerade Tresore knackte, mimte er auf der Bühne den Herkules. Eine Tätowierung auf seinem Bizeps stellte klar, dass er weder Gott noch Herrn gelten ließ. Corbeau teilte diese Philosophie, also hatten sie sich für ein paar Brüche zusammengetan. Für den guten Zweck. Für ihren. Für unseren.

In der Rue des Couronnes war meine Pfeife erloschen. Ich steckte sie in die Tasche und ging in die Passage Plantin. Die Gaslaternen waren runtergedreht, die Nacht war hier so schwarz, dass man die Hand nicht vor Augen sah. Ideal zum Tresore knacken, dachte ich, da ich gerade mit den Gedanken bei Leboeuf war. Der knackte jetzt vermutlich gerade etwas ganz anderes, nämlich Francos Panzer. Während die braven Bürger in ihren warmen Federbetten lagen, nahm er in Spanien die Panzer unter Beschuss. Ohne großes Tamtam darum zu machen. Weil manche Sachen es wert sind, dass man für sie seine Haut riskiert.

Apropos Haut riskieren: Da in der Ecke wurde sie offensichtlich gerade jemandem über die Ohren gezogen. Das hörte man. Da hatten sie einen in der Mangel. Dafür habe ich einen Riecher. Ich reckte die Nase in die Richtung, aus der das dumpfe Geräusch der Faustschläge kam.

Sie gingen zu viert auf einen los, der versuchte, die Schläge abzuwehren. Schwieriges Unterfangen, wenn man auf dem Pflaster liegt und die anderen nicht mit aufmunternden Sprüchen geizen: »Verdammter Kanake! Deine Goldzähne sollen dir im Hals stecken bleiben.« So was in der Richtung und noch Netteres.

»Bin schon da, Messieurs!«, rief ich. »Zu fünft schaffen wir den Lump bestimmt.«

Sie waren überrumpelt. Ehe sie reagieren konnten, hatte ich schon einen flachgelegt. Sein Zinken krachte unter meinem Faustschlag, und der Typ sackte wie ein Haufen alter Wäsche zusammen. Dann lief es nicht mehr so prächtig. Ich spürte, wie mich jemand von hinten packte. Mein Nacken krachte, und die kleine Straße färbte sich vor meinen Augen rot. Flüssiges Rot. Alles begann zu schwanken. Ich nahm nur noch Wortfetzen wahr. Und Geräusche. Eine Menge Geräusche. Schritte, Stimmen, Schläge. Das nahm kein Ende. Als ich auf den Knien war, kam ich mir vor wie ein Stier, der den Todesstoß erwartet. Stierkämpfe waren nie mein Fall gewesen. Da fiel ich lieber gleich in Ohnmacht.

II

Zwei Tage vorher war dieser Typ reingekommen, ohne anzuklopfen. Er hatte offensichtlich nicht gelernt, dass man wartet, bis man dazu aufgefordert wird. Ein schöner Mann. Der Ansatz zur Korpulenz unterstrich nur seinen sozialen Status. Graue Schläfen, feiner Schnurrbart. Sein dunkelroter Teint verriet möglicherweise eine gewisse Neigung zum Bluthochdruck, aber dieses kleine Problem war nicht der Anlass seines Besuches.

In seinem Alpaka-Anzug machte er den Eindruck eines Kolonialherrn auf Plantagenbesuch. Er zog seinen Panama-Hut ab, und da kein Diener zur Stelle war, der ihm den Hut abnahm, warf er ihn auf meinen Schreibtisch. Dann setzte er sich. Er streifte seine Handschuhe ab, für das ein armes Pekari sein Leben geopfert hatte, dann sagte er:

»Ich möchte, dass Sie meine Tochter wiederfinden.«

Aus seinem Mund hörte sich das merkwürdig an. So als spräche er von seinem Regenschirm. Ich konnte es mir nicht verkneifen, ihn im gleichen Ton zu fragen: »Haben Sie sie verlegt?«

Er bedachte mich mit einem mitleidigen Blick, so als hätte sich der Dorftrottel mal wieder eine Dummheit geleistet.

»Ich vermute, diese Art von Humor gehört zum guten Ton in Ihrer Branche, mein Anliegen eignet sich jedoch nicht für derlei Scherze.«

»Okay, dann versuchen wir es noch mal anders. Seit wann ist Ihr Kind verschwunden, Monsieur? Monsieur ...«

»Beaupréau. Louis Beaupréau. Aude verließ unser Heim vor acht Tagen.«

»Ist sie weggelaufen?«

»Legal hat sie das Recht dazu. Sie ist volljährig.«

»Seit wann?«

»Seit einer Woche.«

»Netter Geburtstag. Und Sie haben nicht daran gedacht, die Polizei zu benachrichtigen?«

»Es wäre wohl nicht sehr geschickt, diese Herren in eine ... Liebesaffäre hineinzuziehen.«

»Ah!«

»Aude hatte immer schon eine romantische Ader. Unter dem Einfluss dieser Bücher, für die die Jugend so schwärmt, begann sie, von Dachkammern, Fabrikschornsteinen und volkstümlichen Bällen zu träumen. Schließlich fraß sie einen Narren an einem Hilfsarbeiter. Der Junge ist kein Umgang für sie. Ich möchte, dass Sie ihr klarmachen, dass das nur Kindereien sind. Ich trage es ihr nicht nach. Ich bin da sehr offen ...«

»Wie ein Abteil erster Klasse.«

»Bitte?«

»Es soll nicht jeder einsteigen.«

»Verschonen Sie mich mit Ihren geistreichen Bemerkungen und sagen Sie mir lieber, was Sie verlangen. Ist das Mädchen in einer Woche wieder da, gebe ich Ihnen das doppelte Honorar.«

»Ich nehme Tariflohn. Das Doppelte davon kommt teuer für Sie.«

Er legte einen Packen Scheine auf den Schreibtisch. Einer von denen, die sich den sozialen Frieden kaufen.

»Der Auftrag ist so gut wie erledigt, Monsieur Beaupréau. Und wie sehen unsere Turteltäubchen aus?«

Mit herablassender Geste reichte er mir einen Umschlag. Ich entnahm ihm das Foto der jungen Dame. Das Porträt zeigte ein hübsches Puppengesicht. So, wie zu erwarten war. Ihr Blick verriet eine gewisse Zerbrechlichkeit. Nur ein Anflug, kaum wahrnehmbar, wie ein Haarriss in einer Vase.

Das zweite Foto stammte aus einer Zeitung. Darauf war eine Gruppe kräftiger Kerle zu sehen, sie lachten, unter den Blaumännern zeichneten sich ihre muskulösen Oberarme deutlich ab. Die vorne hatten sich hingehockt, wie Spieler eines Fußballteams für einen Schnappschuss. Die anderen standen dahinter, legten sich die Arme über die Schultern wie Waffenbrüder, die zusammen ein Abenteuer erleben.

Ein Akkordeon prangte auf dem Zementboden einer Werkshalle, man erkannte im Hintergrund Maschinen. Zwischen zwei Stahlträgern war ein aus einem alten Laken genähtes Transparent gespannt, das sich redlich mühte, aufgebläht zu wirken. Darauf wurde der Welt mitgeteilt, dass die Fabrik Bornibus bestreikt wurde.

Beaupréau deutete mit dem Kinn darauf: »Pietro Lema, der Zweite von links.«

Der Angebetete war ein gut aussehender Kerl. Der geborene jugendliche Held: um die dreißig, melancholischer Gesichtsausdruck, dunkle Haare und ebenso dunkle Augen. Der dazu gehörende schlanke Körper wirkte kräftig und strahlte zugleich eine gewisse Lässigkeit aus. So ein Typ muss sich nicht groß ins Zeug legen, um Eindruck zu schinden. Und als reichte das nicht, hatte er auch noch diesen leicht ordinären Touch, der jedes unbedarfte junge Mädchen in Verwirrung stürzt.

Beaupréau stand auf und klopfte sich das Sakko ab: »Ich melde mich in vier Tagen wieder bei Ihnen. Sagen wir Freitag, siebzehn Uhr.«

Eine Sache beschäftigte ihn offensichtlich. Er kam noch mal auf das Thema zurück: »Aude macht gerade eine verspätete Pubertät durch. Sie lehnt alles ab, was mit der Familie zu tun hat, das betrifft insbesondere mich. Es wäre insofern angeraten, möglichst nicht zu erwähnen, dass ich mich an Sie gewandt habe. Ist das klar?«

Um sicher zu gehen, dass ich es auch wirklich kapiert hatte, ergänzte er: »Sagen Sie ihr nicht, dass ich Sie schicke. In ihrem Zustand hätte das womöglich zur Folge, dass sie sich sperrt. Besser ist, Sie überzeugen sie davon, dass … dieser … also dieses Individuum nicht der Mann ist, für den sie ihn hält. Sie verstehen doch, was ich meine, nicht?«

Dass er mich so unverblümt als Idioten behandelte, hätte mich unter anderen Umständen vielleicht beleidigt, aber in Anbetracht der Summe, die er gezahlt hatte, durfte er sich auch das leisten. Im Rausgehen warf er noch einen Blick auf das Geld auf dem Schreibtisch. Er schien kurz zu zögern, aber dann ging er.

Draußen wartete ein Auto auf ihn, unter dessen Motorhaube sicher an die 46 Pferdestärken ungeduldig mit den Hufen scharrten. Beaupréau verschwand im Inneren des Wagens, nachdem er ein paar Worte mit dem Chauffeur gewechselt hatte, dessen Kopf kahl war wie ein Ei. Es war ja bald Ostern.

Im Nebenzimmer erwachte die Schreibmaschine zum Leben.

»Yvette? Schon zurück?«

»Ja ... Ich hatte keinen großen Hunger. Ich bin hinten reingekommen, um Sie nicht zu stören.«

Die Sekretärin des Chefs war eine sparsame Natur. Nicht mal Fasten beeinträchtigte ihre Arbeitskraft. Kaum war die Pause um, da hackte sie schon wieder eifrig wie ein Grünspecht auf die Tasten ein. Normalerweise wurde ich bei dem Höllenlärm zum Nervenbündel. An dem Tag klang es wie Musik in meinen Ohren. Beaupréaus Zaster zierte den Schreibtisch wie ein hübsches Sträußchen. Gemessen an der Arbeit, die ich dafür zu leisten hatte, war der Strauß allerdings reichlich groß ausgefallen. Bevor ich die Scheine in den Tresor legte, nahm ich etwas für mich ab. Es versprach ein schöner Tag zu werden. Durch das offene Fenster drang der Duft des frischen Grüns der Bäume, der Caféterrassen und der ersten Früchte der Saison. Kaum war er da, trödelte der Frühling schon herum. Ich ging runter, um ihm dabei Gesellschaft zu leisten.

Ich suchte mir bei Gopian einen Platz. Das war ein nettes Lokal in der Avenue Bolivar mit Blick auf die Buttes-Chaumont. Gopian hatte die paar Kröten, die er aus seiner Heimat Armenien mitgebracht hatte, dort investiert, zusammen mit dem bisschen, was er in zwanzig Jahren in Belleville zusammengekratzt hatte. In seiner Zweizimmerwohnung in der Rue Piat hatte er sich als Schuhmacher die Gesundheit ruiniert, Tag und Nacht über seine Werkbank gebeugt, inmitten der Lederdämpfe, die sein Zimmer erfüllten. Dabei hatte er zusammenbekommen, was er brauchte, um eine Lizenz für eine Kaschemme zu erwerben, und er war stolz darauf, das ganz allein geschafft zu haben. »*Wir armen Armenier sind die Könige unter den Schuhmachern. Aber aufgepasst, wir sind keine Stiefelputzer.*«

Seither war er darum bemüht, auf seinem Herd die Düfte Anatoliens mit denen Ménilmontants zu vereinen.

Gopian servierte mir einen Raki und Pistazien.

Und so war ich glücklich wie ein Prinz. Was gibt es Schöneres, als sich die Sonne auf den Pelz scheinen zu lassen. In meinem Job bietet sich dazu öfter die Gelegenheit. Nachdem ich das erst mal raus hatte, habe ich keine ausgelassen. Keine Beschattung ohne Zwischenstopp am Tresen. Kein Ausharren in einem Versteck, ohne der Schanktheke noch einen kurzen Besuch abzustatten. Von der schäbigen Spelunke bis zur Brasserie mit blitzendem Chrom habe ich alle erdenklichen Arten von Kneipen kennengelernt. Ich hätte eine ganze Abhandlung darüber schreiben können, aber das gehörte nicht zu meinen Aufgaben bei der Agentur Bohman. Laut Eigenwerbung »die erste Adresse in Frankreich und im Ausland für die schnelle und zuverlässige Beschaffung von Informationen«, aber genau wie überall rannte man sich auf Kosten anderer Leute die Hacken ab. Da war der Sohn, der über die Stränge schlug, die nachmittäglichen Rendezvous der untreuen Ehefrau, der mysteriöse Erbe … Alles bei Bohman, was nicht nach dem großen Los aussah – und das war eine Menge –, ging an mich, ich war der Handlanger für Beschattungen.

Während ich meinen Anisschnaps schlürfte, schielte ich nach den jungen Mädchen aus den Schneiderwerkstätten, die zurück an die Arbeit gingen. Die Sonne liebkoste ihre leichten Kleider und ging dabei nicht gerade diskret vor, sodass einem schon mal das Blut in den Kopf schoss. Die Luft trieb es wirklich ein bisschen doll – was für Durchblicke sie einem gewährte! All diese duftig-leichten Stoffe, da musste man nichts Böses im Schilde führen, um die Formen, die sie verstecken sollten, zu erraten. Das war ein Kleiderrascheln, schöner als beim Ball am 14. Juli. Und dann dieser kokette Augenaufschlag! Die Bienen machten sich einen Spaß daraus, Blicke zu werfen, die es in sich hatten. Und dazu dieses treuherzige Lächeln. Da konnte man schon mal auf falsche Gedanken kommen.

Mein Blick blieb an den Kurven eines Trios gut gebauter Sekretärinnen hängen, das die Avenue hinunterging. Als sie nur noch drei kleine bunte Flecken waren, setzte ich mich schließlich auch in Bewegung. Jeder muss mal ran.

Es war Wind aufgekommen. Am Kiosk flatterten die Zeitungen in den Ständern so ungeduldig wie Vögel in ihren Käfigen. Auf der Titelseite prangte die neue Regierung von Blum. Zwei Jahre nach der großen Sause von 1936 hielt sich die Volksfront zwar noch, aber die Stimmung war nicht mehr dieselbe. Vielleicht lag es am Brandgeruch, der aus Spanien herüberwehte, oder dem Mief, der aus Deutschland zu uns drang. Woher sollte man das wissen? Wie schön ist's doch bei uns im Land, die Tandems sind poliert, und den Ministern fehlt kein Knopf am Jackett. Aber all das Tohuwabohu hatte einen schalen Nachgeschmack hinterlassen. Sogar die Streiks, die hier und da noch ausbrachen, hatten einen ranzigen Stich bekommen. Vielleicht eine Folge von so manchem schlecht verdauten Brocken.

Am Boulevard de la Villette wurde man von Essigdünsten begrüßt. Die Fabrik Bornibus, in der Senf und Würzsaucen hergestellt wurden, konnte also nicht weit sein. Am Eingang saß ein vorzeitig ergrauter Pförtner, der nach all den Jahren im Dienst wohl unter Nasenverstopfung litt, und zählte Fliegen. Ich begrüßte ihn jovial: »Was für ein schöner Tag!«

»Es ist Gewitter angekündigt«, widersprach er mir sogleich.

Ich zog meinen Tabakbeutel hervor: »Was gibt es Schöneres, als so einen Tabak zwischen den Fingern zu haben, oder?«

»Heißt es.«

Ich stopfte meine Pfeife, bevor ich ihm das Päckchen hinwarf: »Bedienen Sie sich, schmeckt noch mal so gut, wenn man ihn teilt.«

Er ließ sich nicht lange bitten und drehte sich eine Zigarette. Seine Nägel hatten schwarze Trauerränder, und zwischen seinen Fingern rollte das Papier hin und her wie ein nervöses Insekt.

»Arbeiten Sie schon lange hier?«

»Vierzig Jahre.«

»Da haben Sie ja eine Menge Leute gesehen.«

»Das kann man wohl sagen.«

»Sie sind wohl das Gedächtnis des Hauses.«

Er zog so heftig an seiner Zigarette wie ein Rotzlöffel, der eine Kröte aufbläst, bis sie platzt.

»Aber Sie schweigen eisern, was?«

»Kommt drauf an.«

Ich zog einen Schein und das Foto von Pietro heraus.

»Mir geht es nur um den Einen. Der gut aussehende Dunkelhaarige dort links. Arbeitet der noch hier?«

»Lema? Nein. Solche Witzbolde bleiben nie lange.«

»Weil sie gefeuert werden?«

»Sie sagen es.«

»Ist er ein Roter?«

»Wenn man den in eine Flasche abfüllen würde, wäre er nicht von Rotwein zu unterscheiden.«

»Wissen Sie, wo der seine Bude hat?«

»Da müsste ich beim Personalrat fragen.«

Ein zweites Scheinchen gesellte sich zum ersten.

»Die Unterhaltung gefällt mir«, sagte er mit einem Grinsen. »Kommen Sie morgen wieder. Dann reden wir weiter.«

Auf dem Rückweg stieß ich dann auf die Visage von Corbeau, auf einem Plakat an einer Mauer. Seine Augen schwarz wie Kohle, sein Teint dunkler als der eines Hindu, der gerade dem Ganges entstiegen ist. So war aus meinem alten Kumpel also ein Swami geworden. An diesem Abend stellte er seine Künste im Theater von Belleville zur Schau. Da lohnte sich doch ein Abstecher. Ich hatte es nicht eilig, die Geschäfte gingen gemächlich ihren Gang wie von allein. Hatte der Alte erst mal für mich die Adresse des Verführers aufgetrieben, dann, so war ich mir sicher, würde die Süße innerhalb von vierundzwanzig Stunden in den Schoß ihrer Familie zurückkehren.

Schon verrückt, wie so ein Faustschlag in den Nacken alles verändert.

III

Ich hatte schon so manche unvergessliche Kopfnuss eingesteckt, aber die in der Passage Plantin übertraf wirklich alle. Ich brauchte sechsunddreißig Stunden, um sie zu verdauen. Sechsunddreißig komatöse Stunden, von andauerndem Brechreiz geplagt. Dieser Zustand wurde nur unterbrochen von Albträumen, durch die Corbeaus lebende Tote geisterte. In einem verfallenen Theater, begraben unter vergammelnden Blumensträußen, zersetzte sie sich langsam, und das aus lauter Skeletten bestehende Publikum ergötzte sich an ihrer Verwesung. Vom Totenglöckchen erwachte ich dann. Es läutete direkt unter meiner Schädeldecke. Als ich zu mir kam, lästerten die Skelette ganz ungeniert über mich. Ich schloss gleich wieder die Augen, in der Hoffnung, dann klarer zu sehen. Das war idiotisch. Aber der Schmerz in meiner Birne ließ tatsächlich nach. Ich machte noch einen Versuch. Schon der leichteste Wimpernschlag schien mir die Netzhaut abzureißen, aber so leicht gebe ich nicht auf. Nach einer Ewigkeit gelang es mir schließlich, die Augen offen zu halten. Die Skelette von gegenüber waren jetzt nicht mehr allein. Ein Schwarm schwarzer Schmetterlinge hatte sich zu ihnen gesellt, angezogen vom Licht einer Gaslaterne, das die Szenerie erleuchtete.

Da herrschte totales Chaos in der Ecke. Ein vertrautes Chaos, ein surrealistisches Chaos.

»Und die Schmetterlinge begannen zu singen«, murmelte ich, als ich die Collage von Max Ernst an meiner Zimmerwand wiedererkannte.

Ich war zu Hause. Ich wusste nicht, wie ich dorthin gekommen war, aber ich war in meinem trauten Heim. Ich stand auf, taumelte zum Waschbecken und hielt meine Birne unter den Wasserhahn. Durch das kalte Wasser kam ich langsam zu mir.

Beaupréau hatte mir vier Tage gegeben. Mit schmerzendem Schädel kippte ich einen mit Aspirin angereicherten Liter Kaffee herunter. Eine Stunde später fühlte ich mich schon wieder voller Tatkraft. Ich ging in Richtung Fabrik. Der Alte in seinem Kasten hatte sich nicht von der Stelle gerührt. Ein Leben lang drehte er sich dort nun schon im Kreis und ähnelte mit der Zeit immer mehr einem Goldfisch im Glas. Kaum hatte er mich gesehen, tauchte er auf.

»Bisschen spät«, warf er mir anstelle einer Begrüßung zu.

»Den Spruch können Sie sich sparen«, grummelte ich. »Ich muss nicht zur Stechuhr.«

»Das kostet Sie trotzdem ein Bußgeld.«

»Bitte?«

»Ich habe die geforderte Arbeit in der vereinbarten Zeit erledigt. Sie liefern jedoch einen Tag zu spät, das kostet ein Bußgeld. Wenn sich keiner an die vereinbarte Zeit hält, dann funktioniert nichts mehr.«

Als ich sein Gequatsche so hörte, meldete sich der Schmerz wieder.

»Sprechen Sie doch leiser.«

Der Alte bekräftigte: »Ein Tag zu spät, das kostet Strafe.«

Ich schnappte ihn am Schlafittchen: »Wo hat Lema seine Bude?«

Er sackte zusammen, ich lockerte meinen Griff.

»Passage Notre-Dame-de-la-Croix 12«, stammelte er. »Seien Sie doch nicht gleich sauer.«

Wenn einer vierzig Jahre lang Uhren überwacht, muss er wohl auf diese behämmerte Pünktlichkeit pochen. Sonst hält er das nicht durch. Ich steckte ihm einen Schein in die Tasche.

»Nehmen Sie es mir nicht krumm«, erwiderte ich und machte auf dem Absatz kehrt. Die Sorglosigkeit der letzten Tage hatte sich in Luft aufgelöst. Vielleicht war das eine Folge der Schläge auf den Kürbis, oder ich hatte Gewissensbisse, weil ich diesen armen Kerl durchgeschüttelt hatte. Das sind so Sachen, die können einem echt aufs Gemüt schlagen, schlimmer als ein Familienessen.

Die Passage Notre-Dame-de-la-Croix zog sich zwischen zwei Häuserzeilen hindurch, von denen der Putz abblätterte. An die vom Rauch der Fabrikschlote geschwärzten Fassaden schlossen sich stinkende Höfe und wackelige Treppen an. Eine Straße, in der die Armen wohnten. Bis hier drang die Sonne nicht vor. Wenn die Kleine dieses Elendsquartier auf sich nahm, dann musste sie ihren schönen Proletarier wirklich zum Fressen gern haben.

Ich sprach zwei Kinder an, die in der Gosse spielten: »Hallo, ich suche Pietro Lema.«

Der Größere der beiden war höchstens zehn. Aber er glaubte schon lange nicht mehr an Märchen.

»Was wollen Sie denn von ihm?«, erkundigte er sich misstrauisch.

»Ich bin ein Cousin von Aude, bin nur kurz in Paris, und wollte ihr nur mal ein Küsschen geben.«

»Ein Küsschen geben? Ah ja ...«

»Schon klar«, sagte ich grinsend. »Einem Kerl wie dir muss ich ja nichts vormachen.«

Der Kleine warf sich in die Brust.

»Die Turteltäubchen sind nicht mehr da! Die sind ausgeflogen, wenn Sie verstehen, was ich meine. Die alte Schachtel war stinksauer, als sie hoch ist, um die Kohle einzustreichen. Der Eigentümer muss der ollen Concierge ganz schön den Kopf gewaschen haben.«

Ich begann währenddessen meine Pfeife zu stopfen. Der Bengel schielte nach meinem Tabak. Ich fand es etwas beunruhigend, dass mein »Caporal«-Tabak eine solche Anziehungskraft hatte: »Ich würde dir ja was anbieten, aber ich habe kein Papier.«

Der Knirps zog ein Stück Zeitung aus der Tasche: »Wohl nicht gepeilt, dass ich selber ausgestattet bin.«

Ich reichte ihm meinen Tabak.

»Und du weißt nicht zufällig, wo ich sie finden kann? Mein Zug fährt heute Abend und ich bin nicht so oft in der Gegend.«

Unter den neidischen Blicken seines Kumpels drehte sich der Knirps mit der Geschicklichkeit eines professionellen Kippenaufsammlers eine Zigarette.

»Tut mir leid«, hüstelte er.« Versuchen Sie Ihr Glück bei Marcel. Der hat ihnen geholfen, ihr Zeug wegzuschaffen.«

»Und wo finde ich diesen Marcel?«

»Den finden Sie im Alhambra, er ist der Wirt. Marcel La Bohème.«

»Danke für den Tipp, mein Sohn. Dafür bekommst du den Rest des Stoffs.«

Ich überließ die beiden Steppkes ihrem Hinterhof.

Zum Tanzen war es noch deutlich zu früh. Also bezog ich Stellung in La Vielleuse, der Brasserie am Boulevard de Belleville. Ich vertrieb mir die Zeit mit ein paar Bierchen und bewunderte dabei die Künste der Billardspieler, die ihre Kugeln auf dem grünen Filz gegeneinanderkrachen ließen. Zwanzig Jahre zuvor hatte der Spiegel bei einem Beschuss durch deutsche Kanonen einen Riss abbekommen, sodass ihr Spiegelbild unwirklich verzerrt wurde.

Als ich keine Lust mehr hatte, dort rumzusitzen, machte ich mich auf den Weg zum Ballhaus. Ganz am Ende eines schlauchartigen dunklen Ganges war das Alhambra-Musette, Amüsierbude und Tanzdiele des Viertels. Dort schwang ein bunt gemischtes Publikum zu den Klängen des Schifferklaviers das Tanzbein – Arbeiterinnen neben leichten Mädchen, Künstler neben Ganoven.

Vor mir hängte sich eine üppige Blondine bei ihrem Freier ein, um auf dem Pflaster nicht umzuknicken. Ich folgte ihnen.

Drinnen strebte die Tanzerei gerade ihrem Höhepunkt entgegen. Um noch ein paar Quadratmeter zu gewinnen, hatte der Inhaber das Orchester auf ein Zwischengeschoss verbannt. Dort rackerten sie sich zu viert ab und stießen dabei mit dem Kopf fast an die Decke. Darunter, umgeben von Rauchschwaden, wirbelten die Paare herum wie die Derwische. Vor jedem neuen Tanz bahnte sich ein Ausrufer bellend den Weg durch die Menge, um abzukassieren: »Gebt mir das

Geld!« Nachdem die Tänzer ihre Runde bezahlt hatten, gaben die Musiker wieder Gas, allen voran der Akkordeonspieler. Wenn einer Tempo machen konnte, dann der. Er quetschte den Blasebalg wie ein Wilder. Seine Hände rasten über die Tasten. Ein Wunder, dass sich seine Finger dabei nicht verknoteten. Er verließ sich da ganz auf sein Gefühl, jagte die Tonleiter rauf und runter. Sein Gitarrist stand ihm in Sachen Akrobatik in nichts nach, wechselte in atemberaubender Geschwindigkeit zwischen Pompe-Begleitung und Barré-Griffen, mit schrägen Akkorden und hinterhältigen Harmoniewechseln. Alle beide stürzten sich mit einer Kühnheit in diese Kunstflugnummern, als wollten sie dem Tod noch schnell von der Schippe springen. Echte Trapezkünstler. Die warfen sich die Noten ohne Netz und doppelten Boden zu. Und jedes Mal entgingen sie nur knapp dem Nichts, retteten sich erst in allerletzter Sekunde. Das jagte einem Schauer über den Rücken, wie sie immer wieder den Absturz riskierten. Man muss schon echt verrückt sein, um sein Leben auf einem Instrument aufs Spiel zu setzen. Die beiden waren es. Sie forderten den Teufel heraus, das konnte eigentlich nur ein schlimmes Ende mit ihnen nehmen. Aber der Teufel mochte nun mal Musik. Er ließ sie sicher landen.

Das Akkordeon stieß einen letzten Seufzer aus, und der Gitarrist ließ seine Goldzähne aufblitzen, gegen die jedes Gliederarmband blass ausgesehen hätte. Der Schlagzeuger kündigte völlig außer Atem eine Viertelstunde Pause an. Man hätte meinen können, er wäre gerade beim Paris-Roubaix-Rennen mitgelaufen. Er stieg vom Podest herunter, mit ramponiertem Kreuz und Krämpfen in den Armen. Der Banjospieler konnte sich nicht von seinem Instrument lösen und staunte immer noch darüber, dass er bis zum Schluss durchgehalten hatte.

Die Paare strebten an die Bar, es roch nach einer Mischung

aus Schweiß und Kölnisch Wasser. Die Frauen hatten knallrote Wangen und verschnauften erst mal. Die Männer machten auf cool, aber man konnte ihnen deutlich ansehen, dass sie sich beim Tanzen ganz schön verausgabt hatten. Ich bahnte mir einen Weg zum Tresen.

»Ich suche Marcel«, sagte ich zum Kellner, der einen Schnurrbart hatte, wie alle aus der Auvergne.

»Marcels gibt es hier wie Sand am Meer«, antwortete er, während er ein Bier zapfte.

»La Bohème aber vielleicht nicht so viele.«

Der Barkeeper ließ den Zapfhahn los und eilte ans andere Ende des Tresens, um dort die Gläser zu füllen.

»Was wollen Sie denn von Marcel?«

Ich drehte mich um. Der, der sich da so neugierig hervortat, trug einen Nadelstreifenanzug wie ein Schmalspurganove und nuckelte an einem Zahnstocher. Ein Milchbubi, hoch aufgeschossen, karottenrote Haare, das Gesicht voller Sommersprossen, ein ebenso breites wie falsches Lächeln auf den Lippen.

»Eine Familienangelegenheit«, antwortete ich brav.

Er musterte mich von Kopf bis Fuß und markierte dabei so übertrieben den harten Burschen, dass man es ihm schlicht nicht abnehmen konnte.

»Familie ist wichtig«, stellte er fest und zeigte auf eine Tür, auf der »Privat« stand.

Am Ende eines schummrigen Korridors erwartete uns eine zweite Tür. Er klopfte, offensichtlich stolz darauf, dass er dazu berechtigt war. Dann trat er mit dem für Erfüllungsgehilfen typischen leeren Blick zur Seite. Ein Hund, bereit für seinen Herrn zu sterben, dachte ich. Ich grinste ihn an und trat ein. Der Köter blieb mir auf den Fersen.

Marcel La Bohème verdankte seinen Namen einem Aufenthalt bei den Zigeunern. Schon als blutjungen Kerl trieb es ihn auf Wanderschaft. Statt in der Schule bildete er sich lieber draußen auf den Brachflächen. Und als es dann in die Fabrik gehen sollte, da schloss er sich lieber den Nomaden an, die dort ihr Lager errichtet hatten. Aus dieser Zeit hatte er einige seltsame Angewohnheiten mitgebracht, eine große Narbe im Gesicht und ein Messer, von dem er sich nie trennte. Als ich eintrat, benutzte er es gerade zum Säubern seiner Nägel.

»Was soll der Schmu mit der Familie?«, fragte er, nachdem der junge Ganove mich vorgestellt hatte.

»Die Familie, die Familie ... Ihr Nadelstreifen-Wachhund ist sicher ein treuer Wauwau, aber etwas schwer von Begriff. Es geht um die Familie der Freundin von Pietro Lema. Die Süße kann richtig abkassieren, wenn ich sie in die Finger bekomme. Dann muss sie zukünftig nicht mehr heimlich verduften.«

Er schüttelte sich vor Lachen wie ein trockener Baum im Sturm. Fast meinte man zu hören, wie seine Knochen gegeneinanderschlugen.

»Nadelstreifen-Wachhund! Hast du deine Löffel aufgesperrt, Pierrot? Der ist gut, was? Nadelstreifen-Wachhund ...«

Pierrot lachte nicht. Marcel wischte sich die Tränen aus den Augen: »Sie sind ja ein ganz Witziger. Gut, und das Mädchen?«

»Der Klassiker«, log ich. »Ihr Onkel hat gerade ins Gras gebissen. Er ist Witwer, kinderlos, und seine Nichte ist sein Ein und Alles. Darum hat er sie sogar zur Alleinerbin gemacht. Sie erbt. Ich bin beauftragt, ihr die gute Nachricht zu überbringen. Ich zahle für alle Informationen, die mir helfen, sie ausfindig zu machen.«

»Der Pietro ist ja schon ein Fall für sich.«

»Was heißt das?«

»Der ist in Ordnung, riskiert aber gerne mal eine dicke

Lippe. Das bringt ihm nicht nur Freunde ein. Vor allem in den Fabriken. Also gibt es nicht mehr viele, die ihn einstellen wollen.«

»Und mehr wissen Sie nicht?«

»Sind Sie sicher, dass Sie die Braut suchen?«

»Klar suche ich sie, weil sie ja erben soll.«

Er blickte mir fest in die Augen. »Etwas genauer bitte …«

»Das ist nicht weiter kompliziert. Die dämlichen Kleinbürger, die mich engagiert haben, möchten nicht, dass das Erbe in der Tasche eines Herumtreibers landet, sei er auch noch so ein anständiger Kerl. Wenn der schöne Pietro in allen Fabriken geächtet wird, wer weiß, ob er dann nicht doch zum Langfinger wird, so ein Bad im Kies ist doch verlockend, nicht? Vielleicht bleibt ihm keine Wahl. Besser, man erspart ihm das. Ich bin durchaus bereit, mich bei jedem, der mir dabei behilflich ist, erkenntlich zu zeigen.«

Marcel befingerte die Spitze seines Messers: »Ich habe nichts gegen Lema. Ich mag ihn sogar ganz gern.«

»Sie sollen ihm ja gar nichts zuleide tun. Im Gegenteil. Wenn die Kleine sich von ihm löst, was dann? Er hat eine Woche Liebeskummer? Zwei? Damit ist er gut bedient. Denn das ist nichts gegen das, was ihn erwartet, wenn sie zusammenbleiben. Eines Tages, wenn die Kleine erst mal Geschmack am Geld gefunden hat, wird sie ihn von oben herab behandeln. Er wird der Prolo vom Dienst sein, der in Gesellschaft aneckt. Sie wird seine Manieren vulgär finden und seine Ideen beschränkt. Sie wird ihm vorhalten, dass er ihr auf der Tasche liegt. Er wird wie ein Gigolo behandelt werden. Zaster zerstört einfach alles.«

»Das ist Ansichtssache.«

»Überlegen Sie mal, unter den Frauen, die das Alhambra besuchen, ist da eine dabei, die er mal abgeschleppt hat?«

»Jedenfalls kommt er gut an bei den Frauen.«

»Und nicht nur bei den dummen Gänsen...«

»Wo die Liebe eben so hinfällt.«

»Wenn Sie mal genau überlegen, ist da doch bestimmt auch mal eine Nutte darunter gewesen.«

»Nicht auszuschließen.«

»Die Kleine ist die Unschuld in Person. Es wäre schon gemein, sie so einem Gigolo zu überlassen. Jeder, der es gut mit ihr meint, ist eigentlich verpflichtet, sie ins Bild zu setzen. Mich kennt sie nicht. Aber Sie haben ihr ja schon geholfen, ihrer Wärterin zu entkommen...«

»Man würde sicher beiden einen Gefallen damit tun ... Und eine gute Tat zahlt sich immer aus...«

»Ja, vor allem wenn man bedenkt...«

Ich hörte regelrecht, wie in seinem Kopf die Kasse klingelte. Er bohrte sein Messer in die Tischplatte und bedeutete dem Rotschopf, sich zu verziehen.

IV

Als ich das Alhambra verließ, hatte ich die Adresse in der Tasche. Das Geschäft war besiegelt. Schon am nächsten Tag sollte Marcel ihr sein Ständchen bringen. Er würde ein paar üble Geschichten über seinen Kumpel verbreiten, in denen entpuppte der sich als richtiges Arschloch! Nach diesem Mummenschanz würde Aude Beaupréau sicher nur einen Wunsch haben: nach Hause zu Papa. Die Welt wäre wieder in Ordnung, feine Batist-Taschentücher wieder streng getrennt von den karierten Schnupftüchern, in die man ganz unfein hineintrompetet. Sie wäre also nur mal kurz vom rechten Weg abgekommen, und falls sie das ausplaudern sollte, musste man sich etwas einfallen lassen. Dann durfte das entehrte Mädchen in irgendeinem fernen Provinzkaff für seine Sünden büßen, bis Gras über die Sache gewachsen war. Es sei denn, man zog dem Rückzug die Flucht nach vorn vor. So ein Familienwappen musste schließlich verteidigt werden. Da durfte man sich nicht ins Bockshorn jagen lassen. Er war offen eingestellt, hatte Beaupréau gesagt. Wir haben das Jahr 1938, mein Gott! Man muss mit der Zeit gehen. Die Jugend soll sich ruhig mal austoben! Soll sie ihre Tugendhaftigkeit verschleudern! Ob nun in Pantin oder anderswo ... Aber sie ist doch ein Mädchen! Na und? Die fliegen als Pilotinnen jetzt sogar Flugzeuge. Also, wollen wir mal modern sein. Ja sicher, wenn die Sache länger angedauert hätte ... Aber jetzt war der Spaß vorbei. Jeder kehrt an seinen Platz zurück.

Ich war nicht gerade stolz auf mich. Ich hatte das dumpfe Gefühl, einen Betrug zu begehen. Das war schwer zu verknusen. Man kann sich immer irgendwie rausreden, aber ich hatte nun einmal meine Finger im Spiel. Als ich den Boulevard hinunterging, war ich regelrecht bedrückt. Dabei hätte ich meine Lungen gerne in vollen Zügen mit der frischen Luft dieses Frühlingsabends gefüllt. Pustekuchen! Ich atmete ganz flach, wie ein Asthmatiker.

An der Ecke zur Rue de Belleville holte er mich ein: »He! Monsieur.«

Ohne seine Gitarre hätte ich ihn fast nicht erkannt. Seine Goldzähne blitzten im Licht der Gaslaterne auf. Bei achtzehn Karat pro Beißerchen geizte er mit seinem Lächeln wirklich nicht.

»Erinnern Sie sich an mich?«, fragte er.

»Bis heute habe ich niemanden spielen sehen, der so viele Finger hat wie Sie.«

»Ich bin froh, dass es Ihnen besser geht«, sagte er grinsend, und blitzte mich dabei an.

»Kennen wir uns?«

»Wir sind uns vorgestern begegnet, da ging's mir nicht besonders gut.«

»In der Passage Plantin?«

»Wären Sie mir nicht zu Hilfe gekommen, Sie und Ihr Freund ...«

»Welcher Freund?«

»Der, der diese Hurensöhne zur Hölle geschickt hat.«

Ich zog ihn in die nächstbeste Kneipe: »Erzähl mir mehr!«

Er hieß Milou. Ein Zigeuner, der mit seinen Brüdern aus dem Osten hierher gekommen war. Sie waren Kesselflicker und hatten ihre Wohnwagen auf irgendeiner abgemähten Wiese bei Pré-Saint-Gervais abgestellt. Ein ruhiges Eckchen, in dem sie niemanden störten. Das sah eine Bande Verrückter ganz anders. In ihren Spatzenhirnen hatte sich die Idee festgesetzt, sie müssten das Viertel säubern. Und wenn es sie mal wieder überkam, dann brachen sie zu einer kleinen Spritztour auf, in voller Montur. Angetan mit Barett, schweren Stiefeln und in der Hand den Schlagstock mit Metallspitze. Die Ausgehuniform der Feuerkreuzler, die nach dem Krieg von einer Clique Veteranen gegründet worden waren, die es nicht lassen konnten, weiter im Gleichschritt zu marschieren. Zunächst gaben sie sich damit zufrieden, behängt mit Orden wie Weihnachtsbäume. Und dann war ihnen eine Idee gekommen, eine ganz simple Idee. Das sind die gefährlichsten. Und die wurde zu einer fixen Idee. Die Idee, die Ordnung wieder herzustellen. Schluss mit der Subversion, den Kanaken, all dem Gelumpe, das unser Land verdirbt. 1936 hatte die Regierung ihnen einen Strich durch die Rechnung gemacht. Aber das konnte sie nicht aufhalten. Nachdem sie also ihr bisschen Grips bemüht hatten, hielten es die Hitzköpfe unter ihnen nicht mehr aus. Sie mussten zur Tat schreiten. Ein Zigeuner in einer finsteren Ecke, was konnte Ihnen Besseres passieren?

Über meinen unbekannten Retter erfuhr ich nichts. Er hatte sich in das Handgemenge gestürzt, ein Schießeisen in der Pfote, und mit seiner Artillerie die Truppen zerstreut. Nachdem Ruhe eingekehrt war, hatte er mich nach Hause getragen. Mehr wusste Milou auch nicht: »Warum hätte ich ihn ausfragen sollen? Er war doch dein Kumpel, oder?«

Der Kneipier war zwischen seinen Flaschen eingenickt. Bald würde er schließen. Ich trennte mich von meinem Zigeunerfreund, um in mein trautes Heim zurückzukehren, ein möbliertes Zimmer in der Rue des Envierges. Zimmer und Küche, hatte es in der Anzeige geheißen. Wenn man sich zwischen dem Bett und dem wackligen Schrank hindurchschlängelte, entdeckte man hinter einem Paravent die Küchenecke. Dort konnte ich mir, wenn ich mich seitlich hinstellte, sogar etwas brutzeln. Den Gaskocher hatte ich vom Flohmarkt, und sollten die Flammen mal hochschlagen, war der Ausguss gleich daneben. Also, warum sich beklagen? Zwar konnte ich nicht nach den Sternen greifen, sie aber immerhin durch meine Dachluke anglotzen. Und der Vollmond erschien dort auch, nur für mich allein. Er zwinkerte mir lustig zu, so wie in den Filmen von Méliès. Oder diese beunruhigenden Wolken wie in *Ein andalusischer Hund*. Solche Heimkino-Vorführungen waren in der Miete inbegriffen. Das hatte mich zu zwei, drei Gedichten inspiriert. Da ging es um verliebte Vampire und Tagträume. Ab und zu veröffentlichte ich mal was in schmalen Büchlein, die sich nicht verkauften. Deshalb schreibt man ja auch nicht, aber es ist schon schön, wenn man gelesen wird. Schade, dass meine kleinen Texte in Büchern schlummern, deren Seiten noch nicht mal aufgeschnitten wurden. »*Machen Sie weiter*«, hatte mir André Breton geraten. Ihm gefielen sie. »*Sie sind ein Schreier der Stille.*« Also schrie ich lautlos weiter. Sogar in meinen Berichten versteckte ich ein paar Verse. Aber sicher! Poesie ist überall. Sogar im Verbrechen. Nach Lacenaire, dem romantisch veranlagten Mörder, kam ich, Nestor, der Privatpoet.

Breton hatte ich 1926 kennengelernt. Man muss nur den Zufall gewähren lassen. Ich war damals noch keine achtzehn und trieb mich mit ein paar ausgemachten Banditen herum. Wir gerieten immer wieder auf Abwege, oft mit leerem Magen. Und auf einem dieser Schleichwege begegneten wir Bretons Kumpeln. *»In jeder Suche steckt per Definition ein Maximum an Abenteuer«*, sagte er. So betrachtet hatte es sicherlich weniger surrealistische Begegnungen gegeben als diese.

Als ich zu Hause ankam, hatten sich die Straßen geleert. Den Proletariern in ihren möblierten Zimmern waren nur noch wenige Stunden Schlaf vergönnt, ein schwerer, unruhiger Schlaf. Ihre Ruhepausen waren zu kurz, um erholsam zu sein. Dort hinten bei Passy, da spielte eine andere Musik, eine leichte Melodie, passend zu den feinen Laken. Aber hier …

Im dritten Stock spürte ich das ganze Gewicht des Tages in meinen Beinen. Durch das Treppenhausfenster sah ich das fahle Licht der Morgendämmerung aufziehen. Im Hof plünderte ein Kater die Mülltonnen. Natürlich fiel dabei ein Deckel laut scheppernd zu Boden. Das dämliche Biest verduftete schnell unter dem lauten Getöse. Im zweiten Stock ging eine Funzel an.

»Muss der uns jede Nacht auf den Wecker fallen?«, bellte ein Mann.

Ein Säugling fing an zu weinen.

»Der hat uns noch gefehlt!«, schrie der Typ aus dem geöffneten Fenster. »Kann die ihren Schreihals nicht mal beruhigen?«

Das Weinen wurde lauter.

»Wenn sich hier jemand beruhigen muss, dann sind Sie

das«, schrie die Mutter des Balgs. »Überarbeitet können Sie jedenfalls nicht sein!«

In einem Dachfenster ging das Licht an. Ich setzte meinen Aufstieg fort. Eine Frau im Nachthemd kam die Treppe herunter. Sie sprang schnell in die Toilette, einen Nachttopf in der Hand.

Dort hinten bei Passy erwachten bald die blonden Kinderchen und ihre englischen Gouvernanten. Frisch rasierte Männer genossen ihren Morgenkaffee, während sie die Kakao-Kurse studierten.

Ich stieg über den Krempel auf dem Boden meines Zimmers hinweg und schmiss mich komplett angezogen aufs Bett.

V

Am nächsten Tag meldete sich Beaupréau wieder. Seine Stimme am Telefon verhieß nichts Gutes. Er gab den Feldwebel, war ganz von oben herab. Ich hatte noch nicht mit Aude gesprochen? Er bezahlte mich doch nicht fürs Däumchendrehen.

Na klar, dachte ich mir, während ich einen Totenkopf auf ein Löschblatt kritzelte, der will was für sein Geld. Das allein zählt. Er hat investiert, das soll sich bitte auszahlen. Um ihn loszuwerden, plauderte ich schließlich die Adresse seiner Tochter aus. Er mäßigte sich etwas im Ton, mehr auch nicht. Er gab mir zwei Tage. Danach bekäme die Agentur Besuch von seinem Rechtsanwalt. Dann legte er auf.

Das Recht! Dass ich nicht lache. Ich malte zwei Beine unter den Totenkopf.

»Haben Sie einen neuen Fall übernommen?«

Keiner konnte so scheinheilig fragen wie Yvette.

»Falls Sie gefragt werden …«

»Das wäre durchaus möglich!«

Yvette. Sie war Bohmans Tippse, hielt sich aber mittlerweile für seine Assistentin. Weniger um sich wichtig zu machen, als vielmehr um ihr dürftiges Leben auszublenden. Fünfundzwanzig und schon verblüht wie eine verblichene Tapete. Dabei war sie eigentlich gar nicht hässlich. Aber um sicherzugehen, dass der Zug für sie auch wirklich abgefahren war, tat sie alles, damit er garantiert nicht mehr hielt. Sie kleidete sich wie eine Vogelscheuche, trug die Haare streng zurück, und hinter den dicken Brillengläsern blickten die Augen eines erstaunten Maulwurfs hervor. Ich hatte sie noch nie mit einer Freundin gesehen, geschweige denn mit einem Freund. Sie war von einer Liebenswürdigkeit wie dickstes Packeis, da hätte selbst ein Pinguin das Frösteln bekommen.

Da ich sie immer an ihre Maschine gekettet sah, kam ich auf komische Ideen, seltsame Bilder. Aus Fotos, die ich aus dem Heimwerkerkatalog von Manufrance und aus erotischen Magazinen ausgeschnitten hatte, bastelte ich mir eine Collage. *Femme objet* hatte ich sie genannt. Ich fand sie echt schnieke, aber es war jetzt nicht der Moment für solche Träumereien.

Beaupréau gab mir zwei Tage. Ich hatte Marcel einen gegeben. Zur vereinbarten Zeit traf ich ihn im Alhambra. Im menschenleeren Ballsaal überprüfte er gerade die Bar. Er drehte sich um, eine Zigarette hinters Ohr geklemmt.

»Ach, Sie?«, murmelte er.

»Ärger?«

»Ein Reinfall. Dabei lief alles nach Plan. Nur Ginette …«

»Ginette?«

»Das war meine Idee. Ich dachte mir, mit ein bisschen Theater wäre es überzeugender. Ginette kann mir nichts abschlagen, seit ich sie gut untergebracht habe …«

»Schon gut, schon gut«, unterbrach ich ihn. »Und?«

»Also habe ich sie als Kundschafterin hingeschickt. Von Frau zu Frau funktioniert das in solchen Fällen besser. Außerdem wollte ich keinen Ärger mit Pietro. Kurzum, Ginette steigt zu der Kleinen hoch, nachdem sie sich versichert hat, dass sie allein war. Sie beginnt ihr Gesülze: Sie lässt sich nicht ihren Mann klauen, sie war immer anständig zu ihm, war ihm immer eine gute Nutte, was das anging, konnte er sich wirklich nicht beklagen.«

»Und dann?«

»Die Kleine ist fix und fertig! Sie bricht zusammen. Ginette ist so eine Gutmütige. Sie richtet sie wieder auf. Die andere heult sich an ihrer Schulter aus. Da weiß Ginette nicht ein noch aus. Sie hat so ein weiches Herz. Sie ist einfach ein lieber Kerl. Sie gibt nach und legt eine andere Platte auf. Um es kurz zu machen, Lema ist nun der edle Ritter. Er wollte sie auf den rechten Weg bringen. Sie war natürlich keine Frau für ihn. Blablabla ... Sie wissen schon, nicht?«

»Ich glaube ja!«

»Aber das ist noch nicht alles.«

»Was denn noch ...«

»Das Beste ist, dass diese dumme Pute das alles geschluckt hat. Und sie malt sich eine echte Romanze aus! Ihr Typ hat eine dunkle Vergangenheit, aber er hat einen Schlussstrich daruntergezogen, ist das nicht wunderbar! Typischer Fall von Hörigkeit. Es hätte nicht viel gefehlt, und sie hätte Ginette getröstet. Wäre gar keine schlechte Idee gewesen, vorbeugend sozusagen, wenn man bedenkt, was für eine Abreibung sie bekommen hat, nachdem sie mir das alles gebeichtet hatte.«

Jetzt galt es, das Ruder herumzureißen.

Seit Aude Beaupréau mit Lema zusammenlebte, hatte sie so manch hochherrschaftliche Adresse kennengelernt. Zuletzt hatten sie eine exklusive Bleibe in unmittelbarer Nähe der Sozialwohnungen am Boulevard Sérurier aufgetan. Das war ja eine ganz nette Idee mit den Sozialwohnungen. Günstigen Wohnraum für Arbeiter zu schaffen, das konnte man nur befürworten. Das Problem war nur, dass sie an Kaninchenkäfige erinnerten. Die dicht aneinandergereihten Fenster, das schmuddelige Grau – man sah schon von Weitem, wie billig das alles war. Aber vielleicht fand Aude diese Umgebung exotisch. Es gab doch eine regelrechte Invasion von Weibern, die noch nie gearbeitet hatten und die scharf darauf waren, das Schicksal der armen Schlucker zu teilen. Nonnen, Wohltäterinnen, Nymphomaninnen, die auf eine Eroberung im Volk aus waren, um sich die Hörner abzustoßen ... Das waren die Schlimmsten. Zart besaitete Revolutionärinnen, die ihre Lektion gelernt hatten und sie jederzeit herunterbeten konnten. Was wussten die schon von den frostigen Nächten, den Hustenanfällen des Nachbarn, vom Heulen der Fabriksirene noch vor dem Morgengrauen?

Kaum hatte ich das Treppenhaus betreten, öffnete Aude schon die Tür. »Pietro?«

Als ich sah, wie aufgelöst sie war, war meine Wut schlagartig verflogen. Das war das Gesicht vom Foto, aber der feine Riss, den man darauf kaum bemerken konnte, hatte sich inzwischen ausgeweitet und schien sogar ihre Augen erfasst zu haben. Sie waren ganz rot und von tiefvioletten Schatten umgeben. Fiebrig sahen sie aus.

»Sind Sie ein Freund von Pietro?«, fragte sie.

Für sie stand fest, dass man ihren Romeo nur lieben konnte.

»Ja«, antwortete ich, um sie nicht zu enttäuschen.

Sie schniefte. »Er ist nicht nach Hause gekommen ...«

Sie schnäuzte sich leise und schloss ihre Bluse, die sich geöffnet hatte.

»Aber das ist doch kein Grund zur Verzweiflung«, sagte ich lächelnd. »Er ist ein großer Junge.«

Nun gab es kein Zurück mehr. Ich dachte an Ginette und ihr weiches Herz. Beaupréau, der konnte mich mal: »Erzählen Sie, was los ist.«

Sie starrte mich an, als wäre ich ihr Rettungsring.

»Ich habe solche Angst, dass ihm was zugestoßen ist.«

»Warum?«

»Er wirkte in letzter Zeit so beunruhigt ... So düster ... Er ging oft abends weg, und kam nicht vor dem Morgengrauen zurück. Er sagte, er wolle zu einem Freund, wegen irgendwelcher Geschäfte ... Geschäfte, mitten in der Nacht ... Er behauptete, er könne mir das nicht erklären, dass er es mir später sagen würde, und ich es dann sicher verstehe. Wenn er zurückkam, brachte er mir Blumen mit ...«

»Blumen, nachts?«

»Ja ... Sehen Sie.«

Auf dem Kaminsims ließen große Margeriten ihre goldbraunen Köpfe hängen.

»Wissen Sie, wo dieser Freund wohnt?«

»Nein. Und dann war da noch diese Frau ... Als die hier auftauchte ... Im ersten Moment dachte ich, es hätte mit ihr zu tun. Aber wenn er zu ihr zurückkehren wollte, dann wäre sie nicht zu mir gekommen mit der Bitte, ihn freizugeben. Meinen Sie nicht auch?«

»In der Tat!«

Sie bot mir einen Saft an. Sie redete, um sich das Herz zu erleichtern. Ich stoppte ihren Redefluss nicht.

Sie hatte Lema vor neun Monaten auf der Weltausstellung kennengelernt. In Chaillot hatte sich halb Paris vor den Pavillons der verschiedenen Nationen versammelt, um sich auf diese Art eine günstige Weltreise zu gönnen. Sie hatte gerade den japanischen Pavillon besichtigt. Eine Geisha im Seidenkimono hatte ihr einen Tee angeboten, der nach frischem Gras schmeckte. Aude hatte ihre Kodak-Kamera solange abgelegt. Trotz der strengen Auflagen ihres Heimatlandes hatte die Frau ihr zu verstehen gegeben, dass sie davon träumte, vor dem Eiffelturm fotografiert zu werden. Sie hatten sich kurz davongestohlen, um das Foto zu machen. Die Sonne spielte auch mit. Als die Geisha etwas steif mit ihrem Sonnenschirm aus Papier posierte, mussten sie beide lachen. Dann wollte die Frau gerne ein *»Erinnerungsfoto mit Pariserin«*. Aude sprach einen zufällig vorbeikommenden Besucher an. Einen großen, lässigen Burschen. *»Bitte lächeln, die Damen«*, und schon war das Bild im Kasten.

Im spanischen Pavillon traf sie ihn dann wieder. Sie stand bewundernd vor einem riesigen Gemälde.

»Männer, Frauen und Tiere rangen dort nebeneinander mit dem Tod, den Blick gen Himmel gerichtet, ungläubig. Das war wie ein Aufschrei.«

Guernica. Pietro erzählte ihr von der Bombardierung des spanischen Dorfes durch die deutsche Legion Condor. Sie fasste auf Anhieb Vertrauen zu diesem jungen Mann, der so anders war als die, mit denen sie sonst zu tun hatte.

Beim Rausgehen zeigte er auf die einander gegenüberliegenden Pavillons Deutschlands und Russlands: *»Unsere russischen Brüder in Angesicht des deutschen Adlers.«* Unsere russischen Brüder? Sie hatte ihn verstohlen gemustert, während sie weitergingen. Als er es bemerkte, lächelte er sie an. Bevor sie sich an der Metro-Station trennten, vereinbarten sie ein Wiedersehen.

»Sie halten mich sicher für dumm, oder?«

»Ganz im Gegenteil … Aber für Ihre Familie muss es ein Schock gewesen sein.«

Sie verschüttete etwas Kaffee, als sie ihre Tasse abstellte.

»Warum sagen Sie das?«

»Ich meine das nicht beleidigend, aber ich denke, Pietro und Ihren Vater trennt ja wohl so einiges …«

»Mein Vater?«

»Ja …«

»Meine Eltern starben vor drei Jahren bei einem Autounfall.«

VI

Als er seine Frau Amélie, geborene Chauzat, wie jedes Jahr an Allerheiligen zum stillen Gedenken an das Grab ihres Bruders fuhr, wurde Louis Beaupréau durch einen Strahl der untergehenden Sonne geblendet und verpasste die Kurve, die die Straße kurz vor dem kleinen Dorf Chissey macht. Der Panhard wickelte sich wie eine eiserne Schlange um eine der hundertjährigen Platanen, die der Straße nach Autun Schatten spendeten. Aus dem Haufen verbogenen Blechs konnten die Rettungskräfte nur noch zwei leblose Körper ziehen.

Dieser tragische Verlust brachte Aude, neben einer Menge Kummer, ein hübsches Sümmchen auf dem Sparkonto ein und ein gesundes Unternehmen. Der liebevolle Vater und untadelige Ehemann war von seinen Angestellten hoch geschätzt worden. Er besaß eine kleine Fabrik für Gaszähler, die Société des Compteurs Utilitaires Parisiens, die er mit äußerster Gewissenhaftigkeit geleitet hatte. Nach seinem Tod vertraute Aude die Leitung der Firma dem Prokuristen Amédée Foucart an, der schon seit fünfunddreißig Jahren für das Wohlergehen der Firma sorgte. Auch wenn er die Mesalliance der Erbin nicht gerade mit Wohlwollen betrachtete, war er doch vernünftig genug, Herzensangelegenheiten nicht zu seinem Tätigkeitsbereich zu zählen, zumindest solange sie nicht das Familienerbe bedrohten.

Ich hatte das Problem den ganzen Tag hin- und hergewendet. Ich fand keine Erklärung dafür, warum man mir so viel Geld für einen – wie sich nun herausgestellt hatte – bloßen Pennälerstreich gegeben hatte. Es sei denn, die Geschichte, die ich Marcel aufgetischt hatte, hatte einen wahren Kern. Auch wenn Aude nicht im Geld schwamm, so war sie doch eine ganz nette Partie. Das konnte auf einen jungen Typen, der total abgebrannt war, schon einen gewissen Reiz ausüben. Hinter seinem Engelsgesicht verbarg Pietro vielleicht ein Raubtiergebiss. Zumindest könnte Foucart das befürchten. Die Arbeiter hatten schon die Vierzig-Stunden-Woche und bezahlten Urlaub ergattert. Man wollte ihnen eine Altersrente zubilligen. Wenn sie jetzt auch noch die Fabriken einsackten ... Da war man bald bei der Kollektivierung, das ging zu weit.

Die Sache hatte nur einen Haken. Foucart hatte es nicht nötig, eine solche Pantomime aufzuführen. Noch siebzehn Stunden bis zum Ultimatum, bald musste ich Bescheid wissen.

Spekulieren macht hungrig. Mittags ging ich runter, um bei Gopian was zu futtern. Das Restaurant war voll. Eine Gruppe von Bühnenarbeitern aus den Gaumont-Studios begoss das Ende eines Drehs. Während ich mein Tagesgericht runterschlang, hörte ich, wie sie die körperlichen Reize von Viviane Romance und Ginette Leclerc miteinander verglichen. Beim Kaffee waren sie sich schließlich einig, Arletty war einfach die Famoseste von allen. Um das zu feiern, bestellten sie noch einen Schnaps zum Nachspülen. Als ich ging, sangen sie *J´adore ta bobine, Azor.*

Um sechzehn Uhr hatte sich der falsche Beaupréau noch nicht gemeldet. Den ganzen Nachmittag hatte ich vor mich hingegrübelt, die Pfeife im Schnabel. Yvette nahm gerade wieder eine neue Sonate für Remington in Angriff.

»Eines Tages müssen Sie mir noch mal verraten, was Sie da von morgens bis abends tippen.«

»Bestimmt nicht Ihre Berichte«, gab sie zurück.

»Sie schätzen es nicht, wie ich arbeite, richtig?«

»Dafür bin ich nicht zuständig.«

»Vielleicht können Sie mich einfach nicht ausstehen.«

Sie zuckte mit den Schultern.

Das Telefon klingelte nicht zur vereinbarten Zeit. Also griff ich nach dem Hörer. Eine Postangestellte mit Marseiller Akzent stellte mich zur Société des Compteurs Utilitaires Parisiens durch. Foucart war für einige Tage verreist. Konnte seine Sekretärin ihm eine Nachricht hinterlassen? Ja, sie konnte.

»Sagen Sie Ihrem Chef, dass die Agentur Bohman seinen Anruf erwartet. ... Nein, es geht um eine rein persönliche Angelegenheit. Sagen Sie ihm, dass es in Zusammenhang mit dem Auftrag steht, den er uns erteilt hat.«

Ich drückte mit dem Zeigefinger die Gabel des Telefons herunter und drehte meinen Stuhl. Yvette ließ ihre Finger über den Tasten schweben und wartete auf die Fortsetzung.

»Das Gespräch ist beendet«, sagte ich. »Sie können wieder Ihre Tasten kitzeln.«

Sie errötete wie eine Pfingstrose. Ich nahm meinen Mantel von der Garderobe und ging runter, um bei den Buttes-Chaumont frische Luft zu schnappen.

Am Ufer des Sees warf eine alte Frau den Enten Brot zu. Auf einer Bank redete ein Lumpensammler auf eine junge Mutter mit Kinderwagen ein. Ein Kind biss in einen Apfel. Hier zumindest war alles normal.

»Achtung, dies ist kein Apfel!«

Diese Stimme hätte ich unter Tausenden erkannt.

»Breton! Ich dachte, Sie wären in Mexiko.«

»Bin gerade zurück.«

»Ich brauche wohl nicht zu fragen, ob es Ihnen dort gefallen hat…«

»Welch ein Land! Mein Lieber, ich habe mir einen größeren Vorrat an Empfindungen zulegen können, als ich zu hoffen wagte. Stellen Sie sich nur vor, eine obskure Schriftstellervereinigung zur Verteidigung der Kultur versuchte meinen Besuch zu sabotieren. Die haben sogar ein Rundschreiben an mexikanische Künstler verschickt, in dem sie vor mir warnten.«

»Vor Ihnen?«

»Vor mir! Ich stünde in Verbindung mit verdächtigen politischen Elementen! Die Stalinisten schrecken nicht davor zurück, sich lächerlich zu machen. Zum Glück haben sich die Riveras nichts aus diesen Albernheiten gemacht.«

»Haben Sie bei Ihnen gewohnt?«

»Was für ein außergewöhnliches Paar. Und was für Maler! Diego und Frida haben mich mit der typisch mexikanischen Warmherzigkeit aufgenommen. Eine Warmherzigkeit, für die selbst Trotzki nicht unempfänglich war.«

»Haben Sie ihn getroffen?«

»Seit er in Mexiko im Exil ist, lebt er bei den Riveras. Aber wie lange noch? Nicht mal dort wird Stalin ihn in Ruhe lassen.« Während wir nebeneinander hergingen, wedelte Breton mit der Zeitung.

»Haben Sie das gesehen? In Moskau sind die Prozesse wieder in vollem Gang. Achtzehn Parteimitglieder wurden zum Tode verurteilt. Und die *Humanité* wagt zu schreiben, dass *›die Justiz sich Verräter und Kriminelle vornimmt‹*.«

Wir gingen über die Selbstmörderbrücke. Als wir die Stufen zum Vesta-Tempel nahmen, erzählte ich ihm meine kleine Geschichte. Das munterte ihn auf.

»Mein Freund, Sie sind der größte Surrealist von uns allen.«

Dazu muss man sagen, dass es nicht mehr viele gab, die dieses Gütesiegel trugen. Der große Sturm der Ideen hatte die Traumfabrik erschüttert. Einige waren Stalin verfallen, andere hatten sich auf eine Reise in ihr Inneres begeben. Irgendwann brüllten sie sich nur noch an, begannen sich gegenseitig auszuschließen, sich zu hassen. Dabei fuhr man schon mal größere Geschütze auf, sogar Maschinengewehre waren erlaubt. Nachdem man ausgiebig in der Gegend herumgeballert hatte, blieben nicht mehr viele übrig, die zu den Zusammenkünften kamen.

Als wir oben auf dem Hügel angekommen waren, sahen wir, wie die Schatten immer länger wurden. Die Bänke hatten sich geleert, und mit der Stille kam die kühle Abendluft. Über die Wipfel der Bäume hinweg reichte der Blick bis nach Montmartre. Dort zeichnete sich ein anderer Hügel im Gegenlicht ab.

»Ich rufe gerade eine Vereinigung revolutionärer Künstler ins Leben«, platzte Breton plötzlich heraus. »Sie sind natürlich mit dabei …«

Ich betrachtete ihn verstohlen und fragte mich, ob er sich da nicht eine Pilgerfahrt in den Garten seiner Jugend gönnte. Dorthin, wo er einst umherstreifte, *um den Sternen nachzuträumen*. Und an diesem Abend sah er vielleicht Gespenster im Gebüsch.

»Klar«, erwiderte ich, ohne zu überlegen.

Als es zwei Tage später an meine Tür klopfte, handelte es sich jedenfalls nicht um Geister, sondern um zwei Vertreter der Polente. Gestiefelt und gespornt, erwischten sie mich genau beim Aufstehen.

»Pietro Lema, kennst du den?«, begann der Stämmigere.

»Wüsste nicht.«

»Und weißt du es jetzt?«

Peng! Schon hatte ich eine sitzen, und wie.

»He! Sind Sie verrückt geworden?«

Der Muskelprotz rümpfte die Nase. Ein großer Zinken voller Pockennarben.

»Hier stinkt's, muss mal lüften.«

Und schon leerte er meinen Kleiderschrank aus: »Deine Klamotten sind ja eklig. Wie kannst du so was nur tragen?«

»Meinen Sie, die werden sauberer, wenn Sie drauf rumtrampeln?«

Und wieder: Peng!

»Wir trampeln dir gleich auf deinem vorlauten Maul rum!«, brauste er auf.

Jetzt vergriff er sich aber wirklich im Ton. Der Zweite setzte sich rittlings auf meinen einzigen Stuhl und spielte den Unbeteiligten, die Schlange, die zischelnd ihre Unschuld beteuert.

»Holst du öfter Informationen über Typen ein, die du nicht kennst? Du suchst Lema bei Bornibus, du suchst Lema im Alhambra ...«

»*Ich suche meine Titine, Titine oh meine Titine ...*«, brach es aus dem großen Zinken hervor.

Sein Kumpel runzelte mitleidig die Stirn: »Kennst Lema nicht, aber kreuzt bei ihm auf und gibst dich als sein Freund aus.«

»Hast du sonst keine Freunde? Du armes Hascherl ...«

Zack! Der große Zinken verpasste mir einen Haken, aber mit Effet. Ich prallte zurück. Das Tandem musste gestoppt werden, bevor es außer Kontrolle geriet.

»Sie vermuten überall nur das Böse. Ich ermittle im Auftrag eines Kunden für die Detektei Bohman, Ermittlungen und Observationen.«

Der Schnitzer war passiert. Schlange versetzte mir den Todesstoß: »Sein Name?«

Ich konnte ihm schlecht den eines Toten servieren.

»Tut mir leid, Berufsgeheimnis.«

»So geheim, dass nicht mal dein Chef etwas davon weiß.«

»Bitte?«

»Wir waren bei ihm. Nachdem er das Verzeichnis der Fälle überprüft hatte, ist es amtlich: Zuletzt warst du mit einem flatterhaften Ehemann befasst. Dem einer gewissen Madame Desmares.«

»Du verlierst bloß deine Zeit! Überlass ihn mir.«

Der große Zinken wurde ungeduldig. Wenn er zehn Minuten nicht zuschlagen durfte, ging es ihm nicht gut.

»Bohman war nicht da, der Kunde beauftragte mich, seine Tochter wiederzufinden ...«

»Seine Tochter? Marcel erzählt was anderes ...«

Der Kleiderschrank konnte sich nicht mehr zurückhalten. Seine überschüssige Kraft wurde er mit einem gezielten Schlag in meine Magenkuhle los. Ich klappte zusammen, schnappte nach Luft, atmete nur noch Leere. Mir war übel. Und schon wollte er mir noch einen verpassen, aber der Große stoppte die Runde. Ich kniete auf dem Boden, war fast weggetreten. Wenn ich nicht gleich Luft holte, würde ich umkippen. Ich hielt durch. Eins, zwei, drei, vier ... Ich gab mir bis zehn. Sieben, acht, meine Lungen blockierten nicht mehr. Zehn! Ich spuckte, was das Zeug hielt. Unter Tränen stammelte ich: »Was hat Lema denn eigentlich gemacht?«

Der Große hob drohend die Hand. Der andere hielt ihn zurück: »Eine Dummheit. Er hat seine Geburtsurkunde verschluckt.«

VII

Achtundvierzig Stunden später entließen sie mich endlich. So lange durften sie mich in Gewahrsam behalten. Das ganze Programm: ein wackeliger Stuhl, die Bullen in Hemdsärmeln. Der mit dem Mundgeruch stellt die Fragen. Sein Gesicht kannst du nicht erkennen, weil er die Lampe direkt auf deine Visage richtet, bis deine Augen brennen. Der andere hackt mit zwei Fingern auf der Schreibmaschine rum und vertippt sich ständig: »Den Bericht kann ich gleich zerreißen … Also noch mal von vorne! Kannst du nicht mal deutlicher sprechen? Glaubst du, wir haben nichts anderes zu tun?« Ein Schutzmann mit schweißglänzender Stirn unterm Käppi bringt einen Imbiss. »He, Raymond, wir hatten gesagt drei Sandwiches. Wo ist denn das für den Beschuldigten? Lass gut sein. Monsieur hat sowieso keinen Hunger. Er weigert sich seit Stunden auszupacken.«

Dann die Gruppensitzung. Da bombardieren sie dich mit Fragen und mit ihrem Speichel. Dann die Ohrfeigen. In der Bande gibt es immer einen Ungeduldigen vom Dienst. Dann dieser Porree-Gestank, den ungewaschene Körper ausströmen, kein Tageslicht, und obendrein legt sich über alles, wie eine schmutzige Decke, dieses quälende Bedürfnis nach Schlaf.

Achtundvierzig Stunden. Da muss der Zeiger so einige Male das Ziffernblatt umrunden. Wie gerne würde man die Uhr zurückdrehen, ganz weit zurück, bis zu dem Moment, bevor diese Verwicklungen ihren Anfang nahmen. All diese Dummheiten, die sich wie auf einer Perlenschnur aufreihen lassen, angefangen bei dem Märchen mit dem falschen Kunden, das ich einfach so geschluckt habe. Ein Lügenmärchen folgte aufs andere, und dann gab ich Aude auch noch meine Adresse.

Aude. Sie musste die Bullen informiert haben! Am Tag, nachdem ich bei ihr gewesen war, hatte sie Besuch von einem Freund von Pietro bekommen. Einem echten Freund, der mit ihm verabredet war und sich wunderte, dass er versetzt worden war. Da sie fürchtete, ihm sei etwas zugestoßen, hatte sie den zuständigen Kommissar alarmiert. Das traf sich gut, denn am selben Morgen hatte man ihm eine Leiche serviert. Fischer hatten einen Körper ohne Kopf und ohne Identität aus dem Canal de l'Ourcq geangelt. Er hatte sofort seinen Stoßtrupp darauf angesetzt. Die beiden Hanswürste verfolgten dieselben Spuren wie ich. Und ich hatte selbst so viele davon hinterlassen, dass sie schließlich bei mir landeten und sich inzwischen ihren Reim darauf gemacht hatten. Ohne Yvettes spontane Zeugenaussage wäre ich auf dem besten Weg gewesen, Opfer eines Justizirrtums zu werden.

Yvette hatte ihr Ohr an die Wand gepresst, als ich dachte, ich wäre allein in der Agentur. »Schon zurück?« »Ja, ich hatte keinen großen Hunger.« Ich verdankte meine Freiheit ihrem Tick, an Türen zu lauschen.

Über all das grübelte ich im Morgengrauen nach. Steif gefroren unter dem dünnen Stoff meines Anzugs. Immerhin waren die Bullen so nett gewesen, mich nicht im Pyjama mitzunehmen.

Die ersten Kneipen öffneten ihre Türen. Radfahrer strampelten mit umgehängten Brotbeuteln zur Maloche. Oben an der Rue des Dunes wartete eine lange Schlange von Menschen vor einem mit einer Plane abgedeckten Lastwagen. Darauf standen dampfende Suppenkessel. Drei eingemummte Frauen füllten mit großen Schöpfkellen die Näpfe, die ihnen von den zitternden Gestalten hingehalten wurden. Daneben verteilten Männer in stramm sitzenden Canadienne-Jacken Brotrationen. Auf einem Schild stand, die Suppe würde den Arbeitslosen von der Parti Populaire Français geschenkt. Der Organisation, die Jacques Doriot, ehemaliger Bürgermeister von Saint-Denis, nach dem Vorbild der italienischen und deutschen Faschisten gegründet hatte.

Ich wechselte die Straßenseite.

»Kein Hunger, mein Junge?«, schrie so ein Depp mit Armbinde mir zu. »Wir selber wissen, wie es ist, wenn man in der Patsche sitzt. Komm, nimm dir Brot.«

»Von diesem Brot esse ich nicht«, murmelte ich im Weggehen.

Ich wollte endlich klar sehen, alles aufklären, aber vor allem brauchte ich ein Bad. Ich betrat die öffentlichen Duschen der Rue Rampal. Ein pausbäckiger Kerl mit einem Eunuchen-Gesicht gab mir ein Handtuch und ein Stück Seife. Die meisten Kunden kamen abends, um sich dort einmal gründlich abzuschrubben, nachdem sie den ganzen Tag in den Werkshallen geschwitzt hatten. Jetzt am frühen Morgen herrschte kein großes Gedrängel am Eingang. Ich hatte den sauberen Duft ganz für mich allein. Ich drehte das warme Wasser auf und wusch mich gründlich, um den muffigen Geruch aus der Zelle loszuwerden, der an meiner Haut klebte. Der heiße Dampf, der Mandelduft der Seife, da fehlte nur noch eine kleine Massage. Aber Fehlanzeige! Das war ein seriöses Haus hier. Nicht wie das am Boulevard de la Villette, wo man für ein paar zusätzliche Groschen die Dienste einer gefälligen Angestellten in Anspruch nehmen konnte.

Als ich rauskam, fühlte ich mich schon besser. Ich traf auf den Ziegenhirten, der von der Porte des Lilas kam, um seine Zicklein spazieren zu führen. Ich gönnte mir eine Pinte lauwarme Milch. Während ich sie trank, rieb eine neugierige Schwarze ihre Hörner an meinen Beinen und versetzte mir mit dem Kopf freundschaftliche Stupser.

»Brave Tiere«, sagte ich.

Ich tätschelte die Ziege an der Seite. Dabei stieg aus ihrem Fell eine Staubwolke auf.

»Ja, das sind brave Tiere«, antwortete der Ziegenhirt.

Ich gab ihm den Becher zurück. Wir hatten uns nichts weiter zu sagen, waren aber dennoch zufrieden. Ich sah ihnen nach, den Ziegen mit ihren hin- und herschaukelnden Eutern und dem Mann, der hinter ihnen lief, den Schlauch über die Schulter geworfen.

Ich hatte zwei Tage nichts gegessen, da konnte auch die Milch meinen Kohldampf nicht stillen. Ich ging zu Gopian rein. Er wienerte seine Kaffeemaschine im Takt einer im Radio laufenden Gymnastiksendung. In dem Gerät, das hinter dem Tresen stand, gab ein Sprecher gerade unverzichtbare Ratschläge zum Training der Bauchmuskulatur. »Dank dieser Übung behalten unsere geneigten Hörerinnen einen wunderbar flachen Bauch. Und Sie, meine Herren, bleiben dadurch in olympischer Form. Und eins und zwei und drei, einatmen! Und vier und fünf und sechs, ausatmen!« Vor seiner Kaffeemaschine folgte Gopian dem Takt und ächzte dabei wie ein Blasebalg in der Schmiede.

»Putzt du das Ding für einen Schönheitswettbewerb so raus oder macht die auch noch Kaffee?«

Er hielt inne.

»Sieh mal an, der Meisterdetektiv ist aus dem Bett gefallen.«

Ich schnappte mir ein hart gekochtes Ei vom Ständer auf der Theke und setzte mich an den Tisch.

»Gib mir einen Saft, was zu beißen und einen Muscadet zum Runterspülen.«

»Oh, oh!«, bemerkte er mit einem Augenzwinkern, »du hast letzte Nacht wohl viele Kalorien verbrannt?«

»Erinnere mich nicht daran, die haben mich ganz schön in die Mangel genommen.«

Auf dem Tisch lag eine Ausgabe des *Paris-Soir* herum. Die Zeitung berichtete über den Fund des »Toten ohne Kopf«. Der Schiffer, der die Überreste von Pietro Lema aufgespießt hatte, berichtete lang und breit über seinen makabren Fang. Der Reporter stachelte die Neugier des Lesers derart an, dass man mit einer Fortsetzung rechnen konnte. Auch wenn dieser Fall nicht mit dem von Eugène Weidmann mithalten konnte. Der junge Deutsche, ein Goethe-Liebhaber, der in einem Pariser Vorort eiskalt fünf Menschen umgebracht hatte, faszinierte nach wie vor die Öffentlichkeit. Er erhielt täglich ungezählte flammende Briefe und Heiratsangebote im Gefängnis von Versailles.

Der Duft nach frischem Brot und Kaffee zog vorbei, Gopian bereitete meinen Imbiss zu. Im Radio war der Moderator der Gymnastiksendung von einem musikalischen Programm abgelöst worden. Édith Piafs Stimme ließ das Radiogerät erzittern: *»Hitler, der stinkt mir, kann ihn einfach nicht riechen.«*

Gopian lachte und stellte lauter.

»Das gefällt mir.«

Er brachte mir mein Frühstück und sang dabei mit dem Spatz von Paris: *»Hitler, dem haue ich eins auf die Fresse, bist du ein Nazischwein, dann setz dir gleich 'ne Spritze!«*

Gopian war im Siebten Himmel: »Édith ist eine Süße, was?«

»Mit so einer Stimme kann man die öffentliche Ordnung stören, hat Sacha Guitry gesagt.«

»Gut beobachtet! Außerdem ist sie aus Belleville, das spricht auch für sie.«

Das brachte er so stolz hervor, als würde Édith Giovanna Gassion, genannt Piaf, die als Kind eines französischen Vaters und einer italienisch-kabylischen Mutter in der Gosse geboren wurde, aus seiner Heimat Armenien stammen.

Gopians Heimat war eine des Herzens, je bunter die Mischung, desto schöner.

Ich nahm einen großen Bissen von meinem Rillettes-Sandwich.

VIII

Bohman bereitete mir in der Agentur nicht gerade einen festlichen Empfang. Der konnte vielleicht ein Gesicht ziehen, das musste man erst mal nachmachen. In seiner Jugend war er in so manche Sache verstrickt gewesen, das war also nichts Neues für ihn. Vielleicht hat er mich deshalb nicht auf der Stelle gefeuert. Aber dass ich ihn für dumm verkaufen wollte, fand er dann doch unerhört. Er rückte sein Monokel zurecht. Das hatte er sich im Kino bei Jules Berry abgeguckt. Anfangs benutzte er diese Geste vor allem, um Eindruck auf Besucher zu machen. Mit der Zeit war es zu einem richtigen Tick geworden.

»Junger Freund, ich dulde nicht, dass jemand auf eigene Rechnung arbeitet. Wenn Sie sich selbstständig machen wollen, halte ich Sie nicht. Da kann ich Ihnen gerne behilflich sein. Aber bis es so weit ist, gehören diese Kunden immer noch zur Agentur Bohman. Und Octave Bohman, das bin ich. Es gibt noch Chefs in diesem Land!«

Ich gab mich zerknirscht. »Das war leichtfertig von mir. Aber wie können Sie nur denken, dass ich Sie übervorteilen wollte, wo ich doch alles in diesem Job von Ihnen gelernt habe ... Damit treffen Sie mich wirklich. Gucken Sie in den Tresor, da ist das Geld.«

Bei der Idee, dass er den Vorschuss einstreichen könnte, leuchteten seine Augen auf wie die eines Pferdehändlers, der einen alten Klepper als Vollblüter verkauft.

»Sehen Sie selbst«, bekräftigte ich, indem ich das Schatzkästchen öffnete. »Es ist alles da.«

Damit er es auch wirklich sah.

»Alles? Wirklich?«

»Zählen Sie ruhig nach. Die erste Rate für eine Vermisstensuche...«

Sein Zeigefinger glitt mit der Geschwindigkeit einer durch eine Überdosis Vitamine aufgeputschten Kassiererin durch den Stapel Geldscheine. Ein kleines Stück Papier, das zwischen zwei Scheinen klebte, fiel dabei auf den Teppich.

»Es fehlt nichts«, sagte ich, nachdem er fertig war.

Er hob zweifelnd die Augenbrauen, rückte sein Monokel zurecht.

Ich fuhr fort. »Sie waren gerade nicht im Haus. Der Typ wollte, dass ich seine Tochter zurückbringe, die mit ihrem Liebhaber durchgebrannt war. Keine besonders schwierige Aufgabe. Ich übernahm die Sache, trug sie nur nicht gleich in das Verzeichnis ein, und später habe ich nicht mehr daran gedacht.«

»Keine schwierige Aufgabe?«, wiederholte er. »Die Herren von der Polizei sind da offenbar ganz anderer Meinung. Reißen Sie sich zusammen! Die Agentur Bohman ist ein seriöses Unternehmen. Wegen der Verdienste, die Sie sich erworben haben, entlasse ich Sie nicht, aber die Angelegenheit wird den Ermittlungsbehörden übergeben. Sie kümmern sich wieder um die Desmares-Sache und erstellen mir sofort einen detaillierten Bericht.«

Als ich sein Büro verließ, marterte Yvette gerade wieder ihre Tastatur.

»Haben Sie alles mitbekommen, oder soll ich es Ihnen zusammenfassen?«, fragte ich.

Ihre Augen füllten sich mit Tränen. Das stimmte mich sanfter.

»Okay. Ich bin Ihnen noch was schuldig. Ohne Sie wäre ich immer noch in den Fängen der Bullen. Dafür bedanke ich mich. Zufrieden?«

Sie zog die Nase hoch. Ich hielt ihr mein Taschentuch hin.

»Hier, das ist kaum benutzt.«

Sie öffnete den Mund, als wollte sie etwas sagen, dann überlegte sie es sich anders. Sie sprang plötzlich auf, ging raus und schlug die Tür hinter sich zu. Es war ja nicht meine Schuld, wenn sie so leicht reizbar war. Ich hatte im Moment wirklich andere Sorgen. In der Hand hielt ich das kleine Stück Papier, das aus dem Bündel der Scheine herausgefallen war. Also so gut wie nichts. Das Papier war so ungünstig zerrissen, dass man nur noch eine Nummer entziffern konnte, 38, und ein einziges Wort: »Rose.« In einem Gärtnereiverzeichnis konnte ich da lange suchen. Ich hielt mich da lieber an den *Guide Rose*, das offizielle »Nachschlagewerk mit den Telefonnummern aller erotischen Etablissements und Massage-Salons in Paris, der Provinz und den Kolonien«. Auf dem Titel war ein Seraph mit weiblichen Kurven zu sehen. Die verbreitete Vorstellung, dass Engel geschlechtslose Wesen seien, wurde damit Lügen gestraft. Ebenso akribisch wie ein Zugfahrplan listete das Büchlein, »das weder verkauft noch öffentlich ausgestellt werden darf«, sämtliche Freudenhäuser Frankreichs und Navarras auf. Da war für jeden Geschmack und jeden Geldbeutel etwas dabei. Zwischen zwei Adressen empfahl eine Reklame die Benutzung von Costaud, einem Federbett, das die Form behielt, und auf das fünfzehn Jahre Garantie gegeben wurden. »Chefs, seid modern«, riet die Anzeige den Bordellbetreibern.

Auf Seite 38 wurden die Reize des Chat Huant – der Nachteule – angepriesen, ein Laden in der Rue de Paradis. »*Von vorne so schön wie von hinten*«, ergänzte der Führer. Bevor ich das überprüfte, rief ich Foucart an. Ja, ich hatte schon mal angerufen vor einigen Tagen. Nein, Monsieur Foucart war noch nicht wieder da. Ich konnte ganz beruhigt sein, er würde meine Nachricht erhalten, sobald er zurück war.

Als es dunkel wurde, klopfte ich an die Tür der Nachteule. Der Laden gab sich zwar nicht als Vier-Sterne-Etablissement aus, war aber auch keine billige Absteige. Im Salon warteten mehr oder minder bekleidete Damen auf Kundschaft. Es roch nach schwerem Parfum, hellem Tabak und allzu süßlichen Blumen. An Sträußen wurde nicht gespart. Offenbar hatten sie gute Beziehungen zu einem Großhändler. Es war das reinste Gewächshaus. Und da es sehr warm war, blühte alles, und man fühlte sich mit der Zeit leicht benommen.

Entlang der fahlgelb gestrichenen Wände warfen goldumrahmte Spiegel das gedämpfte Licht der Lüster zurück. In den Lichtreflexen einer Glitzerkugel spielte ein Musiker-Duo gedämpft Musette-Walzer. Die Dame des Hauses stellte mir ihre Zöglinge vor. Ich entschied mich für Gina, eine Dunkelhaarige in einem Morgenmantel aus schwarzer Seide, der sich über ihren Brüsten einladend öffnete. Wir setzten uns in eine Ecke, und sie bestellte eine Flasche. Sie schien sich ungefähr so gut zu amüsieren wie eine Finanzbeamtin am Schalter. Auf der Tanzfläche wiegten sich umschlungen zwei ihrer Freundinnen in den Hüften, angetan nur mit hochhackigen Pumps. In einer Nische ließ ein schmächtiger Kerl mit knallrotem Gesicht seine Hand unter dem Rock einer dicken Oberschülerin verschwinden, die ihrem Aussehen nach jede Klasse dreimal wiederholt hatte. Sie kicherte, drehte den Kopf weg, während der Typ vor Erregung kaum noch an sich halten konnte. Als er reif war, gingen sie nach oben.

Das Orchester legte eine Pause ein.

Ich wollte gerade mit meinem Gequatsche beginnen, als

ich unter dem Amor aus Gips im Spiegel ein goldblitzendes Lächeln erblickte.

»Milou!«

»Ich möchte nicht stören«, entschuldigte er sich. »Bei Ginette bist du in guten Händen.«

»Ginette?«

Ich musterte das Mädchen eingehend. Auf ihrer linken Wange war der blaue Schatten eines Blutergusses zu erkennen. Ginette ...

»Wenn man bedenkt, was für eine Abreibung sie bekommen hat«, hatte Marcel gesagt.

Milou unterbrach meine Gedanken: »Du hast den gleichen Geschmack wie dein Freund.«

»Welcher Freund?«

»Der, der dir neulich Abend zu Hilfe gekommen ist. Er war gestern hier.«

»Hast du ihn wiedererkannt? Ich dachte, du hättest ihn kaum gesehen.«

»Ich erinnerte mich wieder, als ich ihn vor mir sah. Er sieht schon komisch aus, oder?«

»Komisch?«

»Keine Haare, keine Wimpern, eine vollkommen glatte Haut, wie ein Ei ...

Ein Ei. Das letzte Mal sah ich so ein Ei ohne Eierbecher unter dem Fenster der Agentur. Da wartete er auf den falschen Beaupréau am Steuer eines Wagens.

»Du, Milou, kannst du gleich mal mein Lied spielen?«

Ginette hatte diese gedehnte Art zu sprechen wie alle, denen alles schnuppe ist. An ihrer Lippe hing eine Zigarette, sie gab sich wirklich keine Mühe zu gefallen. Sie war noch keine dreißig, aber ihr Bauch hing schlaff herunter, als hätte er schon eine Menge mitgemacht.

»Ist er mit dir hochgegangen?«, fragte ich.

»Wer denn, Schätzchen?«

»Mein Kumpel, ein Großer mit Glatze.«

»Boris?«

»Du kennst seinen Namen?«

»Nein. Ist mir auch egal. Ich nenne ihn einfach Boris, weil das russisch klingt. Und ich hatte schon einige Russen. Und Adelige hatte ich auch. Ich bin nämlich gefragt, weißt du? Boris kann genauso gut aus Garenne-Bezons sein. Wenn er einen Schnurrbart hätte, sähe er aus wie ein Ruskoff. Aber eher wird das hier ein Kloster, als dass dem ein Schnurrbart wächst. Der hat kein einziges Haar. Seine Haut ist glatt wie …«

»Ein Ei, ich weiß. Kommt er oft?«

»Ab und zu.«

Ich kritzelte die Telefonnummer der Agentur auf einen Geldschein und drückte ihn ihr in die Hand.

»Ich würde Boris gern überraschen. Ruf mich an, wenn er mal wieder kommt. Aber sag ihm bloß nicht, dass ich hier war.«

Sie antwortete nicht. Milou war verschwunden, um seine Gitarre zu bearbeiten. Der Akkordeonspieler zog hin- und herwogend sein Instrument auseinander. Mit halb geschlossenen Augen summte Ginette: »Wo sind all meine Liebhaber? Alle, die mich so geliebt haben, früher, als ich schön war, wo sind all die Untreuen hin?«

Sie bemerkte gar nicht, als ich ging.

»Stimmt was nicht mit Gina?«, fragte die zweite Chefin, als sie mich eingeholt hatte.

Ich hatte die mir für den Champagner zustehende Zeit überzogen. Ihr Gesicht verzog sich zu einem geschäftsmäßigen Lächeln.

»Im Gegenteil, es war sehr gut«, sagte ich und zwinkerte ihr zu. »Ich bin mehr der Kopftyp.«

Als ich gerade nach meiner Jacke griff, sah ich sie. Sie ging die Treppe herunter, völlig nackt, nur von schwarzen Schleiern verhüllt. Hinter ihr knöpfte sich ein Freier, ein wohlbeleibter Notar, gerade mit seliger Miene die Hose zu. Ich sah die Subalterne an.

»Die Witwe«, flüsterte sie wie selbstverständlich. »Eine Besonderheit unseres Hauses. Wenn Monsieur ein Kopfmensch ist…«

Die trauernde Venus streifte eine Vase mit goldbraunen Blumen. Sie geriet auf ihrem Tischchen bedrohlich ins Wanken und fiel dann um. Die Margeriten verteilten sich über den Boden. Zu Füßen der Dame in Schwarz breitete sich eine Art Trauergebinde aus. Und plötzlich fiel es mir ein. Die Blumen! Sie verfolgten mich geradezu. Allesamt waren sie vergiftet. Die der Witwe im Eva-Kostüm, die der falschen Toten von Corback und jene, die Pietro mitten in der Nacht mit nach Hause brachte … »Er sagte, er wolle zu einem Freund wegen irgendwelcher Geschäfte«, hatte Aude gesagt. Ich sah ihn direkt vor mir, den Freund. Der König des individuellen Aufschwungs. Der hatte nicht gepennt. Selbst Grabkränze verwertete er noch gewinnbringend. Chapeau, Corbeau!

IX

Jedes Pariser Viertel hat seinen eigenen Geruch. Die Rue d´Aubervilliers roch nach Tod. Angefangen von den Bestattungsunternehmen, die sich dort angesiedelt hatten, über die Gasometer der Rue de l'Évangile bis hin zu den Schlachthöfen von La Villette. Hier versammelte sich wirklich alles, was mit Verwesung zu tun hatte, auf der einen Seite herrschte die Stille der Friedhöfe, während auf der anderen das Kreischen der Züge zu hören war, wenn sie über die Eisenbahnbrücke fuhren.

In der Rue Curial wurden auf einem Aushang Särge und Bestattungsartikel zum Verkauf angeboten: »Wie neu«. Es wurde nicht genau dargelegt, ob sie schon einmal benutzt worden waren. Corback hauste nur wenige Schritte entfernt in der obersten Etage eines windschiefen Hauses, dessen Hof als Abstellplatz für allerlei Gerümpel diente.

Die Treppenhausbeleuchtung funktionierte nicht. Ich tastete mich irgendwie zu seiner Tür vor. Ich hatte das Gefühl, dass innen jemand lauschte. Ich sagte laut meinen Namen. Corbeau öffnete die Tür einen Spalt breit. Er warf einen misstrauischen Blick in den Flur und entschied dann, mich einzulassen.

»Na, das ist ja eine schöne Überraschung!«

Er hätte auch gut das Gegenteil behaupten können. Seinem Gesichtsausdruck nach zu urteilen, war er jedenfalls keineswegs erfreut, mich wiederzusehen. Er blieb im Türrahmen stehen, als suche er nach einem Vorwand, um mich wieder loswerden zu können. Lucia ließ ihm nicht die Zeit dazu.

»Bitte deinen Freund doch rein«, rief sie vom Esszimmer rüber.

Sie saß dort im Unterkleid und war gerade damit beschäftigt, sich die Zehennägel zu lackieren, den Fuß hatte sie auf den Rand des Tisches gestellt. Corback fügte sich widerwillig.

»Da du nun schon mal hier bist.«

Ich folgte ihm in das unordentliche Zimmer. Er schob die Überreste ihres Abendessens beiseite, die noch auf dem Tisch herumstanden. Dabei wurde unter seiner Strickjacke der Kolben einer Knarre sichtbar.

»Schenk uns doch mal einen kleinen Cinzano ein«, regte

Lucia an, während sie sich ein Wattestück zwischen zwei Zehen steckte.

Corbeau fand anscheinend, dass sie es mit der Gastfreundschaft wirklich übertrieb.

»Hörst du vielleicht mal auf, mir zu sagen, was ich zu tun und zu lassen habe?«, sagte er aufgebracht.

Lucia reckte die Nase. Dabei rutschte ein Träger ihres Unterkleides langsam über ihre Schulter. Aber sie tat nichts, um ihn aufzuhalten, während sie sich vorbeugte, um nach ihrem Nagellackfläschchen zu greifen.

»Könnten Sie mir das vielleicht mal rübergeben?«, fragte sie mich mit einem Blick, der jeden angemacht hätte.

Corbeau füllte drei Gläser.

»Bist ja nicht gerade geschwätzig«, bemerkte ich, während er die Flasche hinstellte. »Wenn das jetzt nicht zu billig wäre, würde ich sagen, du ziehst ein Gesicht wie bei einer Beerdigung.«

»Das kann man wohl sagen«, seufzte Lucia. »Er ist unerträglich. Eine richtige Kratzbürste!«

Das brachte ihn endgültig auf die Palme, und er schlug mit der Faust auf den Tisch. Das Nagellackfläschchen kippte um und eine zinnoberrote Flüssigkeit ergoss sich über den Tisch. Es sah aus wie Blut. Jetzt geriet die Kleine in Rage.

»Na, bist du zufrieden? Ich weiß wirklich nicht, warum ich noch mit dir zusammen bin. Du bist wie ein Seeigel. Nein, schlimmer! Du bist wie ein Nagelbrett. Ganz einfach. Wenn ich mich hinlege, muss ich fürchten, gestochen zu werden.«

Er war aufgestanden. Ich dachte, er verpasst ihr gleich eine, aber er hörte gar nicht mehr zu. Er näherte sich dem Fenster: »Hat da nicht gerade ein Auto gehalten?«

Er spähte durch die Jalousien.

»Bist du wegen Lemas Tod so ein Nervenbündel?«, fragte ich.

Das traf ihn wie ein Peitschenhieb. Er fuhr herum, die Knarre in der Pfote. Ich ließ meine Flossen offen auf dem Tisch liegen.

»Ganz ruhig. Du willst ja wohl keinen Freund abknallen.«

»Freunde sind schneller weg, als du gucken kannst.«

»Bleiben die echten.«

Er wischte sich mit dem Ärmel den Schweiß ab, der ihm von der Stirn perlte. Ein Typ, der schießen will, wischt sich nicht die Stirn ab, dachte ich. Langsam löste ich meine Hände vom Tisch. Ich schenkte noch mal eine Runde Enteisungsmittel aus und erhob mein Glas.

»Auf die Unabhängigkeit der Welt?«

Er legte seine Knarre weg und leerte sein Glas bis auf den letzten Tropfen.

Corback leerte noch so einige Gläser. Und er packte aus. Als er so richtig knülle war, war er auch wieder gut drauf. Nachdem er ordentlich gepichelt hatte, war er bereit, der ganzen Welt die Stirn zu bieten. Das war angesichts seiner vertrackten Lage vielleicht nicht unbedingt ratsam.

Wie Aude, so hatte auch er Pietro Lema im Zusammenhang mit Spanien kennengelernt. Auf der anderen Seite der Pyrenäen lief es gerade gar nicht gut. Wegen mangelnder internationaler Unterstützung und weil ihre Divisionen aufgerieben wurden, war die republikanische Front durchbrochen worden. Und als wäre Franco nicht genug, hatte nun auch noch Stalin beschlossen, für Ordnung zu sorgen. Anarchisten, Trotzkisten und was es sonst noch so gab, waren Klassenfeinde. Die russischen Waffen blieben den Kommunisten vorbehalten, und die schossen damit fröhlich in der Gegend rum. Es war genug Blei für alle da!

In den Ländern Europas, die noch frei waren, wurden Unterstützergruppen aktiv. Nicht zuletzt die Anhänger der schwarzen Fahne regten sich. Die Anarchos der CNT hielten noch Katalonien. Das war ein echtes Wunder. Eine Flinte für zwei Leute, die Munition nahm man den Leichen ab, vor ihrer Nase explodierten die Granaten, aber sie hielten durch. In Paris, London oder Brüssel sammelte man, was das Zeug hielt. Geld, Medikamente, aber vor allem Waffen. Die Sache war dringend, also konnte man keine Rücksicht auf Besitzverhältnisse nehmen. Corbeau und ein paar andere hatten erneut ihr Brecheisen hervorgeholt. In mondlosen Nächten hörte man wieder die Nachtigall singen. Bis zu dem Zeitpunkt waren sie noch ein kleines Unternehmen gewesen, arbeiteten quasi handwerklich. Aber seither war ein Monat vergangen. Lema hatte ihnen vorgeschlagen, sich an eine größere Sache zu wagen. Das Ding, das er ihnen auf einem silbernen Tablett präsentierte, war echt heiß, so eins, an dem man sich zwangsläufig die Finger verbrennt. Sie wollten sich ein Militärdepot vornehmen.

»Soll das ein Witz sein?«, fragte ich ungläubig.

»Witz?«, sagte Corback, leicht verunsichert. »Das ist ernst. Sehr ernst sogar. Man kann über alles Mögliche Witze machen, aber nicht über Spanien!«

»Aber man bricht nicht mal eben in ein Militärdepot ein.«

»Schon pass…iert…«

»Wie bitte?«

»Das ist schon passiert.«

»Ihr habt euch eine Kaserne vorgenommen?«

»Nein! Die Waffen waren schon draußen. Sie warteten nur auf uns … Pfft! Corbeau alias Swami hat sie verschwinden lassen.«

Er stand auf und erhob drohend seine Kanone: »Sollen sie doch versuchen, sie wiederzuholen! Dann bekommen sie es mit mir zu tun!«

Er geriet bedrohlich ins Wanken. Lucia starrte mich mit

offenem Mund an. Sie war sicher auch etwas angesäuselt, aber ihre Bestürzung war nicht auf das Gesöff zurückzuführen.

Zu zweit haben wir ihn ausgenüchtert, dabei mussten wir auf sein Schießeisen aufpassen, das er nicht loslassen wollte. Das ganze Programm: Eiskaltes Wasser, frische Luft und gesalzener Kaffee. Nachdem wir ihm das eingetrichtert hatten, fühlte er sich besser. Wir wickelten ihn in einen Morgenmantel und setzten ihn in einen Sessel. Während dieser Rettungsaktionen klebte Lucia dauernd an mir. Eine richtige Klette. Wenn sie mir nicht gerade ihre nackten Arme unter die Nase hielt, dann presste sie ihre schweren Brüste gegen meinen Rücken. Jedes Mal, wenn wir uns irgendwie in die Quere kamen, entschuldigte sie sich überschwänglich. Damit ich auch bloß kapierte, woran sie dachte. Es ließ mich nicht kalt, dass sie offensichtlich nur eins im Kopf hatte. Aber das war jetzt einfach nicht der Moment.

Nach einer Stunde war der Sargträger zumindest oberflächlich betrachtet wieder einsatzfähig. Auf einmal sah er die Dinge aus einem anderen Blickwinkel. Als er nicht mehr benebelt war, lösten sich auch seine lyrischen Höhenflüge in Luft auf, und er fühlte sich jetzt nicht mehr wirklich als Held der Ramblas. Übergangslos sah er jetzt alles wieder zutiefst schwarz.

»Ich werde nicht alt«, verkündete er kennerhaft.

Er sah aus dem Fenster, wo in Paris ein neuer Tag anbrach. Draußen sausten die ersten Lastwagen mit einer Ladung bemitleidenswerter Viecher zu den Schlachthöfen. Es rührte Lucia, ihn in diesem Zustand zu sehen.

»Du weißt doch, dass ich da bin«, sagte sie, als könne das irgendetwas ändern.

Corbeau war zutiefst bewegt.

»Was täte ich ohne dich, mein Hase«, sagte er lächelnd.

Sie legte ihm einen Schal über die Schultern. Für ihn war das Thema damit beendet.

»Jetzt erzähl doch mal«, sagte ich, und schloss das Fenster.

»Die Waffen haben wir der Cagoule geklaut.«

Corbeau spuckte es schließlich doch aus. Die Sache war so ungeheuerlich, dass ich nicht wusste, ob ich darüber lachen oder lieber gleich meine Knochen sortieren sollte.

Die Cagoule. Unter ihrem offiziellen Namen, Comité secret d'action révolutionnaire, hatte sich die gefährlichste Bruderschaft von Hitzköpfen zusammengefunden, die das Land je gesehen hatte. Sie hatte nur ein einziges Ziel: die Niederschlagung der Republik. An ihrer Stelle sollte ein eisenhartes Regime errichtet werden und mal richtig durchgreifen, wie in Italien und Deutschland. Bankiers, hohe Beamte und Soldaten strömten ihr massenweise zu. Offiziere schlossen sich ihr samt Rüstzeug und Waffen an, ganze Lager voll. Alles war bereit für den großen Tag, die strategisch wichtigen Orte waren bestimmt. Die Republik sollte durch die Kanalisation erobert werden, und auf dem Weg würde man ein paar Parlamentsabgeordnete als Geisel nehmen. Léon Blum, Vincent Auriol und Jean Zay standen auf der Liste.

Im letzten Moment hatten sie einen Rückzieher gemacht. Am 15. November 1937 war das Komplott aufgeflogen, und die Cagoulards hatten sich in Luft aufgelöst! Heimlich, still und leise hatten sie sich wieder ihren Geschäften zugewandt, waren in ihre Ministerien und Kasernen zurückgekehrt. Noch Monate später fand man geheime Waffenarsenale.

Und eines davon hatten Corback und seine Kumpels geplündert.

»Hat Lema euch den Tipp gegeben?«

»Habe ich doch schon gesagt.«

»Woher kanntest du ihn?«

»Die Genossen des Komitees für ein freies Spanien hatten ihn mir vorgestellt. Emilio von der Giustizia e libertà hat ihn eines Abends mitgebracht. Lema brauchte jemanden, der mit einem Brecheisen umgehen konnte.«

»Und wer hat Lema das Versteck ausgeplaudert?«

»Weißt du noch, vor zwei Monaten? Am 27. Januar, dem Tag, als die Weltausstellung abgebaut wurde? Die Explosion in Villejuif …«

»Die Granaten?«

»Ja, die dreitausend, die im Versuchslabor für Sprengstoff in die Luft gegangen sind … Fünfzehn Tote. Die Soldaten, die sie weggeschafft haben, Typen, die da gearbeitet haben …«

»Ich weiß, die Blätter haben ja ausführlich darüber berichtet. Und was haben die damit zu tun?«

»Das Zeug kam aus einem Versteck der Cagoule, das eine Woche zuvor gefunden worden war. Die Armee betrieb die Rückführung ihres Eigentums. Das Labor wurde weggepustet. Nur der Lagerschuppen, wo sie die Gewehre aufbewahrt hatten, nicht.«

»Und?«, frage ich, und ahnte schon, was er sagen würde.

»Sie sind nicht mehr da.«

»Aber das stand nicht in den Zeitungen!«

»Hatte auch keiner Interesse dran«, stöhnte er. »Denkst du, die Militärs posaunen aus, dass man ihnen die sechshundert Flinten, die sie gerade wiedergefunden hatten, erneut geklaut hat?«

»Sechshundert?«

»Mit Munition.«

»Auf dem Weg nach Spanien?«

»Eine erste Ladung, um sicherzugehen, dass die Mittelsmänner auch dicht halten. Der Rest ist noch an einem sicheren Ort. Zumindest vorerst. Es ist leider was durchgesickert.«

»Das dachte ich mir schon.«

»Die Cagoulards haben große Ohren …«

Corbeau unterbrach sich und richtete seinen Hundeblick auf mich: »Woher kanntest du Pietro eigentlich?«

Ich erzählte ihm vom falschen Beaupréau, den Nachforschungen, den Bullen … Er war sich sicher: »Das sind sie. Wir sind erledigt.«

Dieses »wir« wollte mir gar nicht gefallen. Ich redete mir ein, dass er einfach überall Cagoulards sah, so wie andere rosa Elefanten.

X

In der Agentur erwartete mich eine Neuigkeit.

»Die Sekretärin von Monsieur Foucart hat angerufen. Sie können bis heute Mittag unter dieser Nummer zurückrufen.«

Stocksteif riss Yvette einen Zettel von ihrem Block ab. Ich streckte die Hand danach aus, da zog sie ihre ruckartig zurück und lächelte mich scheinheilig an: »Haben Sie den Bericht für Monsieur Bohman schon fertig?«

»Nett, dass Sie sich für mich den Kopf zerbrechen. Wirklich bewundernswert.«

Ich schnappte den Wisch und sprang zum Telefon. Am Ende der Leitung meldete sich eine weibliche, näselnde Stimme. Ob ich den Namen unserer Agentur noch mal wiederholen könne?

»Agentur Bohman – Ermittlungen, Nachforschungen, Observationen.«

Im Allgemeinen löste dieser Refrain betretenes Schweigen aus. Ein mehrfaches Klicken war zu hören, und eine männliche Stimme übernahm, ebenfalls näselnd.

»Amédée Foucart am Apparat.«

»Sie haben unseren Vertrag auch nicht vergessen?«, fragte ich aufs Geratewohl.

»Bitte?«

»Unsere Firma verpflichtet sich ihren Kunden gegenüber zu absoluter Diskretion. Es war deshalb unnötig, sich eine falsche Identität zuzulegen ...«

Ich konzentrierte mich auf den Klang seiner Stimme, während Foucart antwortete: »Tut mir leid, Monsieur, es handelt sich offensichtlich um eine Verwechslung.«

Verdammtes Telefon! Die verzerrte Stimme, die ich hörte, erinnerte mich an rein gar nichts. Ich insistierte.

»Ich habe Kontakt zu Aude aufgenommen, wie vereinbart.«

Betretenes Schweigen.

»Ich weiß nicht, wovon Sie reden, Monsieur ... Monsieur?«

Wenn er ehrlich war, dann musste er sich jetzt wirklich ganz schön das Hirn zermartern. Ich unternahm noch einen letzten Versuch: »Pietro Lema dürfte sie nicht mehr vom rechten Weg abbringen ...«

Neuerliche Stille.

»Wer sind Sie?«

Er schien es nicht zu wissen.

»Hallo!«, rief er beunruhigt. »Was wollen Sie?«

»Hören Sie, Monsieur, vielleicht sollten wir uns besser treffen.«

Als ich auflegte, waren wir für den Nachmittag verabredet. Da hatte ich genug Zeit, noch mal meine Erinnerung aufzufrischen. Ich vertiefte mich in die Lektüre der in der Agentur gesammelten Zeitungen. Die Ausgaben vom 28. Januar hatten die Weidmann-Affäre kurzzeitig vernachlässigt und berichteten von der Explosion in Villejuif. Zu den dreitausend Granaten kamen noch fünfzig Kilo Sprengstoff. Das Feuerwerk hatte das städtische Labor auf vierhundert Quadratmetern zerstört. Die Angelegenheit hatte die Presse wieder auf die Cagoule aufmerksam gemacht. Umso mehr, als man zwei ihrer Mitglieder, die mutmaßlichen Mörder der Rosselli-Brüder, italienische Antifaschisten, die in Bagnoles-de-l'Orne umgebracht worden waren, gerade in Paris festgenommen hatte. Giustizia e libertà, die Bewegung der Rossellis, war ein gefundenes Fressen für die Zeilenschinder. Dieser Name schien doch direkt aus einer Folge von Pardaillan entsprungen, und so klang das Ganze nach Mantel, Degen und Verschwörung. In einigen Zeitungen zeigte man sich immerhin verwundert, dass man siebzig Cagoulards, die einige Monate zuvor festgenommen worden waren, wieder auf freien Fuß gesetzt hatte, ohne ihnen den Prozess zu machen. Ein Journalist, der eine größere Spürnase als die anderen besaß, erinnerte an die Worte von Marx Dormoy, dem amtierenden Innenminister: »Die beschlagnahmten Dokumente belegen, dass die Verdächtigen sich zum Ziel gesetzt hatten, die Staatsform der Republik, die unser Land frei gewählt hat, durch eine Diktatur zu ersetzen, die der Wiedererrichtung der Monarchie vorausgehen sollte.«

Dieser verrückte Corbeau. Er hatte sich in die Höhle des Löwen begeben. Was hatte er sich dabei gedacht? Dass er sechshundert Flinten mal eben im Handumdrehen verschwinden lassen kann? Der kleine Sargträger mit seinen faulen Tricks, seinen Zaubernummern und seinen fadenscheinigen Traumgebilden. Und ausgerechnet so einer zog mich mit rein in die Scheiße. Das war kein Zufall mehr, das Pech verfolgte mich, es klebte einfach an mir wie Honig. Als ob ich es drauf anlegte. Dabei wollte ich doch nur anständig werden. Und zwar endgültig. Ich hatte alles dafür getan, sogar meine Jugend über Bord geworfen wie einen ollen Lumpen. Und jetzt holte sie mich wieder ein.

»Haben Sie Ihren Bericht fertig?«

Nicht nur meine Vergangenheit war mir auf den Fersen. Auch Yvette hatte einen Zahn zugelegt, die konnte einen richtigen Sprint hinlegen, bloß um einem auf den Wecker zu fallen.

Sollte sie sich doch allein abstrampeln, ich ging runter. Über den Rasen der Buttes-Chaumont trippelte ein netter älterer Herr, Gamaschen an den Füßen, einen Stock in der Hand. Er war glücklich, den Winter überstanden zu haben, und kam pünktlich mit den ersten Sonnenstrahlen aus seinem Häuschen, so wie die Schnecke nach dem Regen. Er war froh, sich mal richtig aufzuwärmen. Ich hätte es ihm gerne nachgetan, aber die Sonne schien nicht für mich. Foucart erwartete mich, und er wurde nicht lange auf die Folter gespannt. Hätte ich es mal gemacht. Dieser vertrocknete Aktenfresser ähnelte meinem Klienten ungefähr so wie ein Hund einem Bischof. Von den Haaren bis zu den Schuhen war er komplett grau. Sämtliche Abstufungen von Staubfarben. Bis hin zum Anzug, den er in Anthrazit gewählt hatte, vielleicht um den Eindruck zu erwecken, dass er mühelos in einer Mauer verschwinden konnte. Ich gab ihm vorsichtig die Hand, aus Angst, es könnte etwas abbröckeln. Er bat mich, Platz zu nehmen.

»Ich muss Ihnen sagen, Monsieur, dass Ihr Anruf mich gehörig überrascht hat. Ich habe kein Wort von Ihren Ausführungen verstanden. Nur weil es um Aude Beaupréau geht, und ich mir Aufklärung erhoffe über einen Sachverhalt, der mich, wie ich einräume, hat aufhorchen lassen, habe ich eingewilligt, Sie zu empfangen.«

Ob am Telefon oder nicht, seine Stimme war dieselbe. Er näselte ganz natürlich. Ich klärte ihn auf, ohne dabei allzu sehr ins Detail zu gehen. Als ich fertig war, sah er noch grauer aus als vorher.

»Monsieur, ich verstehe Ihr Vorgehen nun besser. Sie sind Opfer einer schändlichen Täuschung geworden, deren Gründe ich mir nicht erklären kann. Glauben Sie mir, wenn Ihnen mit dieser schrecklichen Maskerade auch nur das geringste Unrecht geschehen sein sollte, so liegt es mir am Herzen, dieses wiedergutzumachen. Im Andenken an unseren schmerzlich vermissten Louis Beaupréau.«

Mit Bedauern lehnte ich dieses Angebot ab und knüpfte in der gleichen Tonlage an.

»Lassen wir das. Ich hoffe vor allem, dass Mademoiselle Beaupréau nicht unter den Machenschaften dieses Individuums zu leiden haben wird.«

»Mein Gott, denken Sie etwa ...«

»Aber ja, sie muss mit allem rechnen. Diese makabre Intrige wurde durchkreuzt. Aber der Urheber wird es nicht dabei bewenden lassen.«

»Warum? Warum?«

»Entschuldigen Sie, aber die unerfreuliche Lage, in die ich durch die Umstände geraten bin, hat mich dazu gebracht, unfreiwillig, das versichere ich Ihnen ...«

»Davon bin ich überzeugt, Monsieur.«

»Danke, Monsieur. Die abscheuliche Komödie, die man mir vorgespielt hat, hat mich, ohne mein Wissen, in das Privatleben einer jungen Frau treten lassen, die ... das ...«

Er beobachtete mich, das Kinn auf die Hände gestützt.

»Ich sage es geradeheraus«, kündigte ich an.

»Ich wollte Sie gerade darum bitten.«

»Was halten Sie von der Verbindung von Mademoiselle Beaupréau mit Pietro Lema?«

»Denken Sie, da besteht ein Zusammenhang mit ... Natürlich hatte ich mir ihre Zukunft anders vorgestellt. Ich will Ihnen nicht verbergen, dass ich befürchtet habe, die finanzielle Situation von Aude könnte für diesen Mann einen besonderen Anreiz darstellen. Aber unsere Aude hat Charakter. Sie hat immer schon eine außergewöhnliche Reife bewiesen für ihr Alter. Sie hat keinerlei Anstoß an meinen Befürchtungen genommen. Um sie zu zerstreuen, hat sie vorgeschlagen einen Vertrag aufzusetzen, vor Maitre Ménelat, dem Anwalt der Familie. Ich führe das Unternehmen und vom Gewinn zahle ich ihr eine Rente aus. Der Rest – abgesehen von dem, was neu investiert wird – ist langfristig in Pfandbriefen festgelegt.«

»Das heißt?«

»Die angesparte Summe und die entsprechenden Optionen werden erst in zehn Jahren nach der Einzahlung fällig. Das sichert dieser Anlage eine optimale Rendite und das Vermögen von Mademoiselle Beaupréau weckt damit keinerlei Begehrlichkeiten.«

»Zehn Jahre …«

»Mitgiftjäger haben in der Regel nicht so lange Geduld.«

»Und wenn sie beschließt, die Vertragsklauseln zu ändern?«

»Es ist notariell beurkundet, dass sie dazu mein Einverständnis braucht.«

»Ich vermute, bis zu ihrer Volljährigkeit hatte Mademoiselle Beaupréau einen Vormund.«

»Richtig, diese Aufgabe übernahm Monseigneur Lescot.«

»Monseigneur?«

»Der Großonkel von Aude ist Bischof von Autun. Er ist der einzige Verwandte, den sie noch hat. Die Familie Beaupréau hat einen hohen Blutzoll an das Vaterland gezahlt. Die beiden Brüder von Louis sind bei der Offensive 1917 an der Somme gefallen. Sein Schwager erlitt in Craonne eine Gasvergiftung und starb vor fünfzehn Jahren.«

Die Foucart-Spur hatte sich erledigt und damit auch die ihrer Familie. Es sei denn, man hielt es für möglich, dass ein alter Kleriker seine Position riskieren und den Bischofsstab gegen einen Weihwasserwedel tauschen wollte. Der Verwalter der Pariser Gaszähler begleitete mich zur Tür, und wir tauschten noch einige der üblichen Höflichkeiten aus. Falls ich gehofft hatte, dass der Vorhang über dieser Boulevardfarce fiel, konnte ich nun zufrieden sein.

Im Erdgeschoss riss mich die Concierge aus meinen Gedanken. Auf Knien bohnerte sie die Treppe und passte auf, dass dabei kein Fleck auf den roten Teppich kam, der über den Stufen lag. Damit es auch schön glänzte, legte sie sich ordentlich ins Zeug. Ihre wabbeligen dicken Arme zitterten vor Anstrengung.

»Verdammt viel Arbeit!«, sagte ich anerkennend, während sie sich aufrichtete, um mich vorbeizulassen.

Ihr stand der Schweiß auf der Stirn und sie sah mich an, als wäre ich der letzte Lump.

XI

Ich ging weiter bis zum Kanal. Vor dem Hôtel du Nord war die Drehbrücke zur Seite geschwenkt, um einen Schwimmkran durchzulassen, der von einem kurzatmigen Schlepper gezogen wurde. Ich folgte ihnen. Am Quai de la Loire legten Frachtkähne an, die Sand und Kies transportierten. Auf der Anlegebrücke kontrollierte Emilio eine Ladung. Mit seinem steifen Bein sah er aus wie ein tölpelhafter Albatros. Vor zehn Jahren war er aus Italien gekommen und mit seiner Maurerkelle von einer Pariser Baustelle zur anderen gezogen, bevor ein übler Sturz ihn gezwungen hatte, am Boden zu bleiben. Seither hatte er immer festen Grund unter den Füßen gehabt. Er schleppte sein wackliges Gestell so wehmütig durch die Gegend wie ein Spatz, dem die Flügel gestutzt worden waren.

Dank der Solidarität der Immigranten von jenseits der Alpen war es ihm gelungen, einen Job als Wächter bei den Lagerhäusern von Cavagnolo aufzutun, Baumaterialien für Maurerarbeiten en gros. Sehnsuchtsvoll wachte er über den Weg des Zements, den andere verstreichen würden. Verbittert war er trotzdem nicht. Emilio war so gut wie das Brot aus seinem heimatlichen Kalabrien. Den Hass sparte er sich lieber auf für »Mussolini und seine Faschistenschweine, die für ganz Italien eine Schande sind«.

»Hallo Detektiv!«, rief er mir zu, als er mich sah.

Meine Hand verschwand in seinen beiden Pranken, und eine ganze Weile drückten wir uns die Flossen. Hafenarbeiter kamen und gingen über die Stege, tief gebeugt unter der Last der Säcke.

Emilio lächelte. Einen Kumpel zu treffen, war für ihn ein echtes Vergnügen, er genoss es genauso wie eine Zigarette zu rauchen oder ein Glas Wein zu trinken. Ich schaute mich nach dem nächsten Schanktresen um.

»Hast du fünf Minuten Zeit?«

Er sah nach, ob auf den Docks alles in Ordnung war, und wir gingen in die »Schleuse«. In dem Bistro kippten sich die Schiffer einen hinter die Binde. Drei Alte betrachteten ihr Rotweinglas und träumten dabei vom Treideln. Wir setzten uns ans Fenster, und ich bestellte zwei Muscadet.

»Emilio, erzähl mir mal was von den Brüdern Rosselli«, bat ich, ohne weitere Einleitung.

Er musterte mich: »Willst du etwas über sie wissen oder über den Mord an ihnen?«

»Beides.«

»Ihr Mord ist ein schlechtes Vorzeichen.«

»Bist du abergläubisch geworden?«

»Mach dich nicht über mich lustig. Wenn Mussolini hier zuschlägt, dann muss er sich schon sehr stark fühlen.«

»Mussolini?«

»Die französischen Mörder sind gedungen. Der Auftrag kommt aus Rom ... Du wirst es sehen ... falls der Prozess zu Ende geführt wird.«

»Und warum gerade die Rossellis?«

»Die Faschisten glaubten, sie würden ein Attentat auf den Duce vorbereiten. Carlo Rosselli machte sich für den bewaffneten Kampf zur Wiedereinführung der Demokratie stark. Darum hatte er auch in Spanien gekämpft.«

»In Spanien?«

»Er hatte die erste Kolonne ausländischer Freiwilliger auf die Beine gestellt. Sie waren zu den Anarchos von Camillo Berneri gestoßen.

»Rosselli war Anarchist?«

»Nein. Er misstraute nur denen, die an Stelle einer Diktatur eine andere setzen wollten, und sei es die des Proletariats.«

»Und was hatte Lema damit zu tun?«

»Wer?«

»Pietro Lema.«

»Hey, ich kenne nicht alle Italiener in Paris ...«

»Ich bin durch Corbeau im Bilde. Du kränkst mich, Emilio. Hast du kein Vertrauen mehr?«

»Vertrauen? Glaubst du, in diesen Zeiten kann man noch Vertrauen haben? Du bist lustig. Sperr mal deine Augen auf, überall brennt es, und du erzählst mir was von Vertrauen? Gestern traf es Äthiopien, es wurde von Mussolini überfallen, und keiner hat sich gerührt. Heute wird Österreich von Hitler annektiert, keiner reagiert. Spanien ist am Boden, wer unternimmt etwas? Also warum sollen sich die Faschisten denn irgendeinen Zwang antun und nicht überall zuschlagen, wo sie möchten? Zumal Väterchen Stalin ihnen da in nichts nachsteht. Er kann durch den Wolf drehen, wen er will, die Partei applaudiert, sie vertraut ihm! Sogar die Roten von den Internationalen Brigaden in Spanien finden das ganz normal. Sie lassen sich von Franco durchsieben, aber wenn Stalin den Genossen in den Rücken schießt, rühren sie sich nicht. Die haben Vertrauen!«

Ich gab dem Wirt ein Zeichen, dass er uns noch ein Glas bringen sollte.

»Pietros Torso wurde bei Pantin aus dem Wasser gefischt. Und gerade kratzen die Taucher den Schlick vom Grund, um seinen Kopf zu finden.«

Emilio war offensichtlich fix und fertig. Er schloss die Augen. An seiner Schläfe zuckte eine Ader wie eine kleine blaue Schlange.

»Und was hast du da verloren, Detektiv?«, fragte er nach einer Weile.

Der Wirt brachte unsere Gläser. Ich wartete, bis er sich entfernt hatte, dann erzählte ich ihm alles.

Durch das staubige Fenster beobachtete Emilio, wie sich die Schleuse am Kanal öffnete.

»Kennst du die Reederei France Navigation?«, fragte er schließlich.

»Nein.«

»Durch sie kommen die sowjetischen Waffen nach Spanien. Seit dem Nichtangriffspakt soll sich kein Staat in den Konflikt einmischen. Innere spanische Angelegenheit! Aber um den Republikanern ihre Gewehre zu liefern, haben die Russen einen Trick gefunden. Offiziell verkaufen sie sie an Dritte. France Navigation kümmert sich um den Transport. Die Waffen werden in Bordeaux oder Toulon ausgeladen und den Rest des Weges im Lastwagen transportiert. An den Grenzübergängen drücken die Posten beide Augen zu.«

»Ja und?«

»Der Präsident von France Navigation heißt Caretta. Er kommt aus demselben Dorf wie Pietro. Er ist Parteimitglied auf höchster Ebene. Pietro arbeitete mit ihm, bis er nach seiner Rückkehr aus Barcelona vor einem Jahr alles hingeschmissen hat.«

»Warum?«

»Es hat ihm nicht gefallen, was er gesehen hat.«

»Was denn? Meinte er, sie hätten Gewehre mit Ladehemmung geliefert?«

»Du kapierst es nicht, Detektiv. In Spanien gibt es zwei Kriege. Den Francos gegen die Republikaner und den der Republikaner untereinander. Und in dem gehen die Kommunisten nicht gerade zimperlich vor. Das hat Pietro schwer getroffen. Er hat immer für die Partei gelebt. Seine Hoffnungen, seine Träume ... all das war auf einen Schlag weg. Sechs Monate vegetierte er dahin wie ein Clochard. Dann hat er sich wieder aufgerappelt. Er hat eine Arbeit gefunden ... wie heißt das bei euch? Am unteren Ende der Treppe?«

»Der Leiter.«

»Ecco. Am unteren Ende der Leiter. Er wollte von dort wieder weg. Und dann war da noch die Kleine. Aber Spanien ging ihm nicht aus dem Kopf. Er beschloss aufzuschreiben, was er gesehen hatte. Als er von dem Waffenlager in Villejuif erfuhr, plante er einen Coup.«

»Der war allerdings tollkühn!«

»Pietro dachte erst, wir könnten die Waffen nach Barcelona bringen. Aber die Bewegung war noch zu stark erschüttert durch den Mord an den Rosselli-Brüdern, und dann hätten wir so etwas niemals auf französischem Boden riskiert. Madonna! Diese Gewehre rochen förmlich noch nach Schießpulver ... Also dachte Pietro an die Anarchisten. Er bat mich, ihm zuverlässige Leute zu vermitteln, die nicht lange zögern würden. Den Rest kennst du.«

Draußen in der beginnenden Dämmerung stieß ein Lastkahn einen düsteren Signalton aus.

»Hattest du nicht den Eindruck, dass das eine Nummer zu groß war?«

Emilio schaute wieder auf die Straße.

»Ich hatte Vertrauen.«

XII

In der Rue des Envierges besserte die schwatzhafte Concierge in ihrer Loge gerade etwas aus. Kaum hatte sie mich gehört, kam sie auch schon raus und wischte sich ihre Flossen an der Schürze ab.

»Da wurde ein Brief für Sie abgegeben.«

Sie hielt mir einen Umschlag hin und begann über ihre verstopfte Spüle zu jammern. Ich bemitleidete sie für ihr Pech und guckte mir die Post an, während sie sich den Hals verrenkte, um den Brief kopfüber zu lesen. Es war ein fett gedrucktes Flugblatt, auf dem mir die Föderation revolutionärer Künstler ihr Treffen in der Grange aux Belles ankündigte. Dem Schreiben war eine Visitenkarte beigelegt. »Bis heute Abend: André Breton.«

Die Klatschtante watschelte auf ihren dicken Beinen noch ein Stück näher: »Sie hätten nicht zufällig mal eine Minute Zeit, sich meine Spüle anzugucken?«

Den ganzen Tag hockte sie in ihrer Loge, in der es so feucht war, dass es von den Wänden tropfte und die Scheiben beschlagen waren, wenn sie nicht gerade die Treppe scheuern oder die Etagenklos reinigen musste. Da nahm ihre Klempnerei geradezu metaphysische Dimensionen an. Ich sah auf meine Uhr, in dem Bumslokal ging es erst um zwanzig Uhr los.

»Sie haben Glück, Madame Jeanne, ich habe Zeit.«

Und hätte ich ihr den kleinen Jesus aus Zucker mitgebracht, sie hätte nicht zufriedener sein können.

»Wenn alle Nachbarn so wären wie Sie«, ereiferte sie sich, während sie das Rundfunkgerät andrehte.

»In Berlin und in Wien sind die deutschen und die österreichischen Wähler aufgerufen, über den Anschluss abzustimmen. Sie müssen mit Ja oder Nein auf die auf ihren Stimmzettel gedruckte Frage antworten: Befürworten Sie die Vereinigung Österreichs mit dem Reich und stimmen Sie für die Liste unseres Führers Adolf Hitler?«

»Na, das riecht ja schon mal gut«, kommentierte die Concierge mit vorgestrecktem Bauch.

Ich zog einen Haufen ekliges Zeug hervor.

»Das kann man wohl sagen.«

In der Grange aux Belles hatte das Treffen schon begonnen. Breton, der oben auf der Tribüne saß, stellte das Programm seiner brandneuen Vereinigung vor. Den Saal vernebelten dichte Tabakschwaden, und ich machte es mir zur Aufgabe, sie noch dichter zu machen. Ich lehnte an einer Säule und stopfte meine Pfeife, da sah ich ihn. Im Licht der Deckenleuchten glänzte seine Billardkugel wie eine blank polierte Münze aus einer numismatischen Sammlung. Als ob er sich seinen Schädel vorm Spiegel noch mal gewienert hätte. Boris stand auf, und ich fragte mich, wie er es geschafft hatte, seine ein Meter neunzig in so einem kleinen Sessel unterzubringen. Nachdem alle um ihn herum beiseite getreten waren, ging er den Gang zu den Toiletten runter. Ich heftete mich an seine Fersen. Ich wartete, bis das Kommen und Gehen im Flur ein Ende hatte, und stieß die Tür auf. Breitbeinig erleichterten sich dort mehrere Typen in einer Reihe. Boris war ganz in die Betrachtung seines Urinals vertieft.

»Gibt es da was Interessantes zu sehen?«, fragte ich.

Sie drehten sich zu mir um und zogen ein Gesicht wie Katzen, die gerade in Sägespäne pissen. Ich spürte, wie sich Misstrauen breitmachte.

»Ist Beaupréau nicht bei dir?«, sagte ich, um ihn abzulenken.

Boris fuhr mit seiner Beschäftigung fort: »Reden Sie mit mir, Monsieur?«

Im Konzert der Wasserspülungen knöpften sich zwei Typen die Hosen wieder zu. Ein Dritter ging zum Waschbecken, um sich zu kämmen. Boris schlug Wurzeln vor seinem Becken. Schließlich waren nur noch wir beide da.

»Und, erinnerst du dich wieder? Können wir kurz reden?«

Dazu blieb uns keine Zeit. Ein Typ kam rein, um ein dringendes Bedürfnis zu befriedigen. Überrascht drehte ich mich um. Boris auch, ich hatte nicht gesehen, wie. Bevor ich noch reagieren konnte, klebte ich schon mit dem Zinken an der Wand. Ich spürte ein Krachen, ungefähr dort, wo sich meine Nase befand, dann nichts mehr, mein Gesicht war betäubt. Vor meinen Augen begann alles zu verschwimmen. Ich glitt an den Kacheln herunter und hinterließ dabei eine Blutspur auf den Fliesen.

»Der Typ ist irre!«

Der Kerl hielt immer noch die Klinke in der Hand. Er fing mich auf, bevor ich auf den Boden knallte:

»Ich kann es bezeugen, ich habe alles gesehen.«

»Da ham se Glück«, murmelte ich.

Dann ging das Licht aus.

Als es wieder anging, knöpfte ein diensthabender Sanitäter gerade meinen Kragen auf. Um mich herum redeten die Leute gedämpft. Ich richtete mich mühsam auf. Der Sanitäter legte eine Hand auf meine Brust:

»Bleiben Sie liegen. Ich hole eine Trage.«

»Nicht nötig.«

Ich drückte mir ein Taschentuch unter den Zinken und stand auf. Ich blutete schlimmer als ein blutiges Entrecôte und hatte wahrscheinlich meine Nebenhöhlen auf den Kacheln zurückgelassen. Ansonsten würde es schon gehen. Der Sanitäter beharrte darauf mich mitzunehmen. Ich versicherte ihm, dass es mir blendend ginge, und machte mich davon. Als ich zurück in den Saal kam, stieß ich gegen eine Frau mit Schleier. Beim Anblick der roten Soße begann sie zu kreischen. Die Leute fuhren zusammen, andere standen auf, um zu sehen, was los war. Durch das Publikum ging eine regelrechte Welle. Der Sprecher auf der Bühne raffte nun auch, dass irgendwas nicht stimmte. Er unterbrach seine Rede, um zu sehen, was los war.

»Ist gar nichts, ist nichts«, sagte ich in meine blutige Rotzfahne hinein. Irgendjemandem fiel nichts Besseres dazu ein, als von einem Attentat zu schwafeln. Ein Schreihals auf dem Rang wiederholte das noch mal laut und deutlich für alle. Und schon brach Panik im Saal aus. Am Mikrofon riefen die Veranstalter dazu auf, Ruhe zu bewahren. Alle stürzten zum Ausgang. Keinerlei republikanische Disziplin mehr, hier war jeder sich selbst der Nächste. Weg da, hier komme ich. Ein totaler Reinfall. Innerhalb weniger Minuten hatte der Saal sich geleert. Nur ich war noch da. Und Breton auf dem Podium, der sich das Desaster anschaute.

»Sie?«, sagte er bestürzt.

Drei Stunden später verließen wir die Notaufnahme in Saint-Louis. Während wir uns zwischen einer Trage und einem übel zugerichteten Clochard die Beine in den Bauch standen, hatte ich Breton die Neuigkeiten berichtet. Darüber hatte er fast seine Versammlung vergessen.

»Und Ihr Freund hat keinen Kontakt, über den er die Waffen weiterbefördern könnte?«

»Um über die Grenze zu kommen, hatte Lema sich schon mit den Zöllnern gutgestellt. Aber ohne ihn …«

»Schade, dass Klement nicht da ist.«

»Klement?«

»Rudolf Klement, einer von Trotzkis Sekretären. Er ist in Paris. Ich hatte ihn heute Abend erwartet, er hat uns sitzen lassen. Sie haben sicher seinen leeren Platz auf der Tribüne bemerkt. Der wäre unsere Rettung.«

»Unsere?«

»Natürlich! Ich weiche nicht mehr von Ihrer Seite, mein Guter. Soviel ist sicher, durch Sie kommt der Zufall ins Spiel.«

Ein Pfleger mit gelbem Teint holte den Clochard.

»Na los, Opi, wir flicken dich schon wieder zusammen«, brüllte er, als wäre der Mann taub.

Der Alte erhob sich grummelnd, und sie verschwanden zwischen den Tropfgeräten und den Rollwagen.

»Glauben Sie, die Cagoule fällt in Klements Geschäftsbereich?«, fragte ich.

»Wen interessiert das? Die Waffen, erst mal die Waffen! Wir müssen sie nach Spanien schaffen.«

»Bitte?«

Der gelbliche Pfleger schlurfte über den Kachelboden. Er guckte auf ein Bett mit Rollen, das vergessen an der Wand stand, und er sah aus, als hätte er eine wahnsinnige Lust, sich da reinzulegen. Nur ungern bedeutete er mir, ihm zu folgen. Im Röntgenraum fertigte ein müder Knochenflicker mit der Fürsorge eines Bullen, der den Auftrag hatte, ein Foto für die Erkennungsdienstdatei zu machen, ein paar Portraits von mir an. Nachdem ihn das Gähnen bei jedem Bild erschöpft hatte, verschwand er, um sie zu entwickeln. Während er seine Platten befummelte, wusste ich, dass Breton am anderen

Ende des Flurs dabei war, seine Pläne immer wieder durchzukauen. Wenn der erst mal eine Idee hatte, musste man schon sehr früh aufstehen, um ihn noch davon abzubringen.

Irgendwann kam der Weißkittel tatsächlich wieder, noch ein bisschen müder als vorher.

»Ihre Nase ist aus Eisen«, sagte er mit einem Gähnen. »Es ist nichts gebrochen. Ich habe aber auch keine Ahnung, was da drin noch kaputtgehen könnte. Ich habe das Gefühl, Röntgenaufnahmen von einem Puzzle gemacht zu haben. Wenn Sie das nächste Mal einem Amboss gegenüberstehen, gehen Sie besser in Deckung.«

Ich ging zurück in die Eingangshalle. Breton blätterte gerade eine Ausgabe von *Voilà* durch, die Freud gewidmet war. Auf dem Titelbild war der, den das Blättchen als »Meister der Liebe« bezeichnete, eingerahmt von drei nackten Grazien. Ohne sich weiter um meine Gesundheit zu sorgen, ließ Breton seinen Sigmund fallen und kam wieder auf die Waffen zu sprechen. Er konnte sich gar nicht mehr einkriegen, dass ein Sargträger sie hatte mitgehen lassen. Er sah darin mal wieder ein Zeichen, so wie in allem.

»Erinnern Sie sich noch, was ich im *Manifest* geschrieben habe? *Der Surrealismus wird Sie in den Tod, der eine geheime Gesellschaft ist, einführen*. Und jetzt ist es so weit, mein Lieber, jetzt ist es so weit. Also los geht's! Man soll uns im Umzugswagen zum Friedhof fahren!«

»Das kann warten«, wandte ich ein.

»Aufgewacht! Wir können nicht noch mehr Tage verschlafen. Los geht's, sage ich Ihnen.«

»Aber wohin?«

»Haben Sie durch den Schlag Ihr Denkvermögen eingebüßt? Zu Ihrem Freund Corbeau natürlich.«

»Jetzt?«

Er schob mich nach draußen.

»Es ist gerade mal Mitternacht ... Hopp! Taxi!«

Bevor ich noch irgendeinen Einwand anbringen konnte, hatte er schon einen vorbeifahrenden Aristokratensarg herangewunken. Wir stiegen ein, und der Fahrer fuhr Richtung La Villette.

Es begann zu regnen. Hinter der Windschutzscheibe, an der das Wasser herunterrann, sah man Paris nur noch verschwommen. Das Ballett der Scheibenwischer schläferte mich in dem warmen Wagen bald ein. In der Rue Curial erwachte ich wieder. Durch die geöffnete Wagentür blies ein kalter Wind.

»Kommen Sie?«

Breton scharrte ungeduldig mit den Hufen. Ich kletterte aus der Klapperkiste heraus, während der Fahrer seinen Zähler wieder auf null setzte. Die Scheinwerfer strahlten den dicht fallenden Regen an, der auf das feuchte Pflaster fiel.

XIII

In dem Gebäude funktionierte die Beleuchtung immer noch nicht. Wir folgten dem staubigen Geländer bis nach oben. Ich entzündete ein Streichholz, um die Tür zu finden, und klopfte vorsichtig. Corbeau öffnete uns im Pyjama mit der Knarre in der Hand.

»Scheiße! Weißt du, wie spät es ist?«, knurrte er. »Und wer ist der da?«

Ich stellte sie einander vor.

»André Breton? Der von *Nadja*? Das sind Sie?«

»Genau der.«

»Verflixt noch mal«

Ich hätte nicht gedacht, dass Corback sich für Poesie interessiert. Er zog sich einen Morgenmantel über und bot uns einen Stuhl an.

»Ich mache euch Kaffee. Bei dem Sauwetter könnt ihr das gebrauchen.«

Während er in seinem Schrank herumkramte, bewunderte Breton seine Deko-Objekte. Corbeau war zwar nicht nur von diesem einen Thema besessen, aber alles, was mit dem Tod zu tun hatte, zog ihn an. Ein echter Ghul. Hätte nur noch gefehlt, dass er sich eine Chrysantheme ins Knopfloch steckte, so wie andere am ersten Mai ein Sträußchen Maiglöckchen. Da musste man ihn ein bisschen bremsen, sonst würde er schnell zum Grand-Guignol werden. Ich wollte lieber nicht so genau wissen, was er trieb, wenn ihm eine hübsche Verstorbene in die Flossen kam.

Seine Kombüse spiegelte seine seltsamen Vorlieben wider. Zwischen Kerzenständern, Urnen und seinen Zauberutensilien meinte man, in einer Nekropole gelandet zu sein. Lucia musste schon von robuster Natur sein, um sich hier wohlfühlen zu können. Aber auch wenn sie alles anmachte, was eine Hose trug, verknallt war sie nur in ihren Swami.

»Clovis Trouille!«

Ich zuckte zusammen. Breton verharrte vor einem Bild an der Wand. Drei in Tränen aufgelöste Witwen vor einem Trauerbehang. Sie waren nackt, ihre weiße Haut wurde durch schwarze Strümpfe noch besonders hervorgehoben, zwei von ihnen versteckten ihr Gesicht in der Armbeuge und überließen sich einer lasziven Pietà. In der Mitte, ebenso unbekleidet, beugte sich die Dritte über einen Sarg, und bot dabei ihr rosiges, üppiges Hinterteil dar.

»Das wird ›Mein Begräbnis‹ heißen«, sagte Corbeau. »Die endgültige Fassung ist noch unvollendet. Clovis hat es mir geschenkt als Dankeschön dafür, dass ich ihm meine Accessoires für seine Sitzungen ausleihe.«

Breton setzte sich, als wäre ihm auf einmal schwindlig geworden.

»Clovis Trouille, der Mann, der mit heißer Kohle malt. Hier!«

»Bei ihm glühen nicht nur die Kohlen. Für ihn zu sitzen ist wahrlich kein Honigschlecken.«

Lucia kam aus dem Schlafzimmer in einem kurzen Chiffon-Nachthemd, eine Zigarette im Mund.

»Das ist André Breton«, flüsterte Corbeau.

Sie zündete sich ihre Zigarette am Gasherd an.

»Ob Breton oder nicht, er muss hier nicht so rumtrompeten. Ihr macht einen Höllenlärm!«

»Es tut mir leid, wenn ich Sie geweckt habe«, sagte Breton entschuldigend.

»Ihr kapiert das nicht, was! Mir kommt nicht jeden Abend ein Dichter unter.«

Corbeau goss uns von der schwarzen Brühe nach:

»Es gibt was Neues. Ich war noch mal bei Aude. Sie ist sicher, dass der Körper, der aus dem Kanal gefischt wurde, nicht der von Pietro ist.«

»Ohne Kopf? Wie kann sie sich da so sicher sein?«, fragte ich. »Nachdem er länger im Wasser gelegen hat, sieht ein Körper natürlich anders aus.«

Lucia drückte ihre Zigarette in einem Pernod-Aschenbecher aus: »Frauen erkennen das an Kleinigkeiten.«

»Eine Tätowierung? Eine Wunde?«

»Nein«, antwortete Corbeau. »Seine Hände.«

»Was, seine Hände? Hatte er einen Ring? Fehlte ihm ein Finger?«

»Nichts dergleichen.«

»Was dann?«

»Nichts, sage ich doch. Nur die Hände. Aude schwört, dass es nicht seine sind.«

»Das schnalle ich nicht.«

Lucia spülte ihre Kaffeeschale in der Spüle ab.

»Wie sollte ein Mann das auch verstehen?«, murmelte sie fröstelnd.

Wir sahen uns an. Corbeau zog seinen Morgenmantel aus, um ihn seiner Freundin umzulegen.

»Erkälte dich nicht, mein Hase.«

Er drückte sie an sich. Lucia löste sich sanft.

»Ich gehe wieder in die Falle«, sagte sie mit müder Stimme.

Sie ging zurück ins Schlafzimmer. Man hörte noch, wie sie sich eine Weile im Bett hin- und herwälzte, und Corback fuhr fort:

»Dass der Körper ohne Kopf nicht von Pietro ist, ändert nicht viel. Ihm muss etwas zugestoßen sein, sonst hätte er die Sache niemals aufgegeben.«

Da war was dran, aber eins ließ mir keine Ruhe.

»Wenn man ihn wegen der Waffen getötet hat, warum haben seine Mörder sie sich dann nicht geholt?«

»Apropos Waffen«, setzte Breton an …

Als der Morgen anbrach, rauchten uns nicht nur die Köpfe, wir hatten auch viel gepafft und leicht einen im Kahn. Bretons Idee hatte sich schließlich durchgesetzt. Sie war vielleicht nicht brillant, aber im Morgengrauen erscheinen einem die abwegigsten Dinge in einem strahlenden Licht.

Die Zöllner, die Anweisung hatten, an der spanischen Grenze beide Augen zuzudrücken, würden niemals einen Konvoi passieren lassen, der keine Blankovollmacht von ganz oben vorweisen konnte. Davon ließ Breton sich nicht aus der Fassung bringen. Er holte seinen Joker hervor: Rudolf Klement.

Innerhalb der Partei Blums gab es gerade ein einziges Hauen und Stechen. Der linke Flügel mischte dabei ordentlich mit. Jenseits der Pyrenäen unterstützte er eine Partei, die gegen Franco war und Moskau ablehnte: Die POUM. Ihr Anführer, Andrés Nin, der Trotzki nahestand, war von Stalins Schergen ermordet worden. Dass ein Teil der Waffen diesen tapferen Kämpfern zukommen sollte, könnte so manchen Zollbeamten veranlassen, vom bisherigen Kurs abzuweichen und entsprechend zu sieben. Da kam nun Klement ins Spiel. Er hatte Nin kennengelernt, er war Sekretär Trotzkis. Er war der Mann, den man auf diejenigen im Ministerium ansetzen konnte, die bereit waren, ein Auge zuzudrücken, wenn sie damit der POUM helfen konnten. Ein verdammt schwieriges Unterfangen. Komischerweise überzeugte es uns gerade deshalb. Breton übernahm es, den Kontakt herzustellen, und war der Ansicht, dass Corbeau in den Schweizer Bergen ein wenig frische Luft schnappen sollte, bis sich die Lage wieder beruhigt hatte.

»Warum tun Sie das alles?«, fragte Corback, während er das Fenster öffnete.

Breton holte ein Foto aus seiner Tasche. Wir rückten an ihn heran, um es anzuschauen. Ein Mann saß in einem Tordurchgang. Er war sommerlich gekleidet. Espadrilles, Leinenhose, leichtes Hemd. Mit einer Hand streichelte er eine Katze, die auf seinen Knien lag. Mit der anderen hielt er mit kindlicher Anmut ein Gewehr. Man wusste nicht, wer friedlicher wirkte, der Mann oder die Katze. Es wirkte, als hätten sie beide die Zeit angehalten. Der Abzug war von schlechter Qualität, aber dennoch erkannte ich auf Anhieb Benjamin Péret, den surrealistischen Dichter.

»Das Foto wurde in Barcelona gemacht«, sagte Breton. »Péret hat sich dort zu Beginn des Bürgerkriegs engagiert. Ich bin hier geblieben. Für eine junge Dame von nicht mal einem Jahr. Ob Sie es mir glauben oder nicht, ich konnte meine Tochter nicht allein lassen.«

XIV

»Mein Gott, sind Sie das?«

Yvette war entsetzt.

»Was ist denn mit Ihrer Nase passiert?«

»Ich wurde gerade als Cyrano engagiert, da brauche ich einen entsprechenden Zinken.«

»Das muss ja furchtbar wehtun…«

»Was tut man nicht alles für den Ruhm! Ich frage mich nur, ob die von der Requisite wirklich gute Arbeit geleistet haben. Ich habe den Eindruck, meine Nase verbiegt sich.«

Sie zog die Schultern hoch, ihre Brust spannte sich unter dem Pullover und sprang mir förmlich ins Auge. Da konnte ich nicht anders, als hinzustarren. Yvette wurde rot.

»Nicht böse sein«, sagte ich mit einem Lächeln. »Ich tue nur, was der Doktor sagt. Gaffen ist gut für den Tränenkanal. Das hängt mit der Nase zusammen, dieses Ding.«

Ihr Rot wurde scharlachfarben.

»Madame Desmares erwartet Sie«, sagte sie und beugte sich wieder über ihre Tastatur.

»Wer?«

»Madame Desmares, der Fall, den Ihnen der Chef übergeben hat. Vielleicht erinnern Sie sich dunkel daran, dass Sie für ihn arbeiten?«

Verflixt! Die hatte ich total vergessen. Als ob ich mich jetzt darum kümmern konnte, wie ihr Gatte über die Stränge schlug. Ich hatte eine Leiche am Hals, irgendwo schwirrte ein falscher Klient rum, und zwei Bullen, die jederzeit bereit waren, über mich herzufallen. Da war es mein gutes Recht, mich auch mal aus einer Sache rauszuhalten!

»Gnädigste, bin schon bei Ihnen.«

Unter ihrem Hütchen mit Straußenfeder sah Germaine Desmares vorwurfsvoll auf die Uhr und begann mit der alten Leier der betrogenen Ehefrau. Die hatte ich schon hundertmal gehört. Als sie innehielt, um Luft zu holen, ließ ich eine zustimmende Bemerkung fallen, und sie setzte von Neuem an. Ich achtete schon nicht mehr auf ihr Geschnatter, als eine Taube sich außen auf das Geländer hockte. Sie lauste sich, setzte einen Haufen Kot ab, und beäugte uns dann mit kurzen abgehackten Kopfbewegungen. Germaine Desmares unterbrach ihr Gequassel.

»Hören Sie mir eigentlich zu?«

»Entschuldigen Sie. Die Taube da hinter dem Fenster. Man könnte meinen, sie spioniert uns aus. Sie lässt sich nichts entgehen. Ist vermutlich normal für eine Taube.«

Sie drehte sich um. Die Ringeltaube hatte den Kopf geneigt, um sie noch besser aus ihren kleinen runden Augen mustern zu können.

»Vergessen Sie's«, sagte ich. »Es war nur so eine Assoziation. Darauf greifen wir in unserem Beruf manchmal zurück. Oder ich jedenfalls.«

Ich brachte sie zur Tür und beruhigte sie bezüglich der Eskapaden ihres Mannes. Als ich die Tür schloss, hatte das Tack-Tack von Yvette wieder begonnen, mit der Regelmäßigkeit einer Schweizer Kuckucksuhr. Noch so ein Vogel.

»Yvette, die alte Desmares hat mir den letzten Nerv geraubt. Ich brauche eine kleine Stärkung. Es ist schon nach zwölf. Begleiten Sie mich ins Restaurant?«

Ihre Augen wurden so rund wie die der Taube.

»Dauernd streiten wir uns«, fuhr ich fort. »Und das Schlimmste ist, wir wissen nicht mal weshalb. Ich mag Sie.«

Sie kramte in ihrer Schublade. Vielleicht suchte sie darin nach einer passenden Antwort.

»Ich lade Sie zum Essen ein«, insistierte ich.

Futtern war ihre einzige kleine Schwäche. Sie war verzweifelt darum bemüht, nicht der Versuchung nachzugeben, wegen ihrer schlanken Taille. Das Drama bei Yvette war, dass sie sich nichts durchgehen ließ. Schließlich entschloss sie sich doch. Sie nahm ihre Brille ab und stand auf. Ich half ihr in den Trenchcoat. Während sie sich anzog, starrte sie auf ihren Schreibtisch.

»Keine Sorge«, scherzte ich, »er ist gut aufgeräumt. Aber ein bisschen Unordnung würde Ihnen auch gut stehen.«

Sie stürzte nach draußen.

Im Lokal deckte Gopian den Tisch.

»Ein ruhiger Tisch für unsere Verliebten«, krakeelte er.

Yvette versteckte sich hinter der Speisekarte. Sie mühte sich ab ohne ihre Brille.

»Ich empfehle Ihnen die Moussaka. Die ist mit kleinen Zwiebeln.«

Sie warf mir einen zweifelnden Blick zu.

Hinten aus der Küche hörte man Gopian armenische Lieder singen.

»Ich mag dieses Bistro gern«, sagte ich, um das Gespräch in Gang zu bringen. »Besser als jede Reise, und billiger, Kino inbegriffen.«

»Kino?«, fragte sie interessiert.

»Die Leute vom Gaumont-Studio kommen oft auf einen Imbiss her. Stellen Sie sich vor, da wo Sie jetzt sitzen, hab ich neulich Gabin hocken sehen.«

»Jean Gabin?«

»Na klar, es gibt ja wohl nur den einen. Der ist echt kein Waisenknabe, wissen Sie. Und ich weiß, wovon ich rede.«

»Kennen Sie ihn etwa?«

»Na, ich war ja nicht immer Detektiv. Das erzähl ich Ihnen ein anderes Mal.«

»Waren Sie beim Film?«

»Zwei, drei Mal als Charge.«

»Charge?«

»Statist, wenn Ihnen das lieber ist…«

»Glauben Sie ihm kein Wort«, sagte Gopian, als er die dampfenden Teller brachte. »Der erfindet wer weiß was, um ein hübsches Mädchen zu verführen. Aber es stimmt, dass hier ab und zu Stars aufkreuzen…«

Der Raum füllte sich. Yvette riss die Augen auf für den Fall, dass Pépé le Moko gleich die Tür aufstoßen würde. Immerhin waren uns zwei Tonmeister vergönnt. Während sie ihren Anisette schlürften, redeten sie über die Firma. Offenbar war es mit dem neuesten Mikrofon von Pathé gelungen, die Stimme von Tino Rossi ganz natürlich wiederzugeben. Als Yvette hörte, wie sie so über *Nächte in Neapel* plauderten, war sie hin und weg. Ich bestellte Baklawa. Sie protestierte der Form halber. Aber die Süße des Honigs passte zu den süßen Träumen, denen sie sich hingab. Hätte nicht viel gefehlt, und sie hätte Gitarrenklänge vernommen.

»Das ist nett hier«, sagte sie, und wischte sich mit der Ecke der Serviette den Mund ab.

»Kannten Sie das noch nicht?«

»Nein, ich gehe nie allein ins Restaurant.«

Sie sagte das so leicht dahin, aber dieses »allein« klang schon sehr deprimiert. Ich empfand für einen Moment so etwas wie Zärtlichkeit für sie. Was sie sich auch erträumte, sie war nun mal von Geburt an festgelegt auf eine Rolle: Sie war die, die man links liegen lässt. Ich versuchte, an etwas anderes zu denken.

»Yvette, Sie glauben doch an die große Liebe…«

Sie ließ ein Stück Gebäck fallen.

»Sie haben ja sicher bemerkt, dass ich in der Agentur nicht immer ganz bei der Sache bin«, fuhr ich fort.

Sie kicherte.

»Wegen einer Herzensangelegenheit. Eine junge Frau ist hingebungsvoll verliebt …«

»Ja«, seufzte sie.

»… in einen Mann, der nicht aus ihrer Gesellschaftsschicht kommt.«

»Ach ja?«

»Für Sie und mich ist das ohne Bedeutung …«

»Vollkommen!«

»Aber die Familie sah das etwas anders.«

»Die Familie?«

»Zumindest dachte ich das, bevor mir klar wurde, dass man mich verschaukelt hatte.«

Sie wurde weiß wie das Tischtuch.

»Wovon sprechen Sie?«, sagte sie mit zitternder Stimme.

»Na, von meinem Fall. Sie wissen schon, der mir den Ärger mit der Polizei eingebracht hat. Ich wollte Sie bitten, mir da behilflich zu sein, an einem … heiklen Punkt.«

Sie durchwühlte ihre Tasche.

»Wo habe ich nur meine Brille?«, schniefte sie. Sie stand auf und stieß dabei die Wasserkaraffe um.

»Das ist wirklich zu ärgerlich. Ich habe sie wohl auf dem Schreibtisch liegen lassen. Ich muss jetzt sowieso zurück.«

»Yvette, stimmt was nicht?«

»Doch, doch, alles bestens. Das Essen war hervorragend. Das heißt, nein. Außerdem sind hier zu viele Leute, da erstickt man ja.«

Im Rausgehen rempelte sie Gopian an.

»Können Sie nicht aufpassen?«, schrie sie über das laute Scheppern des zerbrechenden Geschirrs hinweg.

XV

Unter dem Fenster der Agentur zündete ich mir erneut meine Pfeife an. Es war die zweite nach dem Mittag. Dabei war die Sache gar nicht so wahnsinnig kompliziert. Boris war mein einziger Anknüpfungspunkt, und ich wusste nur eins: Er ging in die Nachteule. Ich brauchte dort jemanden vor Ort. Jemanden, den man nicht bemerkt. Wie so eine Taube am Fenster. Eine schöne, dicke Taube mit runden Augen.

Als ich sie auf der Brüstung sah, war ich auf die Idee gekommen. Zunächst hatte ich an Lucia gedacht, aber da sie Corbeau auf dem Kieker hatten, kannten die Mörder auch seine Freundin. Milou? Den konnte man nicht bitten, im Bordell zu kampieren. Und Ginette war sowieso permanent benebelt und meldete sich deshalb nicht mehr. Blieb Yvette. Yvette und ihre Manie, an Türen zu lauschen. Yvette und ihre Vorliebe für Schnulzen. Ich bot ihr die Hauptrolle an, die Rückkehr der Mata Hari. Als ich mir das ausdachte, war ich wohl noch blinder gewesen als sie.

Vor lauter Grübelei schmeckte der Tabak schon ganz bitter. Ich klopfte den Pfeifenkopf an meiner Sohle aus. Ich wartete, bis die Asche erloschen war, und stieg dann die Treppe hoch.

Kerzengerade, mit roter Nase und ebenso roten Augen saß Yvette dort wie die Anklage in Person. Ich nahm meinen Hut ab.

»Es tut mir leid«, sagte ich unsicher.

Sie schnäuzte sich mit der Diskretion eines Nebelhorns.

»Sie haben mich lächerlich gemacht.«

Ich drehte ihren Bürostuhl um.

»Lächerlich sind Sie nun wirklich nicht.«

Ich weiß nicht, ob es an dem verschmierten Rouge auf ihren Wangen lag oder ihrem feuchten Zinken, aber ich fand, sie ähnelte einer Puppe, die in der Gosse lag. Das war irgendwie komisch. Ohne zu überlegen, küsste ich sie. Schon setzte sich ihre Zunge in Bewegung. Ich dachte, ich hätte Quecksilber im Mund.

»Nicht hier«, seufzte sie.

Und auf einmal hatte ich auch Lust. Tür zu und wir fielen aufs Sofa im Wartezimmer. Nachdem sie ihre Haare erst mal gelöst hatte, hatte sie ziemlich verwegene Ideen, diese Yvette. Und sie wollte sie gerne mit mir teilen. Wir hatten gerade die Decke über uns gezogen, als wir draußen auf der Straße Geschrei hörten. Wir entwirrten uns, um zu sehen, was los war. Ich schob den Vorhang zurück, während Yvette ihre Spitzen ordnete. Unter ihrem Aufseherinnenkostüm versteckte sie so einiges davon, in rot, schwarz, schillerndem Grün. Draußen wurde ebenfalls ein Feuerwerk gegeben, aber das war weniger verlockend. »Frankreich den Franzosen«, »Nieder mit dem Juden Blum«. Ein langer hasserfüllter Zug kam die Avenue hoch. In den ersten Reihen, dunkle Baskenmützen und schwarze Hemden, marschierten Doriots Truppen wie bei einer Parade. Mit der Metallspitze ihrer Stöcke hieben sie im Rhythmus ihrer finsteren Slogans, die noch lange nachhallten, aufs Pflaster ein. Sie mussten sich schon enorm stark fühlen, wenn sie in dieser Gegend aufmarschierten. Belleville war nicht gerade ihr bevorzugtes Terrain. Im Viertel tendierte man eher zur Farbe rot. Aber Doriot hatte ja früher der Partei angehört, da war es naheliegend, dass er im Volk nach Anhängern suchte.

Unter unserem Fenster reckten einige Kerle die Arme in die Höhe, wie zum Nazigruß. Auf einem Transparent war die Karikatur eines Mannes mit einem affenartigen Gesicht zu sehen, dessen Nase noch krummer war als seine Finger. Er trug die typische Kappe der Wucherer auf dem Schädel und verschlang eine Frankreich-Karte.

»Es gibt nur eine Form der politischen Aktion: 200 000 Kerle anwerben, ihnen eine Uniform verpassen, sie zu Gefreiten machen, ihnen eine Maschinenpistole in die Hand drücken, sich der Unterstützung der Offiziere versichern, einige Tausend Juden und Freimaurer abknallen und ebenso viele deportieren.«

Bohman schwankte auf der Schwelle hin und her, eine Zeitung in der Hand: »Hier, das wagt Lucien Rebatet in *Je suis partout* zu schreiben.«

Bleich und mitgenommen warf er das Blatt auf den Boden und setzte sich an seinen Schreibtisch. Ich öffnete den Schrank, um die Cognac-Flasche herauszuholen, die er dort immer versteckte.

»Geht's, Chef?«

Er machte eine abwehrende Bewegung mit der Hand, als wolle er eine Fliege vor seinen Augen verscheuchen.

»Lasst mich allein, Kinder«, murmelte er.

Wir verließen den Raum auf Zehenspitzen, als plötzlich ein Höllenlärm das Gebäude erschütterte.

»Das ist unten«, schrie Yvette.

Wir liefen angespannt die Treppe runter. Der Demonstrationszug entfernte sich, aber an der Ecke zum Square Bolivar hatten sich Schaulustige versammelt.

»Gopian!«

Vor dem Restaurant bot sich uns ein Bild der Zerstörung. Auf dem Trottoir ein Teppich aus Glasscherben, darauf lagen zerbrochene Stühle. Innen waren die Tische umgestoßen und schwammen in Alkohol. Mitten in diesem Trümmerhaufen stand das qualmende und knisternde Radio. An der Wand tropfte noch schwarze Farbe von einem Schriftzug: »Kanaken ins Meer«. Ich näherte mich dem Tresen. Dort kniete Gopian am Boden und beugte sich weinend über seine zerstörte Kaffeemaschine.

Nachbarn kamen rein und wichen den Glasscherben aus. Ein kleiner Dicker im Anzug hob das Radio auf, während ein Kanalisationsarbeiter in schenkelhohen Stiefeln die Flaschen betrachtete.

»*Alles bestens, Madame la Marquise, alles bestens, alles bestens …*« In voller Lautstärke erscholl inmitten der Trümmer das Chanson von Ray Ventura. Yvette fuhr zusammen. Der kleine Dicke hielt das Radio im Arm:

»Es funktioniert noch«, sagte er fast entschuldigend.

Wir halfen Gopian, wieder aufzubauen, was sich noch aufbauen ließ, und begleiteten ihn nach Hause. Yvette bot an, bei ihm zu bleiben. Er lehnte ab, mit dem kläglichen Lächeln eines Schusters mit löchrigen Schuhen.

Leise verließen wir ihn. Der Abendwind fegte übers Trottoir. Er klebte mir ein Traktat an die Beine, ihm folgten kurz darauf zwei Kerle, die einer Kiste entstiegen waren, die den Bullen gehörte.

»Was für ein Zufall«, sagte der Größere. »Gerade wollten wir zu deinem Chef.«

»Zu deinem Chef«, wiederholte sein Kumpel mit dem dicken Zinken, für den Fall, dass ich schwer von Begriff war.

»Yvette, darf ich vorstellen, Pat und Patachon.«

»Sehr witzig«, knarzte Clownsnase. »Du hast uns so gefehlt, da wollten wir dich holen.«

Mit vorgestreckter Brust bot Yvette ihnen die Stirn: »Diese Herren sind immer zur Stelle, wenn Gefahr im Verzug ist.«

Der dicke Bulle hatte schon seine Armreifen rausgeholt, da war er ratlos.

»Wovon spricht die kleine Dame hier?«

»Sie beglückwünscht Sie«, fuhr Yvette fort, »für Ihr schnelles Einschreiten. Vor nicht einmal zwei Stunden hat eine

Bande von Handlangern das Lokal eines ehrlichen Geschäftsmannes aus dem Viertel verwüstet.«

Der Dicke runzelte die Stirn und wandte sich Hilfe suchend an seinen Kollegen.

»Immer mit der Ruhe«, stieß der Große hervor. »Dieses Chaos gefällt mir genauso wenig wie Ihnen, aber nur zu Ihrer Erinnerung, wir ermitteln hier in einem Mordfall. Ihr Detektiv-Freund steht wieder auf der Liste unserer Verdächtigen.«

»Und es sieht ganz so aus, als würde er bald ganz oben stehen«, sagte der Dicke grinsend und schwenkte die Handschellen hin und her. Der andere bremste seinen Eifer:

»Die Handschellen sind im Fall von Monsieur überflüssig. Monsieur folgt uns sicher freiwillig. Ist es nicht so?«

»So ist es«, antwortete ich, während der Dicke mich in den Wagen schob.

XVI

Im Kommissariat herrschte diesmal ein anderer Ton. Ich wurde nicht mit der Lampe geblendet, erhielt keine der sonst üblichen Streicheleinheiten, die Ohrfeigen verkniff man sich auch. Um das zu bekräftigen, schickte der Große seinen Kumpel weg, sich woanders umzuschauen.

»Du hast schon wieder ein Problem«, sagte er, als sein Kollege beleidigt abgezogen war.

Aus einer Schublade zog er eine Plastiktüte mit einer Banknote.

»Die haben wir bei dem Toten im Kanal gefunden.«

Ich wartete auf die Fortsetzung.

»Wir haben die Seriennummer überprüft und voll ins Schwarze getroffen.«

»Wo rein?«, fragte ich der Form halber.

»Du sitzt echt in der Scheiße. Die Scheine, die wir bei dir zu Hause gefunden haben, und die des Toten haben aufeinanderfolgende Nummern, wie beim Pferderennen in Longchamp.«

Er drehte sich eine Zigarette, ohne sich weiter um mich zu kümmern.

»Fragt sich nur, was ein Typ, der ins Jenseits befördert wird, mit einem Schein anfangen sollte.«

»Vielleicht Charon, den Fährmann der Unterwelt, bezahlen…«

Er steckte sich seine Kippe an und nahm einen kräftigen Zug.

»Vielleicht bist du eben doch nicht so schlau. Vielleicht hast du diese Banknote einfach übersehen. Das ist natürlich ärgerlich. Da hast du dir so viel Mühe gegeben, die Taschen des Opfers auszuleeren, und einen Schein vergessen. Kleiner Müdigkeitsanfall, das ist verständlich. Wenn man nicht gerade Deibler heißt, ist das echt anstrengend, einen Mann zu köpfen.«

Die Asche der Zigarette fiel auf seine Weste. Er fegte sie mit der Hand weg und fügte zu den anderen bereits existierenden Flecken noch eine graue Spur hinzu.

»Und warum hast du dem Typen den Kopf abgeschnitten? Ach! Wo habe ich nur meinen gelassen! Damit man ihn nicht erkennt natürlich. Und er trug nichts bei sich, damit man ihn nicht identifizieren kann. Das war übrigens trotzdem nicht besonders schwer. Aber da hast du dir das Hirn zermartert und hast das so schön ausklamüsert. Bist halt keine große Leuchte. Darum kann ich mir auch nicht erklären, was dich veranlasst hat, Aude Beaupréau aufzusuchen. Die kannte dich ja überhaupt nicht.«

»Darf ich?«, fragte ich und glotzte auf seinen Tabak.

»Ich bin kein Unmensch.«

Ich stopfte meine Pfeife. Er begann, etwas auf ein Blatt Papier zu kritzeln.

»Ich denke, du hattest eine Meinungsverschiedenheit mit Lema. Eine Meinungsverschiedenheit, die so gravierend war, dass Lema untergetaucht ist. Du hast ihn unter dem Vorwand dieser angeblichen Nachforschung wieder aufgespürt. Nur ging eure Aussprache daneben. Du hast ihn abgeknallt, vielleicht ohne es zu wollen. Ein Handgemenge, ein Schuss löst sich ... Kurz, du hast auf einmal einen Toten am Hals. Du drehst durch und willst den Mord vertuschen. Eine Leiche ohne Kopf, das hat doch gleich so etwas Mysteriöses, gibt ein echtes Rätsel auf, und du kannst lauter falsche Fährten für uns legen. Währenddessen spielst du weiter den Privatdetektiv. Den Kunden hast du dir ja schon erfunden, und nun kümmerst du dich um den Auftrag, den er dir angeblich anvertraut hat. Da du dir denken kannst, dass wir irgendwann bei dir landen, triffst du schon mal Vorkehrungen. Du zeigst dich bei der Witwe, hinterlässt deine Adresse. Ein Schuldiger wäre niemals so dämlich. ›Monsieur Inspektor, wenn ich Lema getötet habe, warum bin ich dann zu seiner Frau gegangen? Damit sie Sie zu mir führt?‹ Schließlich habe ich dich unterschätzt, du bist ein ganz Gerissener. So gerissen, dass ohne diese Geschichte mit dem Schein dein Plan sogar hätte aufgehen können. Du warst eben nur eine Spur zu nachlässig.«

»Und Yvettes Aussage?«

»Ach! Die Liebe ...«

»Glauben Sie dieses ganze Geschwätz etwa?«

»Mein Kollege glaubt daran.«

»Das heißt ...«

Er lehnte sich in seinem Sessel zurück, und ich sah ihn das erste Mal lächeln.

»Die Banknote war dann doch zu viel des Guten, oder?«, fragte ich.

»Ich halte nichts von Effekthascherei, da denke ich immer, ich werde für dumm verkauft. Derjenige, der Pietro Lema kalt gemacht hat, hat alles getan, um dir die Sache anzuhängen. Das kam mir verdächtig vor. Meine letzten Zweifel wurden durch deinen Besuch bei Foucart zerstreut.«

»Davon wissen Sie?«

»Keine Beleidigungen bitte. Sag lieber mal, was ist mit deiner Nase passiert?«

»Nicht das, was Sie vielleicht denken.«

»Ich denke vor allem, wenn du sie weiterhin überall reinsteckst, dann ramponierst du sie dir irgendwann noch mal richtig. Warum beschäftigst du dich immer noch mit diesem Fall?«

»Ich werde auch nicht gerne für einen Idioten gehalten. Jemand wollte mir den Mord an Lema anhängen. Ich möchte wissen wer und warum.«

»Komischer Vogel, dieser Lema. Wusstest du, dass der Waffentransporte organisiert hat?«

»Ich dachte, er war Hilfsarbeiter …«

»Hilfsarbeiter im Hafen, ja. France Navigation, klingelt da was bei dir?«, fragte er und sah mir direkt ins Gesicht.

»Eine Reiseagentur?«

»Spezialisiert auf eine einzige Strecke: Moskau–Madrid, über Bordeaux.

»Ganz schöne Tour.«

»Hör mir gut zu. Mir ist es schnuppe, ob die Russkis Waffen nach Spanien schicken, und ich pfeife drauf, dass der Transport über Frankreich geht. Aber wenn sich so ein Kauz, der da mit drin steckt, in meinem Bezirk abmurksen lässt, dann interessiert mich das auf einmal sehr. Also spiel nicht den Hanswurst, oder ich muss leider auf mein erstes Szenario zurückkommen, das meinem Kollegen so gut gefällt. Der wäre hocherfreut, wenn er dich einbuchten könnte.«

Er warf ein Foto auf den Schreibtisch. Drei Typen, die sich auf die Reling eines Transportschiffs stützen.

»Die *Beluga,* eines der Schiffe von France Navigation. Der Abzug wurde im April '37 gemacht. Da erkennt man Lema. Links neben ihm, das ist Caretta, der Leiter der Gesellschaft. Rechts neben ihm Kolmow, sein russischer Partner und Mitglied der GPU, der Geheimpolizei Stalins. Kolmow ist Beauftragter für die spanische Grenze.«

»Und dahinter?«, fragte ich und zeigte auf eine Silhouette im Hintergrund.

»Vermutlich ein Besatzungsmitglied.«

Ich gab ihm das Foto zurück: »Und?«

»Und dieses russische Netz ist ziemlich löchrig. Während der Überfahrt verlieren die Schiffe offenbar hier und da mal eine Kiste. Gemessen am Umfang der Lieferungen ist das nicht viel, aber für den, der sie aufsammelt…«

»Das ist nicht Ihr Ernst!«

»Keiner wird ohne Grund um die Ecke gebracht. Lema besaß keinen Pfifferling, er verkehrte nicht im Milieu, er hatte keinerlei Laster, für die man mit seinem Leben bezahlt. Er war weder im Bordell noch in Spielhöllen bekannt. Und die Sache mit der Familie? Du hast Foucart ja getroffen, ich brauche ihn dir nicht zu beschreiben. Die Hypothese, dass da ein Streit aus dem Ruder gelaufen ist, lässt sich nur halten, wenn du der Schuldige bist. Wenn du uns die Wahrheit gesagt hast, können wir das streichen.«

»Streichen wir es.«

»Bleibt ein politisches Motiv. Lema war in diesen Kreisen bekannt wie ein bunter Hund. Ich weiß, ich fische da im Trüben und habe keine Ahnung, was ich rausziehen werde, aber eins weiß ich: Man muss Schlamm aufwirbeln, um Aale zu fangen.«

»Und wie sieht meine Rolle aus?«

»Dich lasse ich laufen. Hopp! Raus mit den kleinen Fischen. Da werden die großen Fische vielleicht stutzig. Diese Tiere sind neugierig. Und mit etwas Glück umkreisen sie dich bald.«

Er warf seine Visitenkarte auf den Schreibtisch: »Bailly. Inspektor Bailly. Wenn du spürst, dass sie sich nähern, solltest du mich besser anrufen.«

Abends war das Thermometer gefallen. Vor dem Kommissariat wartete ein Schutzmann in seine Pelerine gewickelt auf Ablösung. Als ich rauskam, straffte er sich und nickte mir kurz zu, um dann wieder in Lethargie zu verfallen. Die Passanten, die von der Kälte überrascht wurden, beeilten sich nach Hause zu kommen. Ich tat es ihnen nach. Ein Zeitungsausrufer kam die Straße entlang, *L'Intransigeant* unterm Arm:

»Göring jagt die Wiener Juden! Kauft den *L'Intran*. Die Juden werden aus Wien verjagt!«

Ich beschleunigte meinen Schritt. Als ich in der Rue des Envierges ankam, lauerte mir die Concierge schon auf.

»Monsieur Nestor, sie ist da«, flüsterte sie.

»Wer?«

»Na, die kleine Dame! Sie hatte sich Sorgen um Sie gemacht, da habe ich sie reingelassen. Die Arme, ich wollte sie nicht zurück in die Kälte schicken, die plötzlich so ohne Vorwarnung hereingebrochen ist. Ein Tropfen Chinarindenextrakt und dann die Wärme des Ofens … Sie ist eingeschlafen. Ich habe es nicht übers Herz gebracht, sie zu wecken.«

Yvette räkelte sich auf dem Bett der Tratschtante und schnarchte wie ein Glöckner. Ich schüttelte sie.

»Oh? Nestor...«, murmelte sie und lächelte dümmlich.

Ihr Atem kitzelte mich an den Nasenlöchern.

»Madame Jeanne, wie groß war denn dieser Tropfen Chinarinde?«

»Was weiß ich, wie eine Träne...«

»Das müssen schon ein paar Schluchzer gewesen sein, die ist sturzbetrunken.«

Ich hievte Yvette zu mir hoch.

»Is' nett hier«, brachte sie hervor.

Ich setzte sie aufs Bett und holte ein Glas Château Gänsewein am Wasserhahn. Als ich zurückkam, schlief sie, die Hände zu Fäusten geballt. Ich wickelte sie in die Decke und packte sie so in eine Ecke des Bettes. Dann öffnete ich eine Dose Sardinen und setzte mich an den Tisch. Baillys Fischgeschichten hatten mich echt hungrig gemacht. Er hatte vielleicht den richtigen Riecher, der Inspektor, aber ich war einen Zug oder vielleicht besser ein Schiff schneller. Ich kannte den vierten Knaben auf dem Foto, der, den man hinter Lema, Caretta und Kolmow erkennen konnte. Ein berühmter Matrose, ein echter Navigationskünstler. Während ich die Sardinen auf dem Brot verteilte, fragte ich mich, welche Kopfbedeckung Boris besser stand. Die Kapuze der Cagoule oder die Matrosenmütze der *Beluga*?

XVII

Morgens war Yvette aus der Vorhölle zurück.

»Wo bin ich?«, murmelte sie, als sie unter der Federdecke auftauchte.

»Wusste gar nicht, dass Sie einen Hang zum Trinken haben. Aber Sie tun ja alles, um es bekannt zu machen.«

Ich reichte ihr ihre Brille. Sie sah sich um und war so erstaunt, als wäre sie gerade auf dem Mond erwacht.

»Nestor, wurden Sie freigelassen?«

Ich stellte ein Tablett auf dem Bett ab.

»Nur um Ihnen das Frühstück zu bringen. Ist das nicht nett? Und während Sie frühstücken, erzähle ich Ihnen was.«

Ich servierte ihr meine Geschichte so brühwarm wie den Kaffee.

»Kann ich etwas Milch haben?«, fragte sie, als ich fertig war.

»Sie haut wohl nichts um.«

Sie stippte das Brot in den Milchkaffee. »Dieser Boris muss gefunden werden.«

»Messerscharf geschlossen.«

»Nes, ich habe zwar keine Ahnung wie, aber wenn ich Ihnen irgendwie behilflich sein kann …«

»Schon.«

»Ja?«

»Ich habe nicht gewagt, Sie zu fragen. Als ich es bei Gopian versucht habe …«

Sie errötete: »Ich denke, wir haben Frieden geschlossen.«

»Und zwar mehr als nur einmal.«

»Seien Sie nicht taktlos.«

»Also, um Boris zu schnappen, habe ich nur zwei Spuren, France Navigation und …«

»Und?«

»Die Nachteule.«

Offenbar stimmte sie zu, während ihre Nase in der Kaffeeschale verschwand.

»Da kommen Sie ins Spiel.«

Sie kniff die Augen zusammen, als ob sie eine Zielscheibe anvisierte.

»Ich dachte, dass Sie vielleicht, also, wenn Sie einverstanden wären, könnten Sie ...«

Ihr Blick über der blauen Schale verdunkelte sich.

»... sich dort einschleichen, um Boris aufzulauern.«

Sie schüttete mir ihren Kaffee ins Gesicht.

»Nestor! Sie sind widerlich.«

Mittags war die Sache abgemacht. Yvette würde sich im Bordell verschanzen, wie andere Privatdetektive in Hotels oder Bistros. Dass die sich dort aufhalten, heißt ja auch nicht, dass sie Page oder Alkoholiker werden. Ehrlicherweise muss man jedoch sagen, dass schon viele Typen mit dem Saufen angefangen haben, als sie so mürrisch am Tresen saßen. Leberzirrhose könnte man zweifellos unter den Berufskrankheiten aufführen. Es erschien mir jedoch wenig hilfreich, mich über dieses Thema zu verbreiten. Yvette war einverstanden, und wir nahmen Kurs auf das Alhambra.

In der Rue de Belleville war gerade Markt. Entlang der Trottoirs folgte ein Handwagen auf den nächsten, wie die Waggons der Züge an der Petite Ceinture. Eingezwängt in mehrere übereinandergezogene Schichten Klamotten, schrien sich die Händler die Kehle aus dem Leib, um ihr Gemüse anzupreisen: »Mein Salat ist taufrisch! Wunderschöner Lauch!« Ein echter Engelschor für Säuferstimmen. Mit Fausthandschuhen an den Händen wog eine Alte Schwarzwurzeln auf einer Balkenwaage. Ein Bote mit einem Lieferdreirad geriet bei der Abfahrt ins Schlingern, wollte einem Autobus ausweichen. Er riss den Lenker herum und erwischte dabei die Gemüsekisten der Alten. Die Schwarzwurzeln verteilten sich über die Straße. Wie Hexenfinger, die über das Pflaster kratzen. Der Radfahrer richtete sein Gefährt wieder auf und setzte unter Beschimpfungen sein Hindernisrennen fort. Ich half der Alten, ihr Gemüse aufzuheben. An der Mauer hinter ihrem Karren pries ein halb abgerissenes Plakat die Reize der

Mieder von Roussel. Als ich mich wieder aufrichtete, wurde es gerade von einem Windstoß angehoben, und darunter erschien das Gesicht von Corbeau mit dem Turban auf dem Schädel.

»Von weiblichen Dessous bedeckt, manche haben echt Schwein«, sagte ich und brach in schallendes Gelächter aus.

Ich riss den unteren Teil des Plakats ab, und Swamis Visage kam zum Vorschein. Die beiden Werbeplakate waren nun zu einem geworden. Mit Hilfe des Zufalls hatte ich ein Bild komponiert. Man musste nur mal was von der Wand kratzen, um die automatische Schreibweise der Straße zu lesen.

»Porträt des Künstlers als Mieder! Das ist noch surrealistischer als eine Collage, ich habe gerade die Decollage erfunden.«

»Mein armer Nes, Sie haben schon längst jede Bodenhaftung verloren«, sagte Yvette und ging weiter.

Pfeife voran folgte ich ihr und holte sie vor Petit, dem Uhrmacher, ein, und wir gingen zum Alhambra. Im Ballsaal spielten die Musicos gerade den Rest von *Falschgeld,* einem Stück von Gus Viseur. Milou begrüßte uns mit seinem goldplattierten Lächeln und legte seine Gitarre zur Seite.

»Hallo Gadjo, darf ich dir Jo Privat vorstellen, den König der Gänsehaut.«

Der junge Kerl schnallte sein Akkordeon um und legte kaltblütig die Finger auf die Tasten. Wir hatten nicht die Muße, über Musik zu plaudern. Pierrot näherte sich in seinem schnieken Nadelstreifenanzug mit finsterer Miene.

»Der Chef wird sich freuen, Sie wiederzusehen«, feixte er, den unvermeidlichen Zahnstocher zwischen den Lippen. »Er lässt sich so gern verarschen.«

Er deutete mit dem Kopf zur Tür. Ich bedeutete Yvette, mir zu folgen, aber der Rotschopf stellte sich ihr in den Weg.

»Tut mir leid, Mademoiselle bleibt hier.«

»Pfoten weg«, protestierte sie.

Pierrot spuckte seinen Zahnstocher aus.

»Du erziehst sie nicht gut«, äußerte er, während er mich schräg von der Seite anblickte. »Eine Frau hat an ihrem Platz zu bleiben.«

Mir blieb nicht die Zeit, kontra zu geben, denn Yvette war mal wieder auf dem ganz hohen Ross: »Ach ja? Und wo, meinen Sie, ist der Platz der Frau?«

»Vielleicht müssen wir das jetzt nicht ausdiskutieren«, warf ich ein.

Der Rotschopf war anderer Meinung.

»Nervös?«, fragte er mich, ohne Yvette eines Blickes zu würdigen. »Die muss wohl noch dressiert werden.«

»Was wollen Sie damit sagen?«, empörte sie sich.

Er packte sie am Arm. »Jetzt mach mal halblang, ja?«

Diese Jungspunde gehen schnell an die Decke. Bevor ich den kleinen Finger heben konnte, hatte sich der Akkordeonist schon eingemischt. War wohl eine Berufskrankheit.

»Hast du nicht gehört, was Madame gesagt hat?«, schnauzte er.

Unter dem Eindruck dieser Beleidigung ließ Pierrot Yvette los. Sie verlor das Gleichgewicht, rutschte auf dem frisch gebohnerten Boden aus, machte noch drei Schritte und legte sich dann der Länge nach hin. Ich dachte mir, jetzt geht es richtig rund. Zur Eröffnung baute sich der Musiker erst mal mit geschwellter Brust auf, so wie er sonst seine Quetschkommode aufblies. Pierrot roch den Braten und ließ eine Hand in der Tasche verschwinden. Er holte sie nicht wieder hervor. Der andere hatte ihn mit einem gezielten Kinnhaken niedergestreckt. Man hörte seinen Kiefer krachen, er taumelte wie ein beschwipster Tänzer und fiel hintenüber.

Ich half Yvette auf, während sich der Quetschkommoden-Virtuose die Flosse rieb.

»Jo Privat?«, sagte ich. »Sie haben wirklich Goldhände.«

»Er sollte damit lieber seine Tastatur bearbeiten!«

Alarmiert durch den Radau war Marcel aus seiner Höhle gekommen. Er stieg über Pierrot hinweg und baute sich vor mir auf:

»Dass du dich noch hertraust!«

»Ich wollte mit Ihnen reden.«

»Ich wüsste nicht, worüber.«

»Nun ja, über Ginette, die Nachteule, die Lage…«

Als Geschäftsmann hatte Marcel etwas für Verhandlungen übrig. Zu hören, dass ein Typ, der des Mordes verdächtigt wurde, in einem Lokal verkehrte, das er mit Novizinnen versorgte, gab ihm zu denken. Wenn ein Bordell einschlägig bekannt war, geriet auch sein Lieferant ins Fadenkreuz der Polizei. Marcel war sofort klar, dass das Ärger bedeutete. Wenn er mir half, Boris zu finden, konnte ich ihm den Ärger ersparen. Während er sein Messer tätschelte, klagte er über engstirnige Vorschriften, die schwierige Lage eines Luden und wie man als freier Unternehmer durch Gesetze geknebelt wird. Aber ich sah ihm an, wie er das Für und Wider abwog. Um seine Entscheidungsfindung etwas zu beschleunigen, schob ich ihm noch ein paar Scheine des falschen Beaupréau rüber und versprach ihm mehr davon. Er musste mir nur behilflich sein, eine Freiwillige in die Nachteule einzuschleusen.

Er steckte den Zaster ein.

»Und wo ist deine Spionin?«

»Direkt vor dir.«

Yvette zwinkerte hinter ihren Brillengläsern.

Marcel starrte mich fassungslos an.

»Um Gottes willen!«, fluchte er in die Stille hinein.

XVIII

Während Yvette sich mit ihrem neuen Job vertraut machte, ging ich noch mal zu Emilio. Ohne jede Vorankündigung kam auf einmal ein heftiger Regenschauer herunter. Ich flüchtete unter ein Vordach. Ein Typ mit einem Fuchsgesicht stellte sich völlig durchnässt neben mich.

»Ist der Schirm kaputt?«, fragte ich und deutete auf den weit geöffneten Regenschirm, den er mit dem Griff nach oben hielt.

»Wenn das weiter so schüttet, ist er bald kaputt«, sagte er und wischte sich das Gesicht ab.

»Wenn man ihn richtig rum hält, funktioniert er vielleicht besser.«

»Wie soll ich dann bitte arbeiten, wenn ich ihn umdrehe?«

Ich sah in den Regenschirm hinein. Sah aus wie ein wandelnder Kaufmannsladen.

»Krawatten, Taschentücher, Einstecktücher, wählen Sie eine Farbe. Drei Artikel zum Preis von zwei. Und die kosten bei mir nicht dreißig Francs, nicht mal zwanzig. Hier, Sie haben Glück, bei dem Sauwetter stoße ich alles ab. Geben Sie mir fünfzehn Kröten für alles. Als Extra bekommen Sie noch einen Schal für Madame.«

»Sie lassen sich vom Wetter nicht verrückt machen«, sagte ich lachend.

»Niemals, vor Ihnen steht Julot, der König der Straßenhändler.«

Der Regen hörte auf. Julot klappte seinen Wunderschirm zusammen.

»Ich fahre nach Jaurès. Wenn ich unter der Metrobrücke stehe, kann es von mir aus wie aus Kübeln schütten, das ist gut fürs Geschäft. Wenn die Fahrgäste aus der Metro kommen, zögern sie, weil sie nicht nass werden wollen. Also schlendern sie an meiner Auslage vorbei. Und dann gibt es noch die, die es feuchtfröhlich mögen, aber im Trockenen am Tresen. Bevor sie nach Hause fahren, kaufen sie einen Foulard zum halben Preis, um von ihrer Verspätung und ihrer Pastis-Fahne abzulenken.«

Die Wolken am Horizont türmten sich bedrohlich auf. Ich schlug meinen Kragen hoch.

»Ich komme mit.«

»Es lebe Jaurès!«, schrie Julot, um mal eben klarzustellen, dass nicht alle Straßenhändler brave Untertanen waren.

Wir nahmen die Metro nach Belleville. Am Zugang zum Bahnsteig beäugte der Kontrolleur misstrauisch den Schirm. Wir quetschten uns in einen Waggon zweiter Klasse der *Compagnie du chemin de fer métropolitain.* Die Metro kam an der Station wieder nach oben, die seit 1914 nicht mehr Rue d'Allemagne hieß, sondern nach dem ermordeten sozialistischen Führer benannt worden war. Es begann wieder zu regnen. Julot stellte sich unter dem eisernen Viadukt auf, das über die Rue La Fayette hinwegging. Als ich ihn verließ, versammelten sich bereits lauter Schaulustige vor seinem Wunderschirm.

Ich ging zum Kanal runter. Der schmuddelige Himmel spiegelte sich im grauen Wasser. An der Böschung hypnotisierte ein Angler unter dem Schutz eines Schirms seine Angel. Ein mit Sand beladener Frachtkahn brachte den Schwimmer ins Schaukeln, wie ein Bötchen im Sturm. Sein Kielwasser begleitete mich bis zu den Lagerhallen der Firma Cavagnolo. Auf dem Anleger schleppte sich Emilio mit seinem verdrehten Bein durch die Pfützen.

»Sieh an, ein Amphibien-Detektiv.«

»Emilio, du musst noch mal Licht in die Sache bringen.«

»Bei dem scheußlichen Wetter sehe sogar ich nicht besonders klar. Aber komm rein, stell dich unter.«

Er öffnete die Tür der Bude, die ihm als Büro diente. Der muffige Geruch schnürte mir für einen Moment die Kehle zu. Ich nahm meinen tropfenden Hut ab, während Emilio einen Spirituskocher entzündete.

»Trockne dich ab. Ich mache einen Espresso.«

Sein italienischer Kaffee war eine fade Brühe.

»Ekelhaft, was?«, sagte er mit einem Grinsen über seinen Blechnapf hinweg. »Diese Plörre spült sogar jede Erinnerung weg.«

»Denk mal scharf nach, was dir zu Pietro Lema einfällt.«

»Schon wieder?«

»Wie kam er zu France Navigation?«

»Habe ich dir doch schon gesagt. Durch die Partei. Er glaubte wirklich dran. Er nahm das sehr ernst, war ein richtiger Streber. Maloche, Abendkurs, Versammlungen … Er machte schon bald auf sich aufmerksam, stieg in dem Verband nach und nach auf, sein Name machte die Runde auf den Fluren des Zentralkomitees. Er war so ein Typ, der zwar keine Führungsrolle übernimmt, aber dem man Verantwortung übergibt. Als der Krieg in Spanien ausbrach, gehörte er zu einem Kreis, der eine Menge Sachen auf die Beine stellte. Als Caretta France Navigation gründete, holte er ihn zu sich. Er half den Kontakt zu den Leuten von Blum herzustellen.«

»Blum?«

»*Ecco!* Glaubst du vielleicht, die Zöllner würden die Grenze öffnen, wenn das nicht von der Regierung gedeckt wäre? Léon Blum hat jemanden ernannt, der für den Zoll verantwortlich ist und den Auftrag hat, den spanischen Republikanern heimlich zu helfen. Gaston Cusin. Sein Ansprechpartner für die Partei ist Caretta.«

»Und wie wurde Lema dann Hilfsarbeiter bei Bornibus?«

»Das habe ich dir auch schon erzählt. Als er aus Spanien zurückkam, hat er alles sausen lassen. Wenn du die Partei verlässt, verlierst du deine Familie, deine Freunde, deine Genossen … Genosse … Du hast keine Ahnung, was dieses Wort bedeutet. Von heute auf morgen hat dein Leben keinen Sinn mehr. Das muss man selber erlebt haben, um es zu verstehen.«

Der Regen tropfte aus einer löchrigen Regenrinne herab.

»Du scheinst es verstanden zu haben«, sagte ich.

Emilio nahm einen Schluck Kaffee.

»Nichts schmeckt mehr«, murmelte er und stand auf.

Er öffnete die Tür, eine feuchte Windbö schlug uns entgegen.

»Ein großer Glatzkopf, fällt dir dazu jemand ein?«

»Ich habe dir alles erzählt. Wenn das nicht genug ist, dann geh zu Sam, sag, du kämst von mir.«

»Sam?«

»Samuel Korb. Rue Jouye-Rouve. Er ist Mützenmacher. Pietro und er waren früher unzertrennlich. Glaube kaum, dass er mit dir reden wird. Aber das ist ja schließlich dein Job, es zu versuchen.«

Emilio hatte Recht. Sam Korb war nicht gerade gesprächig. Als ich bei ihm eintrat, war mir sofort klar, dass der nichts mehr ausspucken würde. Wir sahen uns in die Augen, sein Blick schien durch mich hindurchzugehen und den Schornstein des Waschhauses zu fixieren, der ihm die Aussicht auf den Horizont versperrte. Er hatte da unten sicher schon eine Menge Frauen vorbeilaufen sehen. Junge Frauen mit Waschkörben, die beim Lachen den Kopf in den Nacken warfen, oder alte, gebeugt unter der Last ihrer dreckigen Wäsche. Welche, die zum Waschen ihre rotznasigen Gören mitschleppten, die ihnen am Rockzipfel hingen … Wer weiß, vielleicht dachte er, während er seine Mützen nähte, an all diese weiblichen Gestalten auf dem Pflaster dort. Aber nein, auch das würde er mir nicht sagen. Selbst wenn sein Mund halb offen stand, Sam Korb schwieg wie ein Grab. Bis er in sein eigenes gebettet wurde, wiegte er sich leicht hin und her, der Kopf hing ihm auf die Brust, er hatte ein Seil um den Hals, wie ein Schinken, der an einem Balken von der Decke hängt.

Auf der Kommode, wo sich Werkzeug stapelte, lag eine aufgeschlagene Ausgabe der *Humanité*. Dort wurde in einem kurzen Artikel über den Fund einer verstümmelten Leiche im Kanal berichtet, die der Journalist, genau wie seine Kollegen, Pietro Lema zuordnete, ohne dessen frühere Tätigkeit für die Partei zu erwähnen.

In Samuels Durcheinander entdeckte ich auch ein Kistchen, in dem er Erinnerungsstücke aufbewahrt hatte. Vergilbte Fotos eines Hochzeitspaares, dessen junges Glück für die Ewigkeit festgehalten worden war. Zwei Fahrkarten dritter Klasse nach Warschau, einfache Fahrt, mit dem Datum des 12. September 1922. Und andere Fotos: Eine Gruppe von Freunden applaudiert den ins Ziel kommenden Radfahrern des Sechs-Tage-Rennens im Vélodrome d'Hiver, auf den Stufen sitzen Sam und Pietro und lachen aus vollem Halse. Eine Frau und ein Mann – Samuel Korb in jüngeren Jahren – halten sich umschlungen. Samuel und die Frau unter Lampions bei einem Tanzvergnügen. Picknick bei einem Fest der *Humanité* in Garches. Samuel und Lema in einem Fabrikhof. Eine Landpartie irgendwo am Wasser, Tandems lehnen an einem Baum. Sam und Pietro prosten sich vor der Kamera zu. Zeitungsausschnitte in jiddischer Sprache. Eine Karte von der CGT, von der Gewerkschaft der Mützenmacher und eine von der Kommunistischen Partei, der Sektion des 20. Arrondissements. Ein Chanson-Text, erschienen bei der Edition Paul

Beuscher, *A Paris dans chaque Faubourg,* Text und Musik von René Clair und Maurice Jaubert. Eine Todesanzeige vom 20. November 1937, ausgestellt auf den Namen Paula Korb. Eine Sammlung von Artikeln, die den Erfolg des Sozialismus in der Sowjetunion preisen. Ein Bündel Briefe voller Liebesbekundungen von Paula.

Das Leben dieses kleinen Mützenmachers passte in eine Hutschachtel. Ich wollte sie gerade schließen, als mein Blick auf einen Umschlag fiel. Er war am 20. Juni 1937 in Barcelona abgestempelt worden. Ich öffnete ihn.

»Mein alter Sam«, schrieb Lema, »dein letzter Brief ist furchtbar. Du argumentierst genauso wie all die anderen Blinden in der Partei. Wie kannst du das, was jetzt unter dem Vorwand passiert, man müsse die Revolution vor ihren Feinden schützen, nur rechtfertigen? Wenn das so weitergeht und noch mehr Köpfe rollen, sind ihre einzig noch verbleibenden Freunde ihre eigenen Henker. Stalin ist verrückt geworden, und alle, die ihm folgen, ebenfalls. Wie konnten wir es nur so weit kommen lassen?« In einem zweiten Brief wundert Pietro sich über das Schweigen seines Freundes und schließt mit einem tieftraurigen: »Auf Wiedersehen, mein Samuel?« Zwei Zeitungsausschnitte lagen dem Brief bei. Der erste war aus einer spanischen Tageszeitung. Dort wurde über den Fund der Leiche von Camillo Berneri in den Straßen Barcelonas am 5. Mai 1937 berichtet. Der Mann, dem sich die Rossellis zu Beginn des Krieges angeschlossen hatten, war nun vor ihnen begraben worden. Der zweite Artikel war ein Ausschnitt aus der *Prawda.* Dort war ein Satz rot unterstrichen.

Ich hörte Stimmen von der Straße her. Ich ging zum Fenster. Vor dem Waschhaus herrschte eine Gruppe von Frauen einen Kohlenhändler an, der Eierbriketts lieferte.

»Bravo, Schwarzer, genau auf meine sauberen Laken!«

»Können Sie nicht mal besser aufpassen, wenn Sie Ihren Kipper leeren?«

Seine Visage war ganz schwarz vom Kohlenstaub. Der Kerl lud sich einen Sack auf den Rücken, der seine hundert Pfund wiegen durfte.

»Möchte den eine von euch tragen?«, motzte er. »Ich muss sechs davon in den Keller schleppen.«

Eine Matrone mit Dreifach-Kinn lachte laut auf: »Wir? In den Keller? Du träumst wohl!«

»In Wahrheit will er in den siebten Himmel getragen werden, was?«, sagte eine ganz pfiffige Dunkelhaarige lachend.

Sie bekräftigte ihre Worte durch einen Blick nach oben. Plötzlich stockte ihr Lachen. Sie öffnete den Mund, als schnappe sie nach Luft, und ließ ihren Korb fallen:

»Da hängt einer«, schrie sie und zeigte auf das Fenster.

Ich packte die Briefe ein und stürzte ins Treppenhaus. Zwei Etagen tiefer schloss ich mich in die Etagentoilette ein. Der Kohlenhändler vorneweg, stiegen die Nachbarn zu Samuel hoch. Ich hörte sie schreien, als sie ihn entdeckten, und machte mich an den Abstieg. Auf dem Trottoir standen die Frauen des Waschhauses, reckten die Köpfe und suchten mit dem Blick das Fenster ab.

»Sie nehmen ihn ab«, sagte die Brünette und presste die Hand auf ihr Herz.

Ich verzog mich lieber, ohne die Fortsetzung abzuwarten. Es war auch bald Zeit, Yvette abzuholen. Unterwegs legte ich einen Zwischenstopp in der Vielleuse ein, um meine Gedanken zu ordnen. Dazu brauchte ich ein Bier und die Papiere, die ich bei Sam Korb gefunden hatte. Samuel und Pietro waren unzertrennlich gewesen. Sam reagierte nicht auf die Appelle seines Freundes.

In der verrauchten Brasserie hatten all diese Machenschaften etwas von einem billigen Schwank. Matrosen, ein

Sargträger, Nutten, Fahnen wurden geschwenkt, bewaffnete Männer und Kerle in Kapuzen traten auf und Blut floss auch. Eine makabre Sarabande, die einem Bild von Clovis Trouille alle Ehre gemacht hätte.

»Wie feinfühlig Sie mal wieder sind! Jetzt warte ich schon über eine halbe Stunde auf Sie!«

Ein Geschöpf, das sich aufgemotzt hatte wie ein Daimler, setzte sich auf die Bank und entblößte dabei den Ansatz ihres Strumpfes. Sie benetzte ihre Lippen mit meinem Bier.

»Yvette?«

Die Augen der Billardspieler wurden runder als ihre Kugeln.

»Ich glaube, ich habe meine wahre Persönlichkeit gefunden«, sagte sie und pfiff den Kellner heran.

XIX

»Da der Senat es ablehnt, ihm die komplette Vollmacht über die Finanzen zu geben, die er am 6. April vom Parlament erhalten hatte, reichte Monsieur Léon Blum beim Staatspräsidenten seinen Rücktritt ein.«

Ich stellte das Radio leiser. Die Kirschenzeit endete also schon im Frühling, und mit ihr verflüchtigte sich auch die Hoffnung, Corbeaus Waffen auf den Weg bringen zu können. Dabei wurden sie mehr gebraucht denn je. Auf der anderen Seite der Pyrenäen stießen die Truppen Francos weiter vor. Eine Stadt nach der anderen fiel.

»Nimmst du noch einen Kaffee?«

Gopian hatte schon die Hand an seiner brandneuen Kaffeemaschine. Mehr schlecht als recht hatte er sein Bistro wieder auf Vordermann gebracht. Die bunt zusammengewürfelten Stühle verdankte er der Solidarität der Nachbarn, das neue Fenster der Unterstützung der armenischen Gemeinde. Die Bühnenarbeiter der Gaumont-Studios hatten für den Spiegel zusammengelegt, und die neue Kaffeemaschine war ein Geschenk von Jean Gabin höchstpersönlich. Sie war eines Morgens in einem Studio-Lieferwagen gebracht und sogleich »*Bestie Mensch*« getauft worden, als Hommage an den Schauspieler, dessen gleichnamiger Film gerade herausgekommen war.

Ich lehnte den Kaffee ab.

»Ich muss los, der Leichenwagen ist sicher schon unterwegs.«

Ein Toter will nicht endlos warten. Bei seiner Arbeit nahm Corbeau es sehr genau. Ich kam in der Rue Jouye-Rouve an, als er gerade die sterblichen Überreste von Sam Korb herunterschaffte. Corbeau trug den gleichen Anzug wie im Theater, und einen Moment lang fragte ich mich, ob er seinen Kunden wieder auferstehen lassen würde. Er hätte mir sicher eine Menge Tricks zeigen können, aber Swamis Nummern waren kaum für das anwesende Publikum geeignet. Wer dem Mützenmacher die letzte Ehre erweisen wollte, war eher rational eingestellt. Eine Gruppe ehemaliger republikanischer Kämpfer, deren Banner sich im Wind blähte, eine Schar von Freidenkern, Kameraden von der Gewerkschaft, eine Delegation der Partei mit schwarzem Trauerflor und roten Nelken. Ich suchte nach Angehörigen in dem Grüppchen, das sich um den Wagen drängte. Aber Samuel Korbs Familie beschränkte sich auf seine Brüder im Geiste. Die Nachbarn hielten respektvoll Abstand, waren aber offenkundig stolz, einen bedeutenden Toten zu seiner letzten Ruhe zu begleiten. Ich reihte mich in den Zug ein und die Kolonne setzte sich in Bewegung. Auf den Trottoirs lüfteten Passanten den Hut. Zwei Frauen, denen die laizistischen letzten Wünsche des Verstorbenen nicht bekannt waren, bekreuzigten sich.

Während ich so lief, starrte ich auf die Rücken der vor mir Laufenden, ohne zu wissen, was ich dort glaubte entdecken zu können. Ich bereute schon, hier meinen Vormittag drangegeben zu haben, als wir auf dem Friedhof von Belleville ankamen. Samuel Korb kehrte in die Erde zurück, auf der 146 Jahre zuvor, inmitten der Wirren einer anderen Revolution, Claude Chappe den ersten Telegraf errichtet hatte. Mit der tatkräftigen Unterstützung mehrerer Seile senkten Corbeau und seine Helfer den Sarg in die Grube hinab. Da es eine nichtkirchliche Beisetzung war, kamen weder Gebinde noch Kränze zum Einsatz. Samuel bot sich exklusiv den Maden dar, die Floristen sollten kein dickes Geschäft machen.

Als die Sargträger ihre Seile wieder hochgezogen hatten, hielt ein Kerl im Mantel mit Samtkragen eine Ansprache, und dann warfen alle der Reihe nach eine Handvoll Erde auf den Sarg. Die Typen von der Partei nutzten die Gelegenheit, ihre Nelken ins Grab zu werfen. Der Letzte in der Reihe verharrte mit abgezogenem Hut vor der Brust eine ganze Weile am Rand der Grube. Durch sein kohlrabenschwarzes Haar zog sich eine schneeweiße Strähne. Mit vor Rührung zitternder Hand warf er seine Nelke hinab, setzte seinen Hut auf und entfernte sich. Einige räusperten sich, man steckte die Taschentücher wieder ein, dann löste sich die Gesellschaft auf. Ich wollte auch gerade auf dem Absatz kehrtmachen, als ein Nachzügler aufkreuzte, der wie ein Walross schnaufte. Ein kleiner dünner Mann, der scheinbar die ganze Straße hochgerannt war. Mit Tränen in den Augen blickte er eine Weile auf den Sarg. Er breitete hilflos die Arme aus und entfernte sich dann. Nach ein paar unsicheren Schritten lehnte er sich an eine Kapelle, schweißüberströmt, und wurde von einem Hustenanfall geschüttelt, der Tote zum Leben erwecken konnte. Ich ging zu ihm. Er sah mich an, ohne mich zu erkennen, und ich hielt ihn fest, bevor er ohnmächtig wurde.

Etwas später hatte er wieder Farbe im Gesicht. Wir saßen im Réservoirs, dem Café gegenüber vom Friedhof.

Franeck Czerowski kam aus Béthune. Der Triebwagen hatte eine Panne gehabt, darum war sein Zug mit einer Stunde Verspätung in der Gare du Nord angekommen. Seine Lunge ließ es nicht zu, dass er Paris im Laufschritt durchquerte.

»Die linke ist in der Mine geblieben.«

Trotz dieser üblen Staublunge war es ihm wichtig gewesen, seinem Schwager die letzte Ehre zu erweisen. Ich versuchte, mir die Spuren, welche die Zeit in seinem Gesicht hinterlassen hatte, wegzudenken.

»Das sind Sie doch, oder?«

Er setzte seine Brille auf, um das Foto zu betrachten, das ich ihm zeigte, und sein Gesicht hellte sich auf.

»Das Sechs-Tage-Rennen! Das war 1932. Sam und Paula hatten mich damit überrascht. In dem Jahr gewannen die Holländer. Verflucht schnelle Bahnradfahrer … Moment, wie hießen die noch mal … Van Kempen und Pijnenburg.«

Dem Foto nach musste er so um die vierzig sein. Er wirkte älter als sechzig.

»Hat Samuel Ihnen dieses Foto gegeben? Sagen Sie mal, wenn ich Sie bitten würde…«

»Geben Sie mir Ihre Adresse, ich schicke Ihnen einen Abzug.«

»Das ist nett! Wissen Sie, das war die gute Zeit damals. Wir waren alle zusammen, und da hatte diese Sauerei noch nicht meine Lunge befallen. Oder ich wusste es zumindest nicht.«

»Der Mann mit der Mütze hinter Ihrer Schwester. Kennen Sie den?«

Er rückte seine Brille gerade.

»Aber klar! Natürlich. Das ist Maxime.«

»Maxime?«

»Maxime … ich weiß seinen Familiennamen nicht mehr,

muss ich gestehen. Ein Kamerad von Samuel, ein netter Kerl. Die sahen sich oft. Sie haben dann auch zusammengearbeitet. Kennen Sie ihn denn nicht?«

»Doch, aber nach all den Jahren ... Und dann die Mütze ...«

»Es ist ungewohnt, ihn mit Kopfbedeckung zu sehen. Der hat kein Haar auf der Birne. Das ist irgendwas Angeborenes, glaube ich. Darum habe ich auch einen Moment gezögert. Aber das ist er. War er denn nicht bei der Beerdigung?«

»Nein. Vielleicht weiß er ja noch nicht mal Bescheid.«

»Das wäre ärgerlich.«

»Ich könnte ihm Bescheid sagen. Wissen Sie, wo ich ihn erreichen kann?«

»Nein.«

Er betrachtete erneut das Foto. »Moment, am Tag nach dem Rennen gingen wir ins Restaurant. Maxime schien das Lokal gut zu kennen.«

»Erinnern Sie sich vielleicht, wie das Restaurant hieß?«

»Ja, Matriochka. Ich weiß das noch, weil es in Béthune eins gibt, das genauso aussieht. Mit der gleichen Holzpuppe auf dem Schild. Es ist in der Nähe der russischen Kirche in der Rue de Crimée.«

Wir tranken aus, und ich schlug vor, an der Rue des Pyrénées ein Taxi zu rufen. Der Bruder von Paula Korb ließ sich lange bitten: »Ich gehöre doch nicht zum alten Eisen.«

»Wie kommen Sie denn darauf? Die Gare du Nord liegt auf meinem Weg«, log ich. »Wir nehmen das Taxi zusammen, und ich lass mir das von meinem Chef erstatten.«

»Wenn der Chef zahlt ... Aber da haben Sie einen tollen Chef, wenn der den Aristokratensarg bezahlt ...«

An der Gare du Nord blickte ich Franeck Czerowski nach und fragte mich, wie lange es noch dauern würde, bis die Silikose auch seine zweite Lunge ruiniert hatte. Als er in der Menge der Reisenden verschwunden war, stieg ich aus dem Taxi.

»Wollten Sie nicht noch woanders hin?«, fragte der Fahrer.

»Mein Budget ist begrenzt. Meine Mittel erlauben mir nicht, noch weiterzufahren.«

XX

Ich trudelte per pedes in der Agentur ein. Kaum war ich da, rief Bohman mich auch schon zu sich. Er zog ein Gesicht, als wolle er mich zur Wahrung des Weltfriedens auf ein Himmelfahrtskommando schicken. »Es handelt sich um eine etwas peinliche Angelegenheit ... Ich möchte ... ich würde gerne ... es geht um eine Gefälligkeit ... Also unter uns Männern, verflucht noch mal! Ich sage es geradeheraus. Finden Sie nicht, dass Yvette sich verändert hat?«

»Yvette?«

»Ja ... Das muss Ihnen doch aufgefallen sein. Ihr ganzer Aufzug ... sie war doch immer so zurückhaltend. Ich fürchte, das könnte sich schlecht auf die Geschäfte unseres Hauses auswirken. Nicht alle unsere Kunden sind da so modern eingestellt wie ich.«

»Mir ist nichts aufgefallen«, log ich. »Gefällt es Ihnen nicht, wie sie sich kleidet?«

»Darum geht es nicht. Das ist natürlich reizend, aber ein wenig deplatziert bei der Arbeit.«

»Hängt ganz von der Arbeit ab.«

»Pardon? Ich sehe, wir verstehen uns. Hören Sie, ich meine bemerkt zu haben, dass Sie und Yvette sich in letzter Zeit sehr gut verstehen. Das ist gut, das ist sehr gut, mir gefällt es, wenn sich da so ein Familiensinn entwickelt. Denn das ist die Agentur schließlich auch. Kurz, ich verlasse mich darauf, dass Sie ihr sagen ... ihr sagen ... na ja, Sie wissen schon, was ich meine.«

Er stand auf, um mir die Tür zu öffnen. Yvette tippte gerade auf der Schreibmaschine. Ihr Kleid war hauteng, so eng, dass man beinahe die Muttermale hindurchsehen konnte.

»Yvette«, sagte ich mit meinem süßesten Lächeln. »Denken Sie nicht, dass Ihr Kleid ein wenig ...«

»Ein wenig?«, fragte sie, während sie sich über die Remington beugte.

»Nicht nur ein wenig«, korrigierte ich mich angesichts ihres Dekolletés.

»Sie meinen zu viel?«

»Eine Spur. Die Kunden ...«

»Sie waren nie so zuvorkommend wie jetzt.«

»Warten Sie ab, was die alte Desmares für ein Gesicht macht.«

»Täte ihr ganz gut, etwas weniger verklemmt zu sein.«

»Stopp! Vereinbart war das für Ihren Lauschposten in der Nachteule, mehr nicht. Wenn Sie da rauskommen, geben Sie Ihre Rolle an der Garderobe ab!«

»Manche Rollen sind einem wie auf den Leib geschrieben«, murmelte sie, während sie an einem Bügel ihrer Brille nuckelte.

»Herrgott noch mal! Sind Sie bald fertig mit Ihrer Nummer?«

Ihre Wangen wurden flammend rot.

»Das ist keine Nummer, das ist eine Arbeit! Sie haben sie mir angeboten, ich habe sie angenommen. Ich bin Ihr Partner in dieser Sache.«

»Bitte?«

»Sie haben mir nicht zu sagen, was ich tun soll.«

»Aber ...«

»Ich hätte nicht gedacht, dass Sie so rückschrittlich sind.«

Sie stand auf, dabei entblößte sie ihre Beine unter dem Kleid bis zu den Oberschenkeln.

»Und Sie können Madame Desmares mitteilen, wenn sie ihren Mann wiederhaben will, soll sie sich ein Witwenkostüm zulegen. Er kommt jede Woche in die Nachteule, um sich mit der Witwe im Sarg herumzuwälzen!«

Im Vorbeigehen griff sie nach ihrem Trenchcoat und fegte dabei mein Pfeifengestell vom Tisch.

»Ihr Chaos stinkt mir langsam!«, schrie sie. »Leeren Sie wenigstens mal den Aschenbecher aus!«

Ich blieb zurück und schaute ihr belämmert hinterher. Bohman öffnete seine Tür einen Spaltbreit:

»Haben Sie die Sache geregelt?«

»Alles unter Kontrolle.«

»Wunderbar«, seufzte er. »Es wurde auch Zeit, dass wieder Ordnung einkehrt.«

Um zwanzig Uhr traf ich Breton bei Corbeau. Er hatte keine guten Nachrichten für uns. Der Sturz Blums machte seinen ohnehin unsicheren Plan zunichte. Und da ein Unglück selten allein kommt, herrschte nun auch noch dicke Luft zwischen der POUM und Trotzki. Zu allem Überfluss ließ uns der nach wie vor unsichtbare Klement durch einen an der spanischen Grenze aufgegebenen Brief wissen, dass er demnächst in die UdSSR reisen würde, um dort Abbitte zu leisten. »Ich habe mich in allem getäuscht«, schrieb er in Form einer Lossagung.

Breton war konsterniert.

»Ich verstehe nicht, was Klement dazu bringt, so zu handeln. Unglaublich, dieser Sinneswandel.«

Corbeau setzte seine Grabesmiene auf. Es hätte mich in

dem Moment nicht überrascht, wenn er bei uns schon mal Maß genommen hätte.

»So oder so«, murmelte er, »konnte das nicht funktionieren. Ihre Idee war einfach übergeschnappt. Mal abgesehen von den Trotzkisten, denen ich genauso wenig traue wie den anderen.«

»Erlauben Sie mal«, protestierte Breton.

»Mal unter uns, an Ihrem Klement ist was faul. Und ich nehme ja auch kein morsches Brett für meine Särge.«

Breton straffte sich: »Das reicht! Ich habe hier schon genug Zeit verloren. Wozu beschäftige ich mich überhaupt mit den Angelegenheiten so eines Basar-Zauberers!«

»Na, nun ist aber gut«, griff ich mäßigend ein.

Vergebens, sie hatten beschlossen einander zu überbieten. Corbeau schlug mit der Faust auf den Tisch: »Der Zauberer auf dem Basar hat ein etwas explosiveres Manifest zu bieten als Sie mit Ihren surrealistischen Böllern.«

Von der Höhe seines Olymps schleuderte Breton ihm einen finsteren Blick herab.

»Ihre Geschütze sind doch nur schlafende Vögel. Gähnende Mäuler ohne Stimme. Die können sie gerne behalten.«

»So ist es«, sagte Corbeau und lachte bitter auf. »Ich komme schon allein zurecht. Und wie! Mir gefielen Sie besser, als ich Sie mir nur vorstellte. Da hatten Sie mehr Klasse. Ich glaubte an Ihren Spruch da: ›*Geben Sie die Beute auf und jagen Sie ihren Schatten. Geben Sie notfalls ein Leben in Wohlstand auf. Machen Sie sich auf den Weg. Geben Sie alles auf.*‹ Von wegen. Geben Sie vor allem Ihre Kumpel auf!«

Mit einem Mal war es still. Breton, der sich beleidigt in Schweigen gehüllt hatte, warf seine Mähne zurück wie ein wütender Löwe. Ich dachte, jetzt beißt er gleich, aber als er hörte, wie Corback ihn zitierte, beruhigte er sich. Vielleicht begriff er in dem Moment, dass er nie wirklich irgendetwas losgelassen hatte, außer vielleicht die Sterne im Abendwind. Er blieb einen Moment stehen, die Hand auf dem Tisch, den Mantel wie ein Cape über die Schultern geworfen.

»Und was macht das schon, dass Sie nicht in Barcelona sind?«, fragte Lucia und steckte sich eine Zigarette an.

»Wer hat Ihnen gesagt…«

Sie lachte. »Vergessen Sie nicht, ich bin die schwebende Tote. Ich sehe alles.«

Breton setzte sich wieder.

»Stellen Sie Ihr Licht nicht unter den Scheffel«, fuhr sie fort. »Sie waren dort auf den Barrikaden. Ich habe Sie gesehen. In einem Winkel des Tordurchgangs, als die Kugeln auf dem Pflaster Funken schlugen. In der Nähe der Brunnen der Verletzten. Ich sah Sie, auf den Knien Ihres Freundes Péret, nach den Kämpfen. Sie sind der schwarze Kater auf dem Foto. Ohne ihn macht das Bild keinen Sinn.«

»Wer sind Sie?«, murmelte er.

»Das wissen Sie doch, ein Medium vom Basar.« Sie stieß den Rauch aus und ihre Augen folgten der kleinen Tabakwolke, die Richtung Fenster zog.

»Das ist meine Lucia«, sagte Corbeau.

XXI

Am nächsten Tag, zu Schichtbeginn in den Büros, trank ich meinen Milchkaffee im Grand Café, Boulevard Haussmann. In der Traube von Angestellten, die dort noch schnell einen kleinen Schwarzen kippten, bevor sie ihr ödes Tagwerk begannen, beobachtete ich die bürgerliche Fassade von France Navigation. Innerhalb weniger Monate war diese Gesellschaft zu einem der florierendsten Unternehmen des Landes geworden. Um ihre spanische Mission zu decken, hatten sie ihre Geschäftstätigkeit ausgebaut. Und an die Spitze hatten sie einen Geschäftsmann gesetzt, der nicht nur der Partei angehörte, sondern auch die Gesetze des Marktes beherrschte.

Um Punkt acht war es für das Völkchen von Weißkragen vorbei mit der Gemütlichkeit in der Brasserie, und sie strömten in die Banken und Versicherungen, die hier im Viertel ansässig waren. Als wenn ein Zug Stare durch die Straßen zöge. Um acht Uhr fünf war das Grand Café leer. Eine Dickmadam mit schiefem Knoten begann mit der Abrechnung unter dem trübseligen Blick eines Kellners mit fettigen Haaren, der ausgiebig in der Nase bohrte. Ich bezahlte mein Gesöff und ging. Ich musste nur die Straße überqueren, schon stieß ich die Drehtür von France Navigation auf.

»Um wie viel Uhr hatten Sie einen Termin mit Monsieur Caretta, Monsieur …?«

In Erwartung meines Namens ging die Rezeptionistin den Terminkalender ihres Chefs durch. Ich zog eine Visitenkarte mit dem Stempel der Agentur heraus. Sie warf mir ein Lächeln zu, das in etwa so fein war wie ein Bleirohr, und nahm den Hörer des Haustelefons ab.

»Claudine, hier ist Suzanne. Ein Monsieur …«, sie sah auf die Karte, »… Bohman sagt, er hätte eine Verabredung mit Monsieur Caretta. Ich sehe das hier nicht … Du auch nicht? Aber dieser Monsieur ist Polizist. Oder vielmehr Privatdetektiv. Der Grund seines Besuchs?«

Sie musterte mich argwöhnisch. »Können Sie mir bitte noch mal sagen, worum es geht?«

»Den Mord an Pietro Lema«, sagte ich so laut, dass es selbst einem Schwerhörigen das Trommelfell erschüttert hätte.

Wenige Minuten später spuckte der Fahrstuhl einen Typen aus, der aussah wie ein Stehaufmännchen. Er eilte zu mir herüber.

»Wenn Sie mir bitte folgen wollen«, sagte er mit einer Fistelstimme.

Ich folgte ihm. In der vierten Etage öffnete der Liftboy das Gitter und wir befanden uns in einem Flur, der mit lauter Fotos von Frachtdampfern dekoriert war. Ich blieb vor dem Bild der *Beluga* stehen, das neben dem Organisationsplan der Gesellschaft hing.

»Wir befrachten zwölf Schiffe«, erläuterte mein Führer mit einem gewissen Stolz. Und übergangslos: »Monsieur Ligné wird Sie empfangen.«

»Ligné?«

»Der Generalbevollmächtigte von Monsieur Caretta. Monsieur Caretta ist in einer Konferenz.«

Fernand Ligné wirkte sportlich, so als trainiere er regelmäßig. Sein Händedruck erinnerte mich an einen Griff beim Catchen. Ich befreite mich, und er bot mir einen Platz an, da er mich zu seinem Leidwesen nicht auf die Matte hatte befördern können. Auf seinem Mahagoni-Schreibtisch stand eine Bronzestatue in Gestalt eines Ringkämpfers, die als Briefbeschwerer diente. Jetzt gab es gerade nicht viel für ihn zu beschweren.

»Also?«, fragte Ligné mit vorgerecktem Kinn.

Ich schob das Foto, das ich bei Sam Korb gefunden hatte, unter die Füße des Ringkämpfers. Mein Gastgeber nahm das Foto mit den Fingerspitzen und lehnte sich vor, als ob er dann mehr Licht hätte.

»Sie erkennen niemanden?«

»Sollte ich das?«

»Bingo!«

»Ich wüsste jetzt nicht …«

»Das ist allerdings erstaunlich.«

»Mein Guter, Sie hatten keinen Termin, und ich habe Sie dennoch empfangen. Wenn Sie nun allerdings vorhaben, hier ein Verhör zu veranstalten, dann würde ich mich leider gezwungen sehen, unsere Unterhaltung abzukürzen. Können Sie mir nun bitte endlich verraten, was Sie eigentlich wollen?«

»Ihre Sekretärin hat Sie doch schon unterrichtet. Aber bitte, spielen Sie auf Zeit.«

Ligné gab mir das Foto zurück. »Von wann ist dieses Foto?«

»1932.«

»Da gab es diese Firma noch gar nicht.«

»Hören Sie auf, mir was vorzugeigen. Ihr Chef und Pietro Lema haben sie doch aufgebaut, Ihre Firma ...«

»Fernand sagt die Wahrheit.«

Ich hatte ihn nicht hereinkommen hören. Gino Caretta war keiner von der lauten Sorte. Mit einer Zigarette in der Hand stand er im Türrahmen. In seinem kohlrabenschwarzen Haar erschien die Strähne noch weißer als bei der Beerdigung von Samuel Korb. Er führte mich in sein Büro.

»Claudine, achten Sie bitte darauf, dass wir nicht gestört werden«, beauftragte er seine Sekretärin, eine Doppelgängerin Paulette Goddards. Er schloss die Tür, öffnete eine Schranktür und holte eine Karaffe und zwei Gläser heraus. Nachdem er uns eingeschenkt hatte, schnupperte er mit halb geschlossenen Augen an seinem Glas.

»Auch wenn man weiß, dass Grenzen nur eine Erfindung von Menschen sind, so vergisst man doch nie den Duft der Heimat.«

Ich kippte den Grappa hinunter.

»Lebten Sie früher beim Vesuv?«, fragte ich, während mir ein Lavastrom den Rachen herunterrann.

Er lächelte. »Grappa genießt man langsam, Monsieur Bohman.«

»Bohman heißt mein Arbeitgeber. Aber wir verwenden den Namen alle, so wie ...«

»France Navigation? Ich brauche hier ja nicht zu tricksen. Sie kennen die Entstehungsgeschichte der Gesellschaft. Und diejenigen, die sie gegründet haben, haben allen Grund, stolz darauf zu sein. Ich an erster Stelle.«

»Da sind die anderen, oder?«

Er betrachtete das Foto aus dem Vel d'Hiv und wieder zeigte sich auf seinem Gesicht jene Rührung, die ich schon auf dem Friedhof beobachtet hatte.

»Sechs Jahre«, murmelte er, »lange her.«

»Nur Sie fehlten an jenem Tag.«

»Da täuschen Sie sich, ich habe das Foto aufgenommen.«

»Von denen, die dort abgebildet sind, sind nur noch wenige am Leben.«

»Innerhalb weniger Tage habe ich zwei Freunde verloren und damit einen Teil von mir selbst. Mehr als jeder andere hoffe ich, dass der Mörder Pietros verhaftet und verurteilt wird. Und ich bin bereit, der Polizei dabei so gut zu helfen, wie ich nur kann. Sie verstehen sicher, dass ich etwas vorsichtiger bin bei einem ...«

»Privaten Bullen?«

»Genau. In wessen Auftrag ermitteln Sie im Mord an Pietro?«

»Man könnte sagen, einer Ihrer Freunde hat mich damit beauftragt.«

Caretta öffnete ein Kästchen mit Zigaretten, das auf seinem Schreibtisch stand.

»Wäre es sehr indiskret, nach seinem Namen zu fragen?«

Ich lehnte die in ihrer Kiste aufgereihten Gitanes ab.

»Auch ein Liebhaber von Radrennen.«

Er betätigte sein Feuerzeug. Dann hielt er inne, um sich erneut das Foto aus dem Vel d'Hiv anzuschauen.

»Maxime? Maxime Collin?«

»Das scheint Sie ja zu überraschen. Hat er Ihnen das nicht erzählt?«

Er entschloss sich seine Zigarette anzuzünden.

»Ich wüsste nicht, was ich Ihnen sagen kann, was Maxime Ihnen nicht schon mitgeteilt hat.«

»Vielleicht ist ihm ein wichtiges Detail entfallen. Die Polizei denkt, dass der Mord an Pietro Lema in Zusammenhang mit den Aktivitäten Ihrer Firma steht. Ich komme ihnen mit meinem Besuch also nur zuvor.«

»Pietro hatte seine Zusammenarbeit beendet.«

»Wegen einer politischen Meinungsverschiedenheit. Kann man das so sagen?«

Er zögerte. »Wir haben uns nicht mehr getroffen, aber das ändert nichts an meinen freundschaftlichen Gefühlen für ihn.«

»Hatten Sie nie den Verdacht, dass da Dinge geschehen sind ... die nicht so fein waren, anlässlich Ihrer Lieferungen nach Spanien?«

»Was wollen Sie damit sagen?«

»Waffen sind eine begehrte Ware ...«

»Diebstahl?«

»Zum Beispiel.«

»Nein, da bin ich mir ganz sicher. Im Übrigen wäre Maxime als Erster alarmiert gewesen.«

»Monsieur Collin?«

»Ja, er war für die Sicherheit verantwortlich.«

»Natürlich. Aber es wäre auch denkbar, dass Lema etwas gemerkt und es nicht gemeldet hat.«

»Warum hätte er etwas verschweigen sollen?«

»Was weiß ich? Weil er keine Gewissheit hatte. Weil er sicher gehen wollte, dass sein Verdacht berechtigt war. Wie ich schon sagte, ich bin auf der Suche nach einem Detail, das diesen Mord aufklären könnte.«

»Ich fürchte, da kann ich Ihnen auch nicht weiterhelfen.«

»Dann will ich nicht länger Ihre Zeit in Anspruch nehmen. Falls Ihnen doch noch etwas einfallen sollte, können Sie mich unter der Nummer auf meiner Karte erreichen.«

Er stand auf.

»Monsieur Caretta«, sagte ich, als er die Tür öffnete: »Ein Mann um die fünfzig, leicht ergraut, elegant gekleidet, mit einem Schnurrbart und einigen geplatzten Äderchen im Gesicht, kennen Sie jemanden, auf den diese Beschreibung passt?«

Er zuckte nicht mal mit der Wimper, als ich den falschen Beaupréau beschrieb.

»Niemanden. Da muss ich Sie leider schon wieder enttäuschen.«

Die Doppelgängerin von Paulette Goddard brachte mich zurück. Im Gang blieb ich vor dem Foto der *Beluga* stehen. »Ich hatte immer schon eine Schwäche für Piratenschiffe.«

Die Sekretärin klingelte nach dem Liftboy.

»Da fällt mir ein, ich habe gar nicht das Büro von Maxime Collin gesehen.«

»Der Fahrstuhl ist da«, setzte sie mich in Kenntnis und ihre Stimme klang in etwa so zuvorkommend wie eine Eisscholle.

XXII

Mein Besuch bei Caretta war nicht umsonst gewesen. Boris hatte jetzt immerhin einen Namen. Während ich den Boulevard hochging, sagte ich ihn ständig vor mich hin, wie einen dieser idiotischen Reime, die helfen sollen, Schritt zu halten. Diese Sprüche konnte ich noch nie ausstehen. Während ich so in Gedanken versunken war, sah ich den

Sandwich-Mann nicht kommen, der mit großen Schritten über das Trottoir lief. Der Zusammenprall passierte vor der »Schildkröte«, einer Nobel-Tierhandlung, die diese niedlichen Tierchen verkaufte. Sie wurden ausgerottet, weil einige stinkreiche Typen vernarrt in ihr Schildpatt waren. Der Reklameträger geriet aus dem Gleichgewicht und brüllte so laut, als wollte ich ihn abstechen:

»Kannst du beim Gehen nicht mal nach oben gucken?«

Das Schild auf seinen Schultern pries den Komfort des Hôtel de Moscou an. Breton hätte das sicher als Botschaft verstanden. Es war bald Mittag. Ich beschloss, Gopian untreu zu werden, und mal die russische Küche zu probieren.

Das Matriochka befand sich immer noch an derselben Stelle in der Rue de Crimée, so wie Franeck Czerowski es mir beschrieben hatte. Dasselbe Schild, derselbe Staub, aber nicht mehr derselbe Besitzer. Ein Spruchband informierte die Passanten über den Wechsel. Der Neue hatte sich bei der Renovierung nicht gerade in Unkosten gestürzt. An den Wänden vergilbte Fotos vom alten Moskau in ihren Rahmen. Schweigende Gäste in kragenlosen Hemden und abgenutzten Jacken trugen ihr Elend mit einem jämmerlich wirkenden Stolz zur Schau. Einige Taxifahrer-Schirmmützen, die an der Garderobe hingen, vervollständigten das Bild. Es roch nach sauer eingelegten Gurken und verkrachten Existenzen. Ich bestellte Kohlrouladen und setzte mich neben einen Kerl mit Spitzbart und Nickelbrille. Typ ewiger Student, der sein Leben lang seinen Hosenboden auf den Hörsaalbänken der Uni abwetzte. Während er aß, betrachtete er ein Schachbrett, das auf seinem Tisch stand, als trüge er gerade eine Partie mit einem Geist aus, der ihn vor eine verzwickte Aufgabe stellte.

»Wäre leichter, gegen mich zu spielen«, sagte ich, um das Gespräch zu eröffnen.

»Was leicht ist, interessiert mich nicht.«

»Ich habe schon lange nicht mehr gespielt…«

Er setzte seinen Läufer um.

»Das letzte Mal ist Jahre her, das war auch hier, mit einem Freund.«

Er rückte den Turm seines imaginären Gegners vor.

»Der kam oft hierher, mein Freund.«

Er versetzte seinen Springer.

»Das würde ich nicht tun«, sagte ich lächelnd. »Da sind Sie in drei Zügen matt.«

Mit sorgenvoller Miene wanderte sein Blick über das Schachbrett.

»Für jemanden, der seit Jahren nicht gespielt hat, haben Sie ja einen guten Blick«, sagte er verdrossen.

»Das war nicht ganz fair, ich habe Ihre Konzentration gestört.«

Da lächelte er.

»Stimmt! Trotzdem war Ihr Freund ein guter Lehrer.«

»Vielleicht kennen Sie ihn ja? Maxime Collin…«

»Der Name sagt mir nichts.«

»Ein Großer mit Glatze.«

»Nein, wirklich nicht. Und, eine Revanche?«

Eine halbe Stunde später reckte er sich unter zufriedenem Grunzen: »Ich muss los. Vielleicht sieht man sich ja mal wieder.«

Er griff nach einem abgewetzten Gehrock, der an der Garderobe hing.

»Und wenn ich Ihren Freund sehe?«

»Sagen Sie ihm, dass Nestor ihn erwartet. Er weiß schon, wo er mich findet.«

Die Gäste waren gegangen. Jetzt war ich allein mit dem Chef, einem wortkargen Schnauzbartträger. Er schenkte sich einen Tee aus dem Samowar ein, der auf seinem Tisch einen Ehrenplatz einnahm.

»Es gibt 'ne Menge Glatzköpfe«, ließ er fallen, und rieb sich dabei über seinen rasierten Schädel.

Ich legte einen Schein neben meinen Teller.

»Da bin ich wohl vergebens gekommen, aber Ihr Kohl war nicht schlecht.«

Ich nahm den Weg durch die Passage Cadin. Auf dem Pflaster hallten meine Schritte mit etwas Verzögerung nach. Als ich stehen blieb, um meine Pfeife herauszuholen, hörte man sie noch immer. Ich suchte meine Taschen nach Streichhölzern ab. Ich hatte sie im Matriochka liegen lassen. Ich packte meine Pfeife wieder ein und ging weiter. Als ich aus der Passage herauskam, verdrückte ich mich schnell in den Hof einer Werkstatt. Einige Sekunden später ging der Kerl vorbei, ohne mich zu sehen. Als er die leere Straße sah, machte er perplex auf dem Absatz kehrt.

»So schnell sieht man sich wieder?«, fragte ich.

Mit der Kappe, die er zurückgeschoben hatte, sah er zwar immer noch aus wie ein verspäteter Student, aber in seinem Blick lag etwas Falsches. Unter dem Arm klemmte sein Schachbrett, fest verschlossen wie eine Tresortür. Blitzschnell nahm er es in die rechte Hand, offensichtlich in der Absicht, mich endgültig matt zu setzen. Ich wich der spitzen Ecke des Kastens aus, die auf meine linke Schläfe zielte. Mein Schießeisen schmiegte sich in meine Faust. Und im Handumdrehen stoppte die auf ihn gerichtete Pistolenmündung den Kerl.

»Sie sind ja krank!«, protestierte er. »Ich wollte in aller Ruhe nach Hause gehen …«

»Da kannst du mal sehen, wie man sich täuschen kann. Und ich dachte, du wolltest mich niederschlagen.«

»Und warum sollte ich das tun? Ich kenne Sie doch kaum.«

»Aber Maxime, den kennst du besser.«

»Jetzt fangen Sie wieder damit an!«

Ich ließ die Knarre in meiner Manteltasche verschwinden: »Geh vor, wir gehen zu dir.«

Unser Weg führte durch kleine abschüssige Straßen. Die windschiefen Bruchbuden zu beiden Seiten der engen Gasse blickten einander aus knapper Distanz an wie zwei Reihen Kurzsichtiger. Zu ihren Füßen hatte der Regen des Vortags dunkle Tümpel in den Wagenspuren gebildet. In einem Tordurchgang bespannte eine Alte mit gelben Haaren einen Stuhl neu mit Binsen.

»Da ist es«, sagte mein Führer widerwillig.

Seine Dachkammer ging auf die Dächer raus. Ein schmuddeliges Bett, ein Stuhl, den sich die Alte mal hätte vornehmen müssen, ein Tisch, auf dem ein Krug und eine angestoßene Waschschüssel standen, ein Koffer, die Inventur war schnell gemacht.

»Und nun?«, fragte er und linste verstohlen in Richtung meiner ausgebeulten Tasche.

Ich holte meinen kleinen Freund und Helfer raus, das erfreute ihn weniger.

»Und nun setzt du dich aufs Bett und erzählst mir was über Maxime.«

Er nahm seine Kappe ab und tat, wie befohlen wurde. Ich setzte mich auf den Stuhl mit dem löchrigen Geflecht und richtete die Knarre auf seine Brust.

»Maxime habe ich vor ungefähr sechs Monaten im Matriochka kennengelernt. Wir haben Schach gespielt und uns angefreundet. Was gibt es da groß zu erzählen?«

»Vor allem sollst du aufhören, mich zu verarschen. Was ist das Matriochka? Ist das der Treffpunkt der Freunde Stalins?«

»Sind Sie nicht ganz dicht? Die eine Hälfte der Stammgäste ist vor den Pogromen geflohen, die andere vor dem neuen Tyrannen. Da verkehren nur Typen, die endlich ihre

Ruhe haben wollen. Darum bin ich Ihnen gefolgt. Schnüffler verheißen nichts Gutes.«

»Aber ja doch. Man erfährt durch sie eine Menge Dinge. Sieh mal, du sprichst von einem neuen Tyrannen, und wenn ich dir jetzt sage, dass Maxime ein guter Kumpel von ihm ist?«

Das verschlug ihm die Sprache. Er richtete sich auf, als hätte er eine Feder verschluckt.

»Nicht bewegen!«, befahl ich und drohte ihm mit dem Revolver.

Er war ein folgsamer Kerl, er zuckte, glaube ich, nicht mal mit der Wimper. Aber die Kopfnuss, die ich auf die Rübe bekam, kam ja nicht aus dem Nichts. Auch wenn mir schwarz vor Augen wurde, dämmerte mir noch, dass der Student wohl einen netten Kommilitonen hinter mir postiert haben musste. Um mir Gewissheit zu verschaffen, versuchte ich den Kopf zu wenden. Mein Hals gehorchte mir nicht.

»Wie Lema«, brachte ich hervor, mit einer Stimme, die ich nicht kannte.

Dann hörte ich das dumpfe Geräusch meiner Knarre, die auf den Boden aufschlug. Als ich sie aufheben wollte, sank ich zu Boden. Ich lag der Länge nach da, war unfähig mich zu bewegen. Zu schwer, um mich aufzurichten. »Das Gewicht meiner Niederlagen«, dachte ich. Ich war müde. Ich hätte gerne geschlafen, aber ich konnte nicht. Ich begann Schafe zu zählen in meiner Falle. Das war schwierig. Ich fragte mich, was wohl Trotzki dazu sagen würde. Er war auch unter dem Bett.

»Bumm!«, machte er, sein Kinnbart war ganz zerzaust.

Dann dämmerte ich weg.

Ich kann nicht lange bewusstlos gewesen sein. Als ich wieder zu mir kam, war Trotzki immer noch da. Ich versuchte aufzustehen, aber ich war gefesselt. Eine ziemlich stümperhafte Arbeit. Da hatte es wohl jemand eilig, die Kurve zu kratzen, um Verstärkung zu holen bevor ich aufwachte. Ich musste mich nicht großartig verrenken, um meine Fesseln zu lösen. Meine Knarre hatte nicht auf mich gewartet. Sie beulte jetzt vermutlich die Tasche eines Schachspielers auf Wanderschaft aus. Als ich mich aufrichtete, hob ich auch Trotzki auf, der unter dem Bett lag. Ein Trotzki aus Papier. Sein Foto zierte die Titelseite einer Zeitung. Ein trotzkistisches Blatt passenderweise. Dort war ein bahnbrechender Artikel des Alten aus seinem mexikanischen Exil veröffentlicht. Die Prosa des ehemaligen Chefs der Roten Armee war allerdings nicht dazu angetan, mich aufzubauen. Da fesselte mich eine andere Meldung schon eher: »Ein neuer Coup der GPU mitten in Paris: Rudolf Klement ist verschwunden.« Die Buchstaben begannen, vor meinen Augen zu tanzen. »Einige Kameraden hatten, beunruhigt von der langen Abwesenheit von Trotzkis Sekretär, seine Wohnung aufgesucht. Abgesehen von einigen persönlichen Dingen fanden sie Klements Sachen vollständig in seiner Wohnung vor. Alle Nachforschungen kamen zu ein und demselben Schluss. Die plötzliche Abreise nach Spanien lässt sich nur als Tarnung einer von Stalin und der GPU, die der POUM und den ›Trotzkisten‹ den Prozess machen wollen, veranlassten Entführung erklären.« Ich steckte die Zeitung ein. Im Koffer des Studenten lagen noch mehr davon. Und Bücher, die in dieselbe Richtung gingen. Bei einem Kumpel von Maxime mutete diese Lektüre in etwa so surrealistisch an wie die berühmte Begegnung einer Nähmaschine und eines Regenschirms auf dem Seziertisch.

Vorsichtig stieg ich die Treppe herunter. Die Alte mit ihren Stühlen, die in dem Tordurchgang gestanden hatte, war verschwunden. An ihrer Stelle pisste jetzt ein abgemagerter

Hund an die Mauer. Ich inspizierte die Straße. Sie bot keinerlei Möglichkeit, sich zu verstecken. Da man mich um mein Schießeisen erleichtert hatte, beschloss ich, hier nicht alt zu werden.

XXIII

»**Ich habe jetzt noch** einen Termin und komme heute Abend nicht mehr. Schließen Sie dann bitte ab?«

Octave Bohman brach sich vom Strauß, der seinen Schreibtisch zierte, eine Nelke ab, steckte sie sich ins Knopfloch und verschwand, ohne meine Antwort abzuwarten. Alle wussten natürlich längst Bescheid, welcher Art dieser blumige Termin war. Dennoch versuchte er weiter, uns hinters Licht zu führen, aber mit der Blume im Knopfloch gab er uns ein deutliches Signal. Seit sechs Monaten verlustierte der Chef sich nun so. Mit großer Ausdauer wachte er am Bett von Antoinette Trufond, Frau von Louis Trufond, einem Abgeordneten der Radikalen Partei in der Creuse. Seit der Volksvertreter wegen seiner Verpflichtungen im Wahlkreis gezwungen war, sein Schlafzimmer verwaist zu lassen, empfing Antoinette darin ihren glühenden Verehrer Octave Bohman.

Unser Tatave! Ich lauschte, wie seine Schritte sich auf der Treppe langsam entfernten, und öffnete dann seinen Cognac-Schrank. Ein Wodka hätte besser gepasst. Mein Besuch im Matriochka hatte mich zumindest in einem bestätigt: Ich war in internationalen Gewässern unterwegs. Das Meer war schon aufgewühlt, aber der richtige Sturm stand noch bevor. Tag für Tag kündigten die Zeitungen die Sturmflut an. Nachdem Hitler sich Österreich einverleibt hatte, bereitete er sich nun darauf vor, die Tschechoslowakei zu verschlingen. Und

Mussolini stand ihm in nichts nach, hatte er doch gerade den englischen Segen für seine Annektierung Äthiopiens erhalten. Im Gegenzug garantierte er, die Interessen Englands in Saudi-Arabien nicht anzutasten. In dieser Kloake, in der widernatürliche Bündnisse niemanden mehr in Erstaunen versetzten, hatte ich mit meinem eigenen verwirrten Fall zu kämpfen. Meiner Größe entsprechend, betraf er nur das Fußvolk, das vom Sturm der Geschichte fortgerissen wurde.

Auch wenn es sich nicht gehörte, ich zog es vor, mich mit näherliegenden Dingen zu beschäftigen. Ich hielt mir die Flasche an den Hals. Da waren also der Unbekannte, der mir eine geschmiert hatte, dann die falschen Cagoule-Aktivisten, nicht identifizierbare Leichen und chamäleonhafte Kameraden.

»Chamäleon Trotzki!«

Nachdem ich die Drei-Sterne-Flasche zur Hälfte geleert hatte, war ich kurz vor der Lösung. Und je länger ich darüber nachdachte, desto überzeugender fand ich sie. Ich fragte mich, ob die Dämpfe des Alkohols nicht den Nebel in meinem Kopf vertrieben. Gerade setzte ich dazu an, mir noch einen hinter die Binde zu kippen, als das Telefon klingelte.

»Nes?«

Am anderen Ende der Leitung war Corbeau und schien guter Dinge zu sein: »Um dich zu erwischen, muss man ja Himmel und Hölle in Bewegung setzen. Egal, Hauptsache, ich habe dich erreicht. Sitzt du gut?«

»Ja«, sagte ich, und rechnete mit dem Schlimmsten.

»Die Ware geht nach Barcelona.«

»Was erzählst du da?«

»Wenn ich es doch sage, Alter.«

»Breton?«

»Nein, sein Plan konnte ja nicht klappen. Wir machen es auf die altbewährte Methode.«

Die Grübeleien der letzten Tage waren mit einem Mal vergessen. Swami war in Trance.

»Morgen Abend im Palais du Travail. Die Kameraden veranstalten eine Gala zur Unterstützung Spaniens. Da bin ich natürlich dabei. Komm in der Pause in meine Garderobe, dann erkläre ich dir alles.«

»Oh, Moment …«

Er hatte aufgelegt. Ich wählte Bretons Nummer. Er war nicht zu Hause. Ich hinterließ ihm eine Nachricht.

»Ja, im Palais du Travail. Er soll mich dort morgen um zwanzig Uhr treffen. Sagen Sie, es ist sehr wichtig.«

Den Rest des Tages verbrachte ich damit, die Zeitungen zu studieren. Artikel über den Toten aus dem Kanal waren schon älteren Datums. Mangels Neuigkeiten hatten die Reporter das Interesse daran verloren. Sie zogen handfeste Sensationen vor, und beschäftigten sich wieder mit dem Prozess von Eugène Weidmann. Der Mörder mit dem Engelsgesicht hatte einen neuen Anwalt verpflichtet: Maître Moro-Giafferi. Die Welt war klein. Nachdem er die Überlebenden der Bonnot-Bande, Landru und Dimitroff verteidigt hatte, der von den Nazis beschuldigt worden war, den Reichstag angezündet zu haben, vertrat Vincent de Moro-Giafferi die Witwe seines Freundes Carlo Rosselli im Prozess gegen die Mörder ihres Mannes.

Aber sein Name war mir nicht nur aus den Zeitungen bekannt. Er war regelrecht prozesssüchtig und übernahm deshalb auch unbedeutendere Fälle, in deren Zuge er manchmal die Dienste der Agentur Bohman in Anspruch nahm. Der Chef hatte ihm wiederholt einige hilfreiche Informationen zu Gunsten seiner Klienten verschafft. Oder auch zu Ungunsten ihrer Widersacher.

Ich ließ Weidmann im Schatten der Guillotine stehen und las noch einmal die Artikel, die sich mit Pietro Lema beschäftigten. In keinem der Artikel stand, dass die Leiche bis jetzt noch nicht identifiziert worden war. Die Existenz von Aude Beaupréau wurde nicht einmal erwähnt. Ich notierte mir aufs Geratewohl den Namen eines Journalisten vom *France-Soir,* der dort den Fall übernommen hatte, ein gewisser Lucien Peillon, der mit spitzer Feder schrieb. Man muss das Eisen schmieden, solange es noch heiß ist. Beim zweiten Klingeln reichte die Sekretärin von Amédée Foucart mich an ihren Chef weiter. Er war ja eigentlich nicht auf den Kopf gefallen, aber schien trotzdem nicht zu ahnen, aus welcher Richtung der Wind wehte, als ich anrief.

»Was kann ich für Sie tun?«, erkundigte er sich vorsichtig.

»Monsieur Foucart, die Presse hat bisher kein einziges Mal den Namen von Mademoiselle Beaupréau zitiert…«

Ich spürte förmlich seine plötzliche Anspannung.

»Ja und?«

»Verstehen Sie mich nicht falsch. Ich möchte wissen, ob die Polizei Sie um Stillschweigen gebeten hat…«

»Ich war das. Ich habe die Behörden ersucht, in Bezug auf Aude möglichst große Diskretion walten zu lassen. Und die Herren waren sich einig, dass es keinerlei Grund gibt, ihren Namen in der Öffentlichkeit auszubreiten.«

»Und wenn das die Untersuchung voranbrächte?«

»Diese Hypothese wurde von Inspektor Bailly nicht vorgebracht.«

»Ich sprach auch von meiner Untersuchung.«

»Nehmen Sie es mir nicht übel, werter Herr, aber das hat keinerlei Einfluss auf meine Meinung.«

Ich wollte wissen, wie eigentlich die Betroffene selbst darüber dachte. Als ich am Boulevard Sérurier ankam, malte ein Künstler in kurzen Hosen gerade ein Herz, das von einem Pfeil durchstochen wurde, an die Flurwand. Auf jeder Etage erschien sein mit blauer Kreide gemaltes Zeichen auf der dreckigen Wand wie ein kleines Stück Himmel. In Audes Stockwerk hatte Salpeter schon einen Teil der Zeichnung zerfressen.

»Was wollen Sie hier?«

Aude Beaupréau war nicht mehr das besorgte junge Mädchen, das ich vor einigen Tagen getroffen hatte. Ihr Gesicht trug die Züge einer Frau, der das Leben schon übel mitgespielt hatte, und die deshalb vorzeitig gealtert war. Wie jene Frauen, die sich ihre Augen verderben, weil sie zehn Stunden am Tag bei schlechtem Licht Kleider nähen, die sie selber nie tragen werden. Modistinnen in Heimarbeit, die an ihre Arbeit gefesselt sind durch Kilometer von Nähgarn, das sie von ihren Spulen abwickeln. Oder die, die sich in den Schuhfabriken ihre Gesundheit ruinieren. Die Mechanikerinnen, deren Trommelfell vom Lärm der Maschinen geschädigt wird, die Schaft-Näherinnen, die an ihre Singer gefesselt sind, und die Arbeiterinnen in den Gerbereien mit ihren ramponierten Fingern. Die Wäscherinnen, denen der heiße Dampf das Fleisch angreift. Und die in der Tierverarbeitung, die zwischen den noch warmen Därmen der geschlachteten Viecher herumpaddeln. All jene, die verdammt sind zu ständiger Müdigkeit, die dann am Abend noch ihre Hausarbeit erledigen müssen – Aude war nun eine von ihnen. Trotz ihrer weißen Hände, trotz Papas Erspartem, das die Hinterbliebene absicherte. Auch wenn es nur vorübergehend war und sie kein wirkliches Risiko einging, für eine Weile zumindest teilte sie das Schicksal dieser Frauen.

»Gehen Sie«, sagte sie mit müder Stimme.

Sie wollte die Tür schließen, aber ich stellte meinen Fuß dazwischen.

»Ich bin gekommen, um Ihnen meine Hilfe anzubieten.«

»Sie?«

»Man hat meinen Namen missbraucht, das dürfte Foucart Ihnen inzwischen gesagt haben.«

Sie gab ihren Widerstand auf, ich stieß die Tür auf und ging hinein. Unter dem schwachen Licht der Deckenlampe befremdete mich das Zimmer noch mehr als bei meinem ersten Besuch. Das Bett sah aus wie das Lager eines Toten, der gerade erst abgeholt worden war. Der dunkle Tisch und die vier ebenfalls dunklen Stühle ergänzten das Bild und sahen aus, als warteten sie auf jemanden, der nie mehr kommen würde. Dieser Ort konnte selbst einem Regiment von Stimmungskanonen aufs Gemüt schlagen. Und als ob das nicht genug wäre, reflektierte der verspiegelte Kleiderschrank die Szenerie und verdoppelte das ganze Elend noch. Dabei hatte Aude dank ihrer Romanze ihre bescheidene Hütte vermutlich sogar mal schön gefunden. Erst mit ihrer Einsamkeit begann sie, die Dinge anders zu sehen, aber sie hielt sich daran fest. So wie man, wenn man größer wird, immer noch an einer alten Puppe festhält, die man inzwischen eigentlich hässlich findet. Es sei denn die Kleine war zäher, als es ihr zartes Äußeres vermuten ließ. Während ich sie so anschaute, schien mir, dass sie entschlossen war, dort zu bleiben, und wenn ihr das Wasser bis zum Hals stand, einfach weil sie sich nicht unterkriegen lassen wollte.

Ich begann also mein Gesülze und sparte aus, was sie nicht unbedingt wissen musste und vor allem nicht vor der Polizei wiederholen sollte. Ich setzte zwei Mal neu an, um nicht den Mord an Lema anzusprechen. Sie klammerte sich an ihre Hoffnung, und es war nicht meine Aufgabe, sie ihr zu nehmen. Das würde sich mit der Zeit von allein regeln.

Die Beschreibung der Person, die sich als ihr Vater ausgegeben hatte, sagte ihr nichts. Und die von Maxime genauso wenig. Dagegen beharrte sie darauf, dass der Körper, der in der Leichenhalle gekühlt wurde, nicht ihrem Liebhaber gehörte. Dieser im brackigen Wasser aufgequollene Haufen Fleisch, den man ihr aus dem Kühlschrank gezogen hatte, dürfte überhaupt niemandem mehr ähnlich gesehen haben, und dennoch war sie sicher:

»Die Hände dieses Unglücklichen hatten nie ein Werkzeug gesehen.«

Sie sagte das mit dem unbeirrbaren Stolz einer jungen Witwe. Wie eine, die ihre Rolle erst noch üben muss, um sie zu verinnerlichen. Kurz versuchte ich mir vorzustellen, dass sie auf ihrer Haut noch die Zärtlichkeiten spürte, die sie empfangen hatte, und ich dachte mir, dass ihr das helfen könnte, die Sache durchzustehen. Ich nickte.

»Wären Sie bereit, Ihre Aussage auch vor der Presse zu wiederholen, wenn das die Untersuchung voranbringen würde?«

»Sicher, aber inwiefern?«

»Ich weiß noch nicht genau, aber es könnte sein, dass ich darauf zurückkomme. Erlauben Sie mir, dass ich mich umsehe?«

»Wenn das etwas bringt. Allerdings hat die Polizei das auch schon getan.«

Ich untersuchte den Schrank, das Buffet und guckte unters Bett. Pietro Lema hatte sich nicht mit vielen Erinnerungsstücken belastet. Er hatte ein neues Leben begonnen und keine Sachen aus der alten Zeit aufbewahrt. Ich ging die Bücher durch, die auf dem Regal standen. Hugo, Zola und Sue standen dort neben Marx und Rosselli. Ich blieb an den Abenteuern von Chéri-Bibi hängen.

»Mein Großvater hat mir diese Bände auch geschenkt.«

Aude trat zu mir heran.

»Daraus lasen wir uns abends immer ein Kapitel laut vor. Im Band der *Schwimmenden Käfige* habe ich das gefunden, die anderen Bände hat der Inspektor mitgenommen.«

Sie hielt mir ein aus einem Heft ausgerissenes Blatt hin. Es waren Fragmente eines Reisetagebuchs. Ich erkannte die gedrängte Schrift der Briefe wieder, die ich bei Sam Korb gefunden hatte.

»Barcelona, 3. Mai 1937. Lage sehr angespannt. Die Regierung hat beschlossen, das Fernsprechamt zurückzuerobern, das die Anarchisten halten. Um das zu verhindern, hat das Volk die ganze Nacht lang Barrikaden errichtet. Bewaffnete Männer haben auf den Dächern Posten bezogen. Es kommt nur zu vereinzelten, aber blutigen Zusammenstößen. Während man sich hier aufreibt, setzt Franco seine Offensive fort.

4. Mai. Die Fabriken und die Geschäfte werden bestreikt. Die Händler haben ihre Eisenrollos heruntergelassen. Die CNT und die POUM halten die Arbeiterviertel. Mehrere Lastwagen der Zivilgardisten und der Milizionäre der Partei sind als Unterstützung eingetroffen, um sie zu vertreiben. Man hört immer wieder Schüsse. Ich habe M. am Eingang eines Hauses in Puerta del Sol gesehen, in Begleitung eines Mannes, der Polizeiuniform trug.

5. Mai. Im Radio haben die Führer der Gewerkschaftsorganisationen zur Einstellung der Kämpfe aufgerufen. Das Schießen dauert an. Am Sitz der Generalitat von Katalonien wird gekämpft. In der Stadt sind eine Menge Gerüchte im Umlauf. Heute Morgen wurde die Leiche Camillo Berneris gefunden, von zahlreichen Messerstichen durchbohrt.

6. Mai. In der Straße riecht es nach Tod. In der Nähe des Café Moka habe ich George Orwell getroffen, den englischen Journalisten. Er trug eine Armbinde der POUM und ein Gewehr der Marke Mauser, noch aus dem letzten Jahrhundert. Er verteidigte das Poliorama, ein Kino, das jetzt einigen, die sich dort verschanzt haben, als Lager dient. Vor ein paar Tagen zeigte man dort noch *Moderne Zeiten* von Charlie Chaplin.

7. Mai. Die CNT hat erneut zur Waffenruhe aufgerufen. Eine Kugel, die von einem Dach abgeschossen wurde, schlug nur wenige Zentimeter neben meinem Kopf in der Mauer eines Lebensmittelladens ein. Es herrscht ein einziges Durcheinander. Die Machthaber beschuldigen die POUM des versuchten Staatsstreichs.

8. Mai. Nach und nach kehrt Ruhe ein. Die Barrikaden stehen verlassen da, die Händler öffnen wieder ihre Geschäfte. 1500 Männer der Eingreiftruppen sind zur Unterstützung eingetroffen. Es gab so viele Verhaftungen, dass die Gefängnisse voll sind. Habe Orwell wiedergesehen. Bereitete sich darauf vor, wieder an die Front aufzubrechen. Schien erschüttert. Er zeigte mir eine Ausgabe der *Humanité* vom Vortag, die er von einem seiner französischen Genossen bekommen hatte. Unsere Zeitung schreibt, dass der ›von Hitleranhängern angezettelte Putschversuch in Barcelona niedergeschlagen worden ist‹.

9. Mai. Unsere Abreise verzögert sich. M. reist nicht mit uns. Als ich nach dem Grund seiner Abwesenheit frage, teilt man mir mit, dass seine Mission noch nicht beendet sei.«

Hier brach der Bericht ab.

»Wenn Ihnen dieser Zettel von Nutzen ist, dann behalten Sie ihn ruhig«, sagte Aude.

Es dämmerte bereits, als hätte der Tag es eilig, den Platz zu räumen. Mir blieb nur, es ihm gleich zu tun.

»Sie sollten auf andere Gedanken kommen«, sagte ich. »Gehen Sie doch mal für ein paar Tage nach Hause, treffen Sie Foucart, der mag Sie gern.«

Sie deutete ein Lächeln an: »Ich weiß. Aber wenn ich jetzt wegginge, wäre das so, als würde ich Pietro aufgeben.«

Ich ließ sie lieber allein, bevor Sie mich fragen konnte, ob ich glaubte, er sei noch am Leben.

XXIV

Die Kleine und ihr Kummer schlugen mir aufs Gemüt. Und dass über dem Viertel jetzt die Nacht hereinbrach, machte es auch nicht gerade besser. Auf der Suche nach etwas Aufmunterung machte ich mich auf den Weg zu Yvette. Sie wohnte in einem Hinterhof in der Rue des Solitaires. Nur wenige Schritte von der Rue Fessart entfernt, wo sich einst die Räumlichkeiten von *L'Anarchie* befanden, der Zeitung von Rirette Maîtrejean und Victor Kibaltschitsch. Vor fünfundzwanzig Jahren hatten sie dort ein paar Leute von der Bonnot-Bande beherbergt. Ich verharrte einen Moment vor dem abbruchreifen Haus, in das sich Raymond la Science und André Soudy geflüchtet hatten, der Unglücksknabe, der Gedichte schrieb und den die Presse den »Mann mit dem Karabiner« getauft hatte. Nichts deutete mehr auf ihren Aufenthalt hin. Rirette hatte das Viertel schon lange verlassen. Kibaltschitsch hatte eine maßgebliche Rolle in der russischen Revolution gespielt, unter dem Namen Victor Serge. Er hatte sich Stalin widersetzt und war in den Genuss eines Straflagers in Sibirien gekommen, bevor er ins Exil ging.

Ich ging am Schaufenster der Hutmacherin vorbei, die in Nr. 28 einen Laden betrieb. Vielleicht hatte Rirette hier ihre Hütchen gekauft? Ich fragte mich, ob la Science und Soudy, bevor ihnen die Kehlen durchgeschnitten wurden, hier auch stehen geblieben waren, um die im Schaufenster ausgestellten Köpfe zu betrachten.

Die Modistin kam heraus, um die Läden für die Nacht zu schließen. Sie lächelte mir zu und sagte irgendetwas über den Frühling, der nach dieser Kälte bald kommen würde. Ich erwiderte ihr Lächeln.

»Rirette, erinnerst du dich an die Buttes-Chaumont, den sonnendurchfluteten Park, an die Hängebrücke und den flachen See?«

»Das ist hübsch. Ist das von Ihnen?«, fragte sie, während sie ihre Holzplatte befestigte.

»Nein, das sind nur drei Verse, die mir gerade in den Sinn gekommen sind.«

»Egal, trotzdem hübsch«, wiederholte sie. »Klingt wie ein Chanson.«

»Ja, das hat ein bedauernswerter junger Kerl gedichtet, bevor er auf die Guillotine stieg.«

Ich lüftete meinen Hut und entfernte mich. Yvettes Haus befand sich am Ende einer Allee und wurde von einem handtuchgroßen Gemüsegarten gesäumt. Er sah aus wie ein Schrebergarten in Miniaturformat. Lauchstangen bohrten ihr Grün durch die Erde, und Stäbe standen bereit, an denen bald köstliche Erbsen hochranken sollten. Ich klopfte vorsichtig an das Gitter des Stalls, das Kaninchen reckte seine Nase hervor, dann klingelte ich. Yvette öffnete mir im Trenchcoat und auf hohen Absätzen.

»Nestor? Ich wollte gerade gehen.«

»Muss das sein?«

»Sie haben mir einen Auftrag erteilt.«

»Das können wir verschieben. Vielleicht nehmen Sie heute einfach frei?«

»Und die Ermittlung?«

»Es ist schon spät, das kann warten. Ich brauche jemanden, der mir aus meinem Stimmungstief heraushilft.«

»Dafür gibt es Spezialisten.«

»Nun haben Sie sich doch nicht so. Was wollen Sie denn hören? Dass Sie diejenige sind, die ich brauche? Ja, so ist es, nun habe ich es ja gesagt.«

»Nicht gerade grandios, aber schon besser.«

»Besser als was?«

»Als wenn Sie den Maulhelden spielen.«

Yvette knöpfte ihren Mantel wieder auf und wir gingen

rein. Sie hatte das Häuschen von einem Onkel geerbt, der Tischler war. Drei Zimmer, eine Werkstatt und ein Kaninchen. Ein kleines Paradies, wie es so manche gab, am Ende einer kleinen Gasse oder eines wunderlichen Durchgangs, nur einen Steinwurf von den Stadtmauern entfernt. Es roch gut nach Erde und Pflastersteinen, und vom Unkraut wehte eine Brise Landluft herüber. Ich pfefferte meinen Hut in die Ecke und ließ mich in einen großen müden Sessel plumpsen, der mir die Arme entgegenstreckte. Yvette hatte ihren Trenchcoat abgelegt, und mein Blick blieb an ihrem tief dekolletierten Kleid hängen.

»Meine Arbeitskleidung«, sagte sie lächelnd.

»Ziehen Sie es aus.«

»Bitte?«

»Ich wollte sagen, ziehen Sie sich um. Sie sehen ziemlich sexy darin aus. Aber ich habe heute Abend keine Lust auf so ein Tralala. Ich möchte einfach nur den Abend mit Ihnen verbringen.«

»Sie sind wirklich unglaublich. Es kommt Ihnen wohl nicht in den Sinn, dass ich gerne selber darüber bestimme, wie ich mich kleide und wie ich gedenke, meinen Abend zu verbringen.«

Da hatte sie mir aber gründlich die Meinung gegeigt. Ich fragte mich, ob sie sich so verändert hatte, oder ob ich es nur einfach nie kapiert hatte. Ich riss mich aus dem Sessel los.

»Sie haben recht. Ich komme ungelegen.«

»Vielleicht ja doch nicht.«

Am nächsten Morgen, während ich meine Brote runterschlang, rief ich mir noch mal ins Gedächtnis, was sie mir erzählt hatte. Yvette hatte mir letzte Nacht so einiges beigebracht. Nicht nur in Bezug auf Frauen und meine Vorurteile. Trotz ihrer Kurzsichtigkeit hatte sie Maxime im Handumdrehen ausfindig gemacht, während ich mich seit Tagen vergeblich darum bemühte. Dazu hatte sie einfach nur ein wenig mit Ginette plaudern müssen. Das war kinderleicht, wenn auch etwas zeitaufwändig. Ginette ließ sich nicht auf »Wo, wann, wie?«-Fragespielchen ein. Wurde sie mit Fragen bombardiert, dann ging gar nichts mehr. Man musste mit ihr ins Gespräch kommen. Durfte nicht ungeduldig werden, wenn sie abschweifte, musste ihren verschlungenen Pfaden folgen. Sie legte Wert darauf, dass man ihr zuhörte. Dass man ein wenig vorsichtig mit ihr umging. Das war in ihrem Job ja eher die Ausnahme.

Ich tunkte mein Butterbrot in den Kaffee. Die Haut der Milch blieb an der Kruste hängen. Ich sah, wie sie daran baumelte, streckte meine Zunge aus und schluckte sie runter. In einem Hof begann ein Hahn zu krähen. Man hätte meinen können, es sei ein Sonntag in so einem Nest auf dem Lande. Yvette kam aus dem Zimmer und streckte sich.

»Schon auf?«, fragte sie gähnend, ihre Haare waren zerzaust.

Ich servierte ihr Kaffee.

»Das ist echter. Nicht Ihr Quacksalber-Zeug. Was ist das überhaupt?«

Auf dem Tisch stand ein Schraubglas mit braunem Staub, der entfernt nach Mokka roch.

»Das ist Pulverkaffee. Er kommt aus der Schweiz. Das ist etwas ganz Neues, ich habe ihn bei Uniprix an der Place des Fêtes gekauft. Das muss man nur mit kochendem Wasser aufgießen.«

»Gibt es so etwas auch mit Calvados-Geschmack?«

Sie zog eine Grimasse, die sie vorher vor dem Spiegel einstudiert haben musste. Ich nahm mir noch einen Kaffee.

»Ich glaube, wir sind auf dem richtigen Weg.«

»Dank meiner Geschichte?«

»Unter anderem. Auch wenn ich immer noch nicht verstehe, wieso Maxime das Ginette erzählt hat.«

»Weil er plötzlich Katzenjammer hatte oder um sie zu beeindrucken. Männer schinden gern Eindruck, dann fühlen sie sich wichtig.«

»Na ja.«

Die Neuigkeit, die Yvette aus dem Bordell mitgebracht hatte, hatte es allerdings in sich. Maxime tankte regelmäßig Frischblut. Zweimal in der Woche nahm er im Schlachthof seine Dosis ein, eine Behandlung, die ihm ärztlich verschrieben worden war, um seiner anhaltenden Anämie Einhalt zu gebieten. Monat für Monat zogen sich die roten Blutkörperchen des Genossen Collin immer mehr vor den weißen zurück, sodass sein Blutbild bald einer Karte Spaniens glich. Angesichts dieser Pathologie ließen die Weißkittel sich nicht lumpen. Die Kranken waren eingeladen, mit dem Rezept in der Tasche, sich in den Schlachthäusern von La Villette am roten, noch warmen Saft gütlich zu tun. Zumindest konnte man mittels dieser schlammigen Arznei herausfinden, welcher der Beteiligten einen empfindlichen Magen hatte.

»Kann ich mal telefonieren?«, fragte ich.

»Sparen Sie sich das Geld für das Gespräch lieber. Die Kranken finden sich jeden Montag, Mittwoch und Freitag um sieben Uhr im Schlachthof ein.«

»Yvette, irgendwann sollten wir uns zusammentun.«

»Halten Sie um meine Hand an?«

»Dazu habe ich Sie zu gern … Ich muss trotzdem noch mal bei jemandem anklingeln.« In der Werkstatt prunkte ein glänzendes Telefon neben der Werkbank. Ich verlangte das Kommissariat. Ein Polizeibeamter, der sich streng an die Vorschriften hielt, überprüfte erst, ob sein Chef einen Anruf entgegennehmen konnte, bevor er ihn mir gab. Inspektor Bailly klang mürrisch:

»Na, Sie leben immer noch?«

»Nein, das ist nur mein Geist, der mit Ihnen spricht. Er kann Ihnen bald ein paar neue Informationen geben und hätte im Gegenzug gern einen Tipp.«

»Schießen Sie los.«

»Ich möchte wissen, wer France Navigation am Laufen hält.«

»Das interessiert Sie auf einmal?«

»Die Firma hat doch Kapital im Hintergrund.«

»Als sie vor etwas über einem Jahr gegründet wurde, verfügte sie über ein Kapital von einer Million Francs. Heute beläuft sich ihr Kapital auf etwa zwanzig Millionen.«

»Woher kommt das?«

»Gewinne, Geld aus Russland, Spenden, Tarnfirmen, Goldanleihen bei der Bank Spaniens ... Das weiß man nicht so genau.«

»Was ist das für spanisches Gold?«

»Ein Depot von fünfhundert Tonnen, das Ende 1936 nach Moskau verschickt wurde, um es in Sicherheit zu bringen. Die Waffenkäufe der Republik werden damit bezahlt. Stalin macht keine Geschenke. Was sollen diese Fragen? Sind Sie jetzt auch bei meiner Hypothese angelangt?«

»Ich bin nirgendwo angelangt, ich suche.«

»Und Ihre Information?«

»Ich sagte ja, die bekommen Sie dann. Ich brauche noch ein paar Tage. Apropos, sind Sie bei Caretta gewesen?«

»Ja.«

»Und?«

»Nichts.«

»Wollen wir nicht mit offenen Karten spielen? Ich habe ja Verständnis dafür, wenn Sie Ihre Informationen lieber für sich behalten.«

Er stieß nur ein Brummen hervor, der ungehobelte Kerl:

»Ein kleiner Stadtteilbulle hat auch nicht überall Zugang.«

Dem Ton nach war das Thema damit für ihn beendet. Ich ließ den Telefonhörer erst gar nicht kalt werden und rief sogleich bei Breton an. Diesmal war er da.

»Ich habe Ihre Nachricht erhalten. Was ist das für ein wichtiges Treffen, zu dem Sie mich da bestellen?«

»Corbeau hat einen neuen Dreh gefunden: Die Waffen sind bald auf und davon.«

»Wie?«

»Mit ein paar Tricks und zweimal Abrakadabra. Ich rechne mit dem Schlimmsten. Aber ich wollte Sie vor allem darum bitten, mich mit Ihren trotzkistischen Freunden in Verbindung zu bringen. Ich kann ja keinen Schritt mehr tun, ohne dass ich auf sie stoße.«

»Dabei sind sie gar nicht so zahlreich.«

»Eben das macht mich ja stutzig.«

»Ich kann ihnen nichts versprechen, sie haben Grund genug misstrauisch zu sein.«

»Sagen Sie Ihnen, es hätte mit Klement zu tun.«

»Haben Sie da etwas in Erfahrung gebracht?«

»Sagen wir mal, eine Spur aufgenommen, wenn das stimmt, was sie über sein Verschwinden schreiben.«

»Ich kümmere mich darum.«

Ich legte auf. Yvette hatte im Wohnzimmer eine Schallplatte aufgelegt. Durch energisches Kurbeln setzte sie das Gerät in Gang.

»Falls Sie noch einen Anruf tätigen müssen, nur zu, morgen streiken die Telefonistinnen.«

»Das wäre eine gute Antwort auf Daladiers Anweisung, die Fabriken zu räumen.«

»Monsieur, Monsieur, Sie vergessen Ihr Pferd …«

Charles Trenet drehte sich auf seiner Schellackscheibe im Kreis wie ein zum Scherzen aufgelegter Kobold.

»Vielleicht erzählen Sie mir mal, was Sie herausgefunden haben?«, schlug Yvette vor.

»Maxime scheint über multiple Identitäten zu verfügen. Das ist sicher auch der Grund für seine Anämie. Es muss verdammt anstrengend sein, so viele Persönlichkeiten zu schultern. Er engagiert mich zum Schein für eine Ermittlung. Ein Jahr vorher befand er sich in Spanien in Begleitung der Person, die ich für ihn suchen soll. Er war dort offenbar in so vertraulicher Mission unterwegs, dass er nicht mal seinem Freund gegenüber ein Wörtchen davon verlauten ließ. Und zu allem Überfluss ist er offenbar der glorreichen Sowjetunion treu ergeben, steht in Kontakt zu einigen ihrer Vertreter, die einem Irrglauben anhängen …«

»*… Sie wollen uns verschaukeln, ist schon klar, aber Sie sind nicht der Admiral.*« Der singende Verrückte brachte immer noch das Grammofon in Schwingung. Ich erhob den Zeigefinger nach Art der Swing-Musiker.

»Yvette, allein Trenet bringt die Sachen auf den Punkt!«

»Man wirft ihm eigentlich vor, das nicht zu tun.«

»Die Leute haben eben keine Ahnung, außer Ihnen und mir.«

Das Grammofon verstummte. Wir übernahmen, und während wir uns aufs Bett warfen, schrien wir: »*Wenn unser Herz bumm macht.*« Erst der Hahn weckte uns. Ich sprang mit einem Satz aus dem Bett.

»Mist!«

»Sie sind ja so romantisch«, stöhnte Yvette.

Ich zog hastig meine Hose an.

»Wir haben die Verabredung verpasst!«

»Immer mit der Ruhe, das ist Coco.«

»Was?«

»Der Hahn vom alten Loupart. Der ist aus dem Takt.« Meine Ticktack zeigte fünf Uhr an. Und der Sonne nach zu urteilen, war es fünf Uhr am Nachmittag. Yvette kicherte.

»Seit der Volksfront kräht er zu den unmöglichsten Zeiten.«

Ich starrte sie an, ohne zu begreifen.

»Am 3. Mai 1936, als das Wahlergebnis bekannt gegeben wurde, lag ganz Belleville sich in den Armen. Überall wurden Lampions aufgehängt, Böller und bengalische Feuer entzündet. Das war schön. Alle waren auf den Beinen, es wurde gesungen. In der Rue Rébéval gab die Händlerin für Festbedarf und Scherzartikel ihren halben Laden raus. Sie wollte nicht mal Geld dafür. Die jungen Leute trugen Arme voll bengalischem Feuer weg. Alle umarmten sich. Die ganze Straße war ein einziger *Bal Musette*. An den Fenstern hingen rote Fahnen und die Trikolore. Auf Kreuzungen und Plätzen bis in die kleinen Gassen hinein erklangen Akkordeons. Über den Lärm, die Musik und das Lachen hinweg hörte man immer wieder das Knallen von Champagnerkorken. Es nahm überhaupt kein Ende. Der alte Loupart hatte den ganzen Abend lang den Baum in seinem Hof mit elektrischen Girlanden geschmückt. Um Mitternacht entzündete er sie dann. Die Äste erstrahlten. Das sah großartig aus, wie ein riesiges weiß glühendes Spinnennetz. Das hat Coco dann endgültig verwirrt. Da es auf einmal so hell war, dachte er, die Sonne wäre aufgegangen. Er begann zu krähen und zu krähen ... Erst haben die Leute noch gelacht. Dann schwiegen sie, um ihm zuzuhören. Der Baum des Lichts und Coco, der ihn begrüßte, da brach wirklich ein neuer Tag an. Als Coco schwieg, applaudierte die ganze Straße. Seitdem kräht er zu allen möglichen Zeiten. Aber das nimmt ihm keiner übel. Das ist unser Hahn.«

XXV

Im Duft des Flieders, der von oben herabwehte, steuerten wir den Palais de Travail an. In der Rue des Cascades kamen mit Holzschwertern bewaffnete Kinder an uns vorbei und stießen Indianerschreie aus. Sie sausten den Hang herunter, als wäre der Teufel hinter ihnen her. Als sie an den Treppen oberhalb der Rue des Couronnes ankamen, rutschten sie auf dem Geländer herunter. Wir blieben einen Moment an dem Aussichtspunkt stehen und sahen zu, wie sie bis zum Fuß der Treppe heruntersausten. In der Abenddämmerung lag Paris uns zu Füßen. Ich zündete meine Pfeife an und wir setzten unseren Abstieg fort.

Als wir auf die Rue de Belleville trafen, folgten wir dem Strom der Menschen. Es erübrigte sich zu fragen, wohin sie wollten. In der Menge, die zu einem solchen Treffen strömt, erkennt man sich auf den ersten Blick. Man stellt eine gewisse Nonchalance zur Schau und setzt eine Wichtigkeit signalisierende Miene auf, um deutlich zu machen, dass die Straße uns gehört und wir nicht ohne Grund hier sind. Man begrüßt sich mit kräftigem Handschlag und macht etwas zu laut ein paar passende Bemerkungen, damit auch noch der Letzte begreift, dass man dazugehört.

Yvette und ich hakten uns unter und passten unseren Schritt dem der anderen an. Wir bildeten eine kleine Gruppe, waren glücklich, so nebeneinanderzulaufen wie Handwerksburschen auf der Walz. In den Ohren das Konzert der genagelten Sohlen, das dank der über den Asphalt kratzenden schweren Stiefel der Erdarbeiter zu einem wahren Crescendo anschwoll, unterstützt durch die Treter der Hafenarbeiter und alle anderen proletarischen Latschen, die den Boden bearbeiteten.

Das Viertel hatte schon einige Märsche, Prozessionen und

sogar Trauerzüge gesehen, zu denen sich das Volk zum Friedhof Père-Lachaise aufmachte, mit roten Nelken, Bannern und Trommeln. Die Versammlung heute war nichts dagegen. Dennoch fühlten sich alle, die zum Palais hinunterliefen, stark genug, die Sterne vom Himmel zu holen. Vielleicht weil tausend Kilometer entfernt auf dem von der Sonne ausgetrockneten Boden ihresgleichen ihr letztes Pulver verschossen.

Im Theater war es so voll wie sonst nur bei einer Generalprobe. Die Schlange vor dem Eingang versperrte auf einer Länge von fünfzig Metern das Trottoir und ergoss sich ohne jede Zurückhaltung bis auf die Straße. In der Eingangshalle herrschte ein einziges Gewühl. Es blieb uns noch Zeit, das Programm zu studieren. Maurice Baquet von der Oktober-Gruppe, Fréhel, die als Nachbarin kam, Michel Simon ... Yvette war baff.

»Michel Simon? Der aus *Boudu, aus dem Wasser gerettet*? Aus *Drôle de Drame – ein sonderbarer Fall*?«

»Wundert Sie das? Der hat auch eine Meinung, wie jeder andere.«

Breton gesellte sich zu uns, als wir gerade durch die Tür gingen. Ich stellte sie einander vor. Yvette nahm blitzschnell ihre Brille ab. Breton verbeugte sich. Da konnte er noch so bestrebt sein, das Leben und nebenbei gleich noch die Welt zu ändern, er konnte es nicht lassen, den Verführer zu geben. In Yvettes Blick, die ohne ihre Brille nur verschwommen sah, entdeckte er sicher irgendeinen seltsamen Schimmer, der ihm gefiel. Ich holte sie wieder auf den Teppich.

»Und, konnten Sie ein Treffen für mich vereinbaren?«

»Unsere Freunde teilen mir morgen ihre Entscheidung mit. Sie wollen das noch besprechen. Sie kennen Sie nicht, und es gab schon einige Unterwanderungsversuche.«

»Sie sollten ihr Palaver aber nicht bis zum Sankt-Nimmerleins-Tag fortsetzen.«

»Sie scheinen sie ja nicht besonders zu schätzen.«

»Ich glaube vor allem, dass ihr Trotzki im Exil gut reden hat. Als er am Ruder war, war er auch nicht gerade zimperlich.«

Breton antwortete nicht. Ich nahm die Eintrittskarten, und wir bahnten uns einen Weg bis zur Garderobe von Corbeau. Als wir die Tür aufstießen, versuchte er gerade, Michel Simon davon abzubringen, sich aufs Nagelbrett zu legen. Der Schauspieler wollte davon nichts hören.

»Ach was, ich habe doch nichts zu befürchten, da ist doch ein Trick dabei, nicht? Und wenn ich mich verletze, wird Mademoiselle verhindern, dass ich verblute. Mademoiselle … wie noch mal? Lucia? Lucia, ich bin mir sicher, dass Ihre Hände meinen geschundenen Körper äußerst zartfühlend behandeln werden …«

Kaum traten wir ein, nahm der Schauspieler aus *Atalante* auch schon Yvette ins Visier.

»Noch so eine Grazie! Aber wie viele sind denn noch in diesem Theater versteckt? Treten Sie näher, mein Kind!«

Plötzlich sah er Breton.

»Offenbar bin ich das Opfer einer Halluzination. Meister …«

Breton lächelte mit aufgesetzter Bescheidenheit, während der Schauspieler zu rezitieren begann: »*Meine Frau ihr Geschlecht wie Algen und alte Bonbons / meine Frau mit dem Geschlecht das ein Spiegel ist.*«

Ein Klingeln forderte die Zuschauer auf, ihre Plätze einzunehmen. Michel Simon wirbelte herum, verabschiedete sich mit gesenkter Stimme, dann kniff er Yvette ins Kinn und summte dabei: »Die ist klasse, diese Kleine hier …«

Dann verschwand er.

»Ist der immer so?«, fragte Yvette.

Lucia zündete sich eine Zigarette an.

»Heute scheint er etwas müde zu sein.«

Ich kam gleich auf das Thema des Tages zu sprechen. »Und der Plan?«

»Komm in der Pause wieder«, schlug Corbeau vor. »Ich muss mich jetzt konzentrieren, wir sind gleich dran. Aber keine Sorge, wir sind am Ball. Du hattest recht, die Cagoule hat sich auscagouliert. Da gibt's nichts Neues. Aber ich habe da ein paar Kumpel. Die Sache ist echt heiß …«

Wir überließen die Künstler ihren Vorbereitungen und gingen in den Saal. Auf der Bühne beendete ein kleiner Mann mit kurzen Haaren gerade seine Ansprache.

Ein riesiges Porträt von Buenaventura Durruti, dem anarchistischen Helden, kam vom Schnürboden herab. Bis es richtig hing, stimmte das Publikum *Ay Carmela* an, die Hymne der iberischen Anarchisten. Der kleine Mann mit den kurzen Haaren ging hinter die Kulissen. Als er mich sah, strahlte er: »Pipette!«

»Louis, so nennt mich eigentlich kaum noch jemand!«

Er musterte mich, als wäre ich immer noch der Kleine, der vor zwölf Jahren mit leeren Taschen und großer Klappe bei ihm aufgekreuzt war. Blitzartig sah ich die Druckerei des *Libertaire* wieder vor mir, Sacco und Vanzetti, Lebœuf in seinem Durcheinander und den Blick eines kleinen Dienstmädchens, das ich noch immer nicht vergessen hatte. Wir umarmten uns.

»Du hast dich nicht verändert, Louis«, sagte ich, obwohl ich es nicht dachte.

Er verdrehte die Augen. »Du bist ja wohl nicht hier, um mir so einen Blödsinn zu erzählen.«

Ich hielt ihm die ausgerissene Heftseite von Lema entgegen: »Der Kerl, der das geschrieben hat, wurde ins Jenseits befördert. Ich muss wissen, was in Barcelona genau passiert ist. Ich dachte mir, dass Louis Lecoin bei diesem Thema unschlagbar ist.«

Er holte seine Brille heraus und überflog die Seite.

»Dein Kerl hat die Situation ja beschrieben. Stalin unterstützt die Republik wie das Seil den Gehängten. Er hat nur die Sorge, dass sie ihm entwischen könnte. Um das zu verhindern, hat er sie an den Tropf des Militärs gehängt. Das ist einfach, nur die UdSSR liefert so viele Waffen. Ihre Hilfe ist lebenswichtig geworden. Stalin nutzt das, um der Partei zu mehr Einfluss zu verhelfen. Er hat Leute an Schlüsselpositionen gesetzt, in der Armee, in der Polizei. Er hat sogar erreicht, dass man ihm die Reste der Goldreserven der spanischen Bank anvertraut hat. Das ist wie eine Fischreuse, die sich schließt. Gerade versucht er alles zu eliminieren, was nicht auf seiner Linie ist. Die Truppen, die nicht von der Partei kontrolliert werden, erhalten kein einziges Gewehr mehr. Und wenn das nicht genügt, greift man zu härteren Methoden. Das passiert gerade in Barcelona. Um die Anarchisten und die POUM zu diskreditieren, beschuldigten die Stalinisten sie, eine von Franco finanzierte Offensive gegen die Republik begonnen zu haben. Du hättest mal die Presse lesen sollen, das war unglaublich. Gleich im Anschluss kamen Armeeeinheiten, angeblich, um die Ordnung wiederherzustellen. Und was für eine Ordnung! Bei den Kämpfen gab es fünfhundert Tote. Berneri, von dem dein Typ da spricht, ist einer von denen, die liquidiert wurden. Andere wurden verhaftet. Mit ihrer Verurteilung ist eine ganze Prozesslawine ins Rollen gekommen, ganz im Stile Moskaus. Aber die Sache ist nicht aufgegangen. Noch nicht …«

Lecoin gab mir Lemas Tagebucheintrag zurück: »Ich muss

zurück. Warte nicht zehn Jahre, bis du das nächste Mal kommst.«

Er umarmte mich, und ich sah ihm mit dem Gefühl nach, dass mit ihm auch meine Jugend dahinging.

XXVI

Ich ging zurück zu Yvette und Breton. Auf der Bühne hatte ein Flamenco-Gitarren-Trio sich die Finger wund gespielt. Sie verließen die Bühne wie drei Matadore die Arena. Der Beleuchter malte einen runden Lichtkreis auf den Vorhang und dann kam sie. Aufgedunsen, leicht schwankend, ihre Klamotten sahen aus wie vom Trödler. Sie war sturzbetrunken.

»Na, Kinder«, brüllte sie.

Es herrschte betretene Stille. Sie klammerte sich ans Mikrofon.

»Belleville, ich höre gar nichts, ist denn keiner in dieser Bude?«

Ein Witzbold stichelte: »Wir sind an der Bar, willst du einen trinken?«

Das ließ die Matrone sich nicht zweimal sagen.

»Glaube kaum, dass deine Kohle dafür reicht, dass ich mir einen hinter die Binde kippen kann. Meine Kehle ist nämlich abschüssig.«

Hinter ihr nahmen die Musiker Platz. Noch bevor das Lächeln des Gitarristen im Scheinwerferlicht aufblitzte, erkannte ich Milou. Sein Kumpel Privat näherte sich, das Akkordeon hing ihm wie eine Patronentasche über der Brust. Vorsichtig zog er die schaukelnde Quetschkommode auseinander.

»Bin sicher, hier sind auch 'n paar Männer im Saal«, stieß

er mit seinen gerade mal achtzehn Lenzen hervor. »Die werden der großen Fréhel jetzt applaudieren!«

Da gab es kein Halten mehr. Wir standen auf und klatschten in die Hände, als wollten wir eine Zugabe. Ein Typ mit einer Mähne skandierte den Namen der Dame und alle wiederholten ihn rhythmisch. Auf der Bühne im Lichtkegel hatte Marguerite Boulc'h, genannt Fréhel, die Augen geschlossen. Vergessen waren der Alkohol, das Kokain und das Getratsche. Sie hatte sich wieder in die schwarze Königin verwandelt, die die Music-Hall zum Kochen brachte mit ihren melancholischen Liedern über Typen ohne jeden Halt und Mädchen, die nichts und niemanden haben. Man sah, wie sie ihre Lippen bewegte. Die Bravorufe ebbten ab. Der gebeugte Star sang a capella mit einer Stimme, die noch dem letzten Banditen eine Gänsehaut über den Rücken gejagt hätte:

»Wo ist meine Mühle von der Place Blache, mein Tabakladen, mein Edelbistro, jeder Tag war für mich ein Sonntag, wo sind nur all die Freunde von damals?«

Fréhel reihte Chanson an Chanson. Das ging so unter die Haut, dass einem regelrecht der Atem stockte. Das letzte widmete sie Franco:

»He, Freunde, kommt und trinkt mit mir, ich bin ganz allein heute Abend, heute Morgen ist er gestorben.«

Sie verließ die Bühne unter einer Flut von Bravo-Rufen. Milou schwenkte seine Gitarre und ließ seine Zähne aufblitzen. Jo reckte die Faust, als er die Bühne verließ. Danach aufzutreten war verdammt schwer. Als es wieder still geworden war, übernahm sogleich Corback. Das Publikum reagierte mit kaum verhohlenem Desinteresse auf seine Nummer. Der Überseekoffer, die lebende Tote, er zog alle Register, aber es gelang ihm nicht, das erneute Stimmengewirr zu beruhigen.

»Und nun«, kündigte er mit Grabesstimme an, »kommen

wir zu unserer Hypnosenummer, die äußerste Aufmerksamkeit verlangt.« Er schwang ein Pendel vor Lucias Augen hin und her. Von Zeit zu Zeit sagte er ihr, dass ihre Augenlider schwer würden, und die Kleine klimperte mit den Augendeckeln. Nach einer Weile schien sie entrückt, hatte einen starren Blick und antwortete mit monotoner Stimme auf seine Fragen.

»Sind Sie unter uns?«

»Ja, ja«, sagte sie träge.

»Lucia, ich gehe jetzt runter ins Publikum und befrage Sie von da aus. Sind Sie bereit?«

»Ja, ja …«

Corbeau sprang die Rampe herunter und näherte sich einem Zuschauer im ersten Rang. Er bat ihn um sein Portemonnaie. Der Typ gab es ihm mit leichtem Unbehagen. Corback zog einen Ausweis daraus hervor.

»Hören Sie mich, Lucia?«

»Ja, ja …«

»Ich frage Sie nicht nach dem Namen von Monsieur. Da wir damit rechnen müssen, dass sich hier einige Polizeispitzel eingeschlichen haben …«

Das Publikum lachte.

»Können Sie mir das Geburtsdatum von Monsieur sagen?

»28. November 1905.«

Corbeau wandte sich an den Typen.

»Ist das richtig?«

»Absolut.«

Corback überprüfte es anhand seines Ausweises.

»28. November 1905. Von der Präfektur bestätigt … es handelt sich nicht um gefälschte Papiere …«

Wieder erklang Applaus. Corback wiederholte das Gleiche mit einer Zuschauerin, die einige Ränge weiter hinten saß.

»Lucia, ich möchte nicht das Alter der Person wissen, aber Vorname und Geburtsort.«

»Léonie … Léonie ist in Courbevoie geboren.«

Die Frau bestätigte das, was wiederum Bravo-Rufe auslöste. Als Corback sich dem dritten Zuschauer näherte, verstummte das Stimmengewirr erneut. Von dort, wo wir saßen, konnte ich nicht sehen, von wem Swami nun die Brieftasche verlangte.

»Ah, Monsieur möchte mir seine Habe nicht anvertrauen. Daran tut er vielleicht gut.«

Lachen erklang.

»Lucia, können Sie mir den Beruf des Monsieurs sagen, dessen Wunsch, anonym zu bleiben, wir respektieren?«

Lucia, angestrahlt von Scheinwerfern, zögerte.

»Das ist schwierig, ich sehe da mehrere …«

»Dann hat Monsieur sicher den Beruf gewechselt. Wählen Sie den letzten.«

»Das ist schwierig«, wiederholte sie. »Da ist alles rot …«

»Vielleicht Anstreicher?«, schlug Corbeau vor.

»Nein … Das ist Blut.«

»Ist Monsieur Schlachter?«

»Ich sehe eine Säge, ein Beil. Blut, noch mehr Blut.«

Ich konnte den Typen immer noch nicht sehen. Lucia fuhr fort.

»Einen Körper … Geköpft … Man schneidet ihm den Kopf ab … Er rollt auf den Boden … Das Blut spritzt heraus. Überall Blut. Auf der Leiche … Der glatzköpfige Mann ist von Leichen umgeben …«

»Verdammt, Maxime!«

Ich sprang mit einem Satz von meinem Sitz auf, trat auf Füße, trampelte über Schuhe, stieß alle beiseite, die mir im Weg waren. Auf dem Gang kam mir Corbeau schwankend entgegen, mit schief sitzendem Turban. Zwischen den Zuschauern, die aufgestanden waren, sah ich den leeren Platz. Und am Ende des Saals unter dem Schild »Ausgang« schwang die Tür zu. Ich stürzte in die Eingangshalle. Drei Typen pafften eine Zigarette. Andere, neben den Pressetischen, erschufen gerade die Welt neu. Draußen färbten die Laternen die Nacht grau. Die Rücklichter eines Autos entfernten sich Richtung Ménilmontant.

Im Theater läutete es zur Pause. Ich traf Yvette und Breton in Corbeaus Garderobe. Sie umringten Lucia, die auf einem zufällig dort stehenden Diwan lag.

»Geht's, mein Hase?«

Lucia rümpfte die Nase und kam wieder zu sich. Corback befeuchtete ihre Stirn mit einem mit Kölnisch Wasser getränkten Taschentuch.

»Das verstehe ich nicht. Wir bluffen doch eigentlich nur. Anhand meiner Fragen teile ich ihr mit, was ich auf dem Ausweis der Zuschauer lese. Das ist so eine Art Code. Lucia entschlüsselt das in Sekundenbruchteilen. Die Leute kapieren das gar nicht.«

»Aber der Typ weigerte sich, sein Portemonnaie herzugeben…«

»Das kommt vor. Dann improvisieren wir, mogeln uns drum herum. Oft gibt der Typ uns dann doch noch einen Hinweis. Hier nicht. Ich kapiere das nicht. Vielleicht hatte Lucia einen Wachtraum. Das greift ihre Nerven an. Das verlangt äußerste Konzentration…«

Ich kniete mich neben Lucia.

»Sie haben den Mord gesehen, stimmt's?«

»Ich war auf der Bühne und zugleich in einem Raum, der voller Blut war … Der verstümmelte Körper … das verzerrte Gesicht … Das war furchtbar.«

»Den geköpften Mann, würdest du den wiedererkennen?«

Sie begann zu zittern.

»Ich würde ihn gern vergessen.«

Ich holte das Foto von Pietro vom Sechstagerennen raus.

»Der in der Mitte, ist es der?«

Sie betrachtete das Foto aufmerksam.

»Nein.«

Yvette schaltete sich ein.

»Nestor, sie steht unter Schock.«

Ich ließ nicht locker.

»Lucia, ich weiß, es ist schwierig für Sie, aber versuchen Sie, das Gesicht des Mannes zu beschreiben.«

»Lass gut sein, Nes!«

Corbeaus Ton war alles andere als freundschaftlich. Ich richtete mich auf.

»Der Mörder war nur zwei Schritte von dir entfernt. Sie kann uns helfen, ihn zu finden …

Corback deckte seine zitternde Lebensgefährtin zu.

»Sie muss sich ausruhen!«

Ich hätte an die Decke gehen können. Ich verließ die Garderobe. Lucia hatte eine Vision, und Corbeau fiel nichts Besseres ein, als das Kindermädchen zu spielen! Ich stopfte meine Pfeife und durchmaß mit großen Schritten den Gang. Michel Simons Stimme drang von der Bühne herüber. Er sagte ein Gedicht von Prévert auf.

»*Ich grüße dich Vogel kohlrabenschwarz wie das Pech, das einstmals ich hatte.*«

Ich dachte an Corbeau, wie er am Lager seiner Süßen wachte, und da war meine Wut verpufft. Als ich zurück in die Garderobe kam, öffnete Breton mir die Tür. Er war so weiß im Gesicht wie Lucia.

»Der Mann mit der durchgeschnittenen Kehle … sein Gesicht …«

»Ja, was denn?«

»Es ist das von Klement.«

XXVII

»Lucien Peillon bitte! Ja, ich bin es schon wieder. Jetzt haben Sie mich drei Mal falsch verbunden. Bei *Paris-Soir* herrscht wohl das Chaos. Wissen Sie nicht, wo Ihre Journalisten stecken?«

Der Telefonistin gelang es schließlich, den Reporter ausfindig zu machen, der mit der Kanalsache befasst war. Als er von meinem Scoop erfuhr, hörte man förmlich, wie er mit den Vorderhufen scharrte … wie ein junger Gaul. Aber er wollte auch nicht einfach wild drauflosgaloppieren.

»Sie sagen, das wäre nicht Pietro Lemas Körper. Das will ich Ihnen gerne glauben, aber ich brauche etwas Handfestes. Die Polizei hat nie irgendetwas durchsickern lassen.«

Ich verriet ihm die Adresse von Aude.

»Sie hat sie mir gerade erst gegeben und ist bereit mit Ihnen zu reden, aber seien Sie ein bisschen sachte, das Mädchen ist in Ordnung.«

»Sie können sich drauf verlassen.«

»Sobald Ihr Artikel erschienen ist, halten Sie sich am Leichenschauhaus bereit. Sie werden da keine Wurzeln schlagen müssen, bis eine neue Identifizierung angesetzt wird.«

Er hustete wie ein Raucher, der ständig einen Glimmstängel im Mund hat: »Sie wissen, wer der Tote ist…«

Der Typ war offensichtlich schnell von Begriff.

»Ich kann Ihnen ja nicht alles vorkauen.«

Das amüsierte ihn.

»Das verlange ich ja gar nicht. Solange Sie mir Ihre Infos exklusiv zukommen lassen, kümmere ich mich gerne um den Rest.«

»Noch etwas. Aude Beaupréau glaubt, dass ihr Freund immer noch am Leben ist. Lassen Sie ihr diesen Glauben.«

»Einver… Moment mal … Wenn das doch nicht Lemas

Leiche ist…« Er hustete wieder. »…heißt das, dass der auch tot ist?«

»Schweigen Sie darüber, dann habe ich noch einen Tipp für Sie. Und schränken Sie Ihren Tabakkonsum lieber ein bisschen ein…«

Er lachte.

»Das gilt für Sie wohl genauso. Seit zehn Minuten sprechen Sie jetzt mit einer Pfeife im Mund. Das höre ich von hier.«

Da lag er richtig.

»Ach Kinder, was für ein Abenteuer! Ich hoffe nur, dass ihr mich da keine Tollheit begehen lasst…«

Das Monokel saß ihm schief auf der Nase, und Bohman rieb sich die Hände, als hätte er gerade einen erfolgreichen Handel abgeschlossen.

»Maître Moro-Giafferi ist bereit, uns zu empfangen. Ich habe das ganze Renommee der Agentur Bohman in die Waagschale gelegt.«

Yvette runzelte die Stirn: »Das konnte er uns wohl kaum abschlagen. Wenn man bedenkt, wie lange Sie ihn schon mit Informationen über seine Gegenspieler versorgen…«

»Die seiner Klienten, das ist ein Unterschied. Alle großen Anwaltskanzleien greifen auf spezialisierte Assistenten zurück. Wir können stolz darauf sein, dass eine solche Koryphäe unsere Dienste in Anspruch nimmt. Außerdem handelt es sich um einen Ehrenmann.«

Ich zog meinen Krawattenknoten enger.

»Wer weiß, ob meine Geschichte ihm nicht zu neuer Aufmerksamkeit verhilft?«

»Ich hoffe vor allem, dass wir am Ende nicht auf seine Hilfe angewiesen sein werden.«

»Ich sagte doch schon, Chef, ich garantiere Ihnen einen

einmaligen Werbeeffekt, damit lassen Sie sämtliche Konkurrenten weit hinter sich.«

Er rückte sein Monokel zurecht: »Das kommt mir alles so unglaublich vor. Und Sie sind sicher, dass dieser Inspektor …«

»Bailly.«

»… Sie deckt?«

»Es ist alles abgesprochen.«

Bohman stieß einen resignierten Seufzer aus. Ich zwinkerte ihm zu. Als er es erwidern wollte, verhakten seine Wimpern sich in seinem Zwicker. Ich schaute woanders hin, während er mit seinem eingeklemmten Lid verschwand.

Yvette funkelte mich aus ihren Maulwurfsaugen an: »Alles abgesprochen! Ganz schön dreist von Ihnen, ihn derart anzuschwindeln. Er war immer anständig zu Ihnen. Ganz besonders in diesem Fall. Als er erfuhr, in welchem Schlamassel Sie steckten, hätte er Sie auch gut feuern können. Stattdessen verschafft er Ihnen noch Zugang zu Moro.«

»Ach, hören Sie auf! Er ist doch begeistert. Er ist um zwanzig Jahre jünger geworden. Es konnte ihm gar nichts Besseres passieren, die Agentur brauchte dringend ein bisschen frischen Wind.«

Ich öffnete das Fenster. »Die Welt braucht frischen Wind!«

»Statt mit solchen Gemeinplätzen zu kommen, sagen Sie mir lieber, warum Sie darauf beharren, dass Lema tot ist, obwohl es sich um die Leiche von Klement handelt …«

»Ein Zug kann einen anderen verdecken.«

»Bitte?«

»In Bahnhöfen weist man auf Schildern darauf hin, dass ein abfahrender Zug einen ankommenden verdecken kann und umgekehrt. Für Leichen gilt das genauso.«

»Sie haben nicht ein bisschen tief ins Glas geschaut?«

»Das geht mir schon länger im Kopf herum, aber erst Chéri-Bibi hat mich davon überzeugt.«

»Wer?«

»Chéri-Bibi, der Held von Gaston Leroux. In den *Schwimmenden Käfigen*, einem der Bücher, die bei Aude herumlagen, befand sich doch die Tagebuchseite von Lema. Sein Reisetagebuch aus Spanien. Alle Spuren führen nach Spanien. Pietro und Maxime sind 1937 in Spanien. Gerade als die UdSSR sich entschließt, alles zu säubern, was nicht auf Linie ist. Und auch in Barcelona startet Stalin eine große Provokation. Seine Agenten entwerfen ein Komplott nach allen Regeln der Kunst, um die Ordnung wiederherzustellen. Und das tun sie dann auch nach Herzenslust. Viele werden inhaftiert, andere verschwinden ...«

»Steigern Sie sich da nicht in etwas rein?«

»In Katalonien hat die Säuberung von trotzkistischen und anarchistischen Elementen begonnen. Dieses Werk wird mit der gleichen Energie betrieben wie in der UdSSR.«

»Was tragen Sie da vor?«

»Einen Ausschnitt aus der *Prawda* vom 17. Dezember 1937. Ich fand ihn bei Samuel Korb, zusammen mit einem Brief von Pietro.«

»Und was folgern Sie daraus?«

»Dass Lema kein Glück hatte. Er eilte den Republikanern zu Hilfe und landete auf dem Vorposten einer großen Säuberungsaktion.«

»Er wird nicht der Einzige gewesen sein.«

»Nein, aber er reiste mit Maxime, einem Typ, dessen Mission so streng vertraulich war, dass er nicht mal auf dem Familienfoto zu finden ist.«

»Könnten Sie bitte aufhören, in Rätseln zu sprechen ...«

»Als die Bullen mich geschnappt hatten, nach der Plünderung von Gopians Lokal, hat Bailly mir ein Foto gezeigt, das an Bord der *Beluga* aufgenommen wurde, einem der Schiffe, mit denen die russischen Waffen transportiert wurden. Darauf erkennt man Lema, Caretta und Kolmow, sein sowjetisches Alter Ego. Sie posieren für ein Erinnerungsfoto oder so etwas in der Art. Maxime ist auch zu sehen. An seiner Haltung kann man unschwer erkennen, dass er in dem Moment, als der Fotograf auf den Auslöser drückte, einen Schritt zurücktrat. Die anderen drei sind scharf. Er dagegen ist unscharf, als wäre er in den Hintergrund zurückgewichen, als er das Objektiv sah.«

»Daraus folgt?«

»Entgegen Carettas Behauptung war Maxime nicht mit der Absicherung der Lieferungen betraut, sondern mit einer weitaus weniger offiziellen Aufgabe. Das bestätigt die ausgerissene Tagebuchseite, die sich in den *Schwimmenden Käfigen* befand. Nach den Kämpfen in Barcelona erfährt Pietro, dass Maxime nicht mit zurückreist. Als er nach dem Grund fragt, wird ihm lakonisch mitgeteilt, dass »seine Mission noch nicht beendet ist«. Diese Antwort dürfte ihn kaum zufriedengestellt haben. Aus gutem Grund. Pietro hatte etwas gesehen, das er nicht sehen sollte, etwas, das Maxime betrifft.«

»Und dann wird er ein Jahr später umgebracht, weil man ihn daran hindern will, etwas offenzulegen, das er schon so lange verschwiegen hatte?«

»Das ist zugegebenermaßen eine Schwachstelle in meiner Konstruktion.«

»Schade, die Geschichte war gerade so gut in Fahrt. Dieses Gebräu könnte Gaston Leroux persönlich verzapft haben. Ganz nebenbei, in den *Schwimmenden Käfigen* …«

»Was?«

»Jetzt erzählen Sie mir nicht, Sie hätten das vergessen?«

»Was vergessen?«

»Im Roman lässt sich Chéri-Bibi das Gesicht eines anderen Mannes transplantieren.«

»Fatalitas!«

XXVIII

Vor Moro hatte ich erst einen echten Star getroffen, und zwar in der Santé. Dort sorgte er jetzt für die musikalische Unterhaltung. Sein Spitzname war »Hohes C«. Er war aufgeflogen, als er gerade einen Tresor aufbrach und dabei aus voller Kehle sang. Eine schlechte Angewohnheit von ihm, die er bei seinen Konzertbesuchen angenommen hatte. Er war verrückt nach Belcanto und verpasste nie eine Vorstellung in der Oper. Die Eintrittskarten finanzierte er durch das Ausrauben von Witwen, während diese in Bewunderung vor Schaljapin erstarrten. Dabei war es ihm zur Gewohnheit geworden, ein Liedchen zu trällern, während er sich abrackerte. Wegen des besonders schwierigen hohen C hatte er die Bullen nicht kommen hören, die stutzig geworden waren, als sie aus einer Villa, dessen Besitzer nicht zu Hause waren, Koloraturgesang vernahmen.

Hohes C wäre ein idealer Mandant für Vincent de Moro-Giafferi gewesen. Der Anwalt schätzte Personen, die aus dem Rahmen fielen, ebenso wie Bonmots. Seine hatten ihm schon zu so manch berühmt gewordenem Plädoyer verholfen. So waren zum Beispiel seine Aussprüche beim Landru-Prozess in die Annalen eingegangen.

Angesichts der Tatsache, dass man von den Opfern seines Klienten nicht die geringste Spur entdecken konnte, hatte Moro den Staatsanwalt angeherrscht. »Kann der Mann einer der Verschwundenen wieder heiraten?«, hatte er gefragt.

»Nein! Das Recht verwehrt ihm das, da der Tod nicht materiell nachgewiesen werden konnte. Also, im Namen des geltenden Gesetzes, klagen Sie unseren Mandanten gefälligst nicht an, Frauen getötet zu haben, die nicht tot sind!«

Eine ganze Generation von Schreiberlingen und Jurastudenten erzählte sich die Geschichte abends am Stammtisch. Aber der kleine rundliche Mann, der mir jetzt die Hand reichte, war auch so mutig gewesen, Eugène Dieudonné zu verteidigen, den man zu Unrecht beschuldigt hatte, an einem Überfall der Bonnot-Bande beteiligt gewesen zu sein. Während die Menge seinen Kopf verlangte, hatte der Anwalt den Geschworenen entgegengehalten: »Die öffentliche Meinung hat sich hier eingeschlichen, verscheuchen Sie diese Prostituierte, die den Richter am Ärmel zieht.«

»Setzen Sie sich.«

Während Moro hinter seinem Schreibtisch Platz nahm, setzte ich mich auf den Ledersessel, den er mir zuwies. Ich versuchte, nicht an Bohman zu denken, als ich sah, wie er sein Monokel zurechtrückte. Er räusperte sich, schüttelte seine Arme, als würde er die Ärmel einer Robe zurückschieben wollen, und erkundigte sich dann nach dem Wohlergehen meines Chefs.

»Wie geht es unserem Freund?«

»Danke, gut, vielen Dank auch, dass Sie mich empfangen. Ich weiß, dass Ihre Zeit kostbar ist.«

»Dann verschwenden wir sie nicht. Sie interessieren sich für die Rosselli-Sache? Sie können sicher sein, dass die Mörder zur Rechenschaft gezogen und ihre Verbindungen zu Mussolini offengelegt werden.«

»Um genau zu sein, kümmere ich mich um die Interessen eines Mannes, der in Kontakt zur Rosselli-Gruppe stand.«

Er lehnte sich über den Schreibtisch. »Gibt es da eine Verbindung zu Ihrem Mordfall?«

»Das hatte ich vermutet. Inzwischen denke ich das nicht mehr. Sie haben den Namen Pietro Lema sicher schon gehört?«

»Nur von diesem Unglücklichen, der Thema in den Gazetten ist ... Die Leiche aus dem Kanal, der Tote ohne Kopf ... Da konnten die Journalisten nach Herzenslust drauflosschreiben.«

»Genau.«

»Lema? Pietro Lema stand in Kontakt mit den Rosselli-Brüdern?«

»Nicht direkt, aber ihre Wege haben sich gekreuzt. Maître, Sie haben sich für die Unterstützung der spanischen Republik eingesetzt ...«

Er nahm sein Monokel ab und ließ es am Ende des Bandes hin- und herschaukeln.

»Ich habe in der Tat einen Aufruf unterzeichnet, gemeinsam mit einigen meiner Kollegen, Wissenschaftlern, Kulturschaffenden ... Warum die Frage?«

»Lema engagierte sich auch für die spanische Sache. Er war an Waffenlieferungen in die Republik beteiligt, die von der Gesellschaft France Navigation aus gesteuert wurden.«

Ich hielt inne. Er erklärte: »Ich habe nie ein Geheimnis aus meiner Überzeugung gemacht. Ich habe Aktivisten verteidigt, die in Europa verfolgt wurden. Mir ist all das bekannt, was gut informierte Leute über France Navigation wissen. Fahren Sie fort.«

»Was Pietro Lema in Spanien gesehen hat, hat seine Ideale erschüttert und sogar zum Bruch mit der Partei geführt.«

»Die Situation ist furchtbar komplex.«

»Als er zurück nach Frankreich kam, näherte er sich der Bewegung der Rosselli-Brüder an, dann den Anarchisten.«

»Auch wenn er sie immer noch schätzte, so hatte Carlo sich doch von ihnen entfernt.«

»Ich weiß. Aber auf den Wegen der Rossellis und Lemas stößt man auf ein- und denselben Mann: Camillo Berneri.«

»Etwas genauer bitte.«

»1936 versammelt Carlo Rosselli Freiwillige aus Italien um sich, die in Spanien kämpfen wollen. Sie stoßen zu der anarchistischen Kolonne eines anderen Italieners, Camillo Berneri. Am 5. Mai 1937 kommt Berneri während der Ereignisse in Barcelona zu Tode. Lema ist zu der Zeit dort, er berichtet davon in seinem Reisetagebuch. Einige Tage später schickt er an einen seiner Freunde in Paris einen Brief und einen Zeitungsausschnitt, in dem es darum geht.« Ich holte den Brief heraus, den ich bei Samuel Korb gefunden hatte.

»Da schreibt Lema: ›Wenn noch mehr Köpfe rollen, sind die einzig noch verbleibenden Freunde der Revolution ihre eigenen Henker.‹«

»Das kann vieles heißen.«

»Darum bin ich hier.«

»Ich fürchte, ich kann Ihnen nicht folgen.«

»Maître, ich glaube, dass Pietro Lema Zeuge von Ereignissen wurde, die er nicht mitbekommen sollte. Und dass der Mord an Berneri dazu gehört. Sie waren ein Freund von Carlo Rosselli. Wissen Sie, ob er nach seiner Rückkehr aus Spanien mit Berneri in Kontakt geblieben war?«

»Mein lieber Herr, erst durch Sie erfahre ich überhaupt davon. Carlo hat nie mit mir darüber gesprochen.«

»Wären Sie bereit, sich bei seiner Frau dafür zu verwenden, Ihnen die Korrespondenz, die es zwischen ihrem Mann und Berneri möglicherweise gab, zu überlassen?«

Moro hatte seinen Zwicker wieder aufgesetzt. Er betrachtete mich so, wie er es sonst wahrscheinlich mit Geschworenen tat, bevor er entschied, ob er sie für befangen erklärte.

»Wenn es eine solche Korrespondenz gibt und die Polizei sie noch nicht im Zuge ihrer Ermittlungen beschlagnahmt hat, ja.«

XXIX

»Wer ist der Tote aus dem Kanal?«

Diese Frage breitete sich fett gedruckt über die Titelseite von *Paris-Soir* aus. Lucien Peillon hatte nicht getrödelt.

»Neue Entwicklungen im Fall des Toten ohne Kopf. Der Leichnam, der am Quai de la Marne aus dem Wasser gezogen wurde, ist immer noch nicht identifiziert. Exklusiv in *Paris-Soir* bezeugt die Lebensgefährtin Pietro Lemas: ›Das ist nicht sein Körper im gerichtsmedizinischen Institut.‹

Während die Polizei das Opfer als identifiziert ausgab, dürften die Enthüllungen Aude Beaupréaus zur Wiederaufnahme der Ermittlungen in diesem Fall führen, der keinesfalls als aufgeklärt gelten kann. Das wirft viele Fragen auf, vor allem bezüglich der Identität desjenigen, den man von nun an wohl als den mysteriösen Toten bezeichnen muss.«

In dem Stil ging es weiter. Dem Journalisten winkte eine große Zukunft, ich war sicher, es würde keine vierundzwanzig Stunden dauern und die um einen Kopf kürzer gemachte Leiche hätte Weidmann erneut den Rang abgelaufen.

Wie zur Bestätigung klingelte das Telefon.

»Breton am Apparat. Unsere Freunde sind bereit, Sie zu treffen. In einer halben Stunde an den Buttes-Chaumont. Sie erwarten uns unter der Hängebrücke.«

»Bin schon unterwegs!«

Bohman betrachtete das Telefon, als wäre es ein Kunstwerk.

»Sie kennen wirklich André Breton?«

»Wenn Sie wüssten ...«

Yvette stützte sich mit den Ellbogen auf den Schreibtisch auf und verdrehte schwärmerisch die Augen.

»Monsieur Breton ist so charmant ...«

»Wie, Sie auch?«

»Na, was glauben Sie, wen Sie hier beschäftigen. Da fällt mir ein, dass ich Sie wegen meines Gehalts sprechen wollte ...«

»Ein anderes Mal, Yvette, ein anderes Mal«, sagte Bohman, während er sein Monokel putzte. »Die Zeit läuft, kommen Sie nicht zu spät.«

Während wir zur Tür gingen, seufzte er: »Man müsste hier mal ein bisschen was verändern. Hier muss der Frühling Einzug halten.«

Der Frühling hatte einen komischen Vogel zu den Buttes-Chaumont getragen. Einen Zugvogel, der über das Matriochka aus Russland zu uns gekommen war. Kaum hatte er mich unter der Hängebrücke gesehen, sprang er auch schon von seiner Bank auf.

»Der!«, sagte er mit offenem Schnabel.

»Das lag mir auch auf der Zunge.«

»Sie kennen sich?«, fragte Breton überrascht.

»Wir haben uns beim Schachspielen kennengelernt. Da wir uns nun so unverhofft wiedersehen, kann ich bei der Gelegenheit vielleicht auch meine Knarre zurückbekommen ...«

Wäre er allein gewesen, hätte der ewige Student sich sicher auf mich gestürzt. Aber die zwei Knacker, die er dabei hatte, sahen nicht so aus, als duldeten sie derartige Ausfälle. Sie waren in etwa so zu Späßen aufgelegt wie ein Duo von Entomologen, das einem was über das Leben des Maikäfers erzählen will.

»Das ist er!«, wiederholte der Schachspieler. »Das ist der Bulle, von dem ich euch erzählt habe.«

Er spähte in der Gegend umher, als erwarte er, dass gleich eine Horde Polypen hinter den Büschen hervorpreschen würde. Breton signalisierte den anderen beiden, dass alles in Ordnung sei. Der Größere deutete auf die Allee.

»Gehen wir!«

Wir gingen am See entlang.

»Ich heiße Pierre«, fuhr derjenige fort, der offenbar der Chef war. »Was wissen Sie über Rudolf Klement?«

Sein kurzbeiniger Kumpel versuchte, mit uns mitzuhalten. Sah aus wie ein Dackel, der seinem Herrchen nachläuft.

»Und warum suchen Sie Maxime?«, fragte er, um das auch gleich loszuwerden.

»Über Klement weiß ich nur so viel: Bei der Leiche, die man für Pietro Lema hielt, handelt es sich vermutlich um Klement. Ich nehme an, Sie haben den *Paris-Soir* gelesen?«

»Ja.«

»Und Sie waren auch im Leichenschauhaus?«

»Ja.«

»Also können Sie das bestätigen?«

»Ja.«

»Und ich denke, dass Maxime der Mörder ist.«

»Ein Bulle! Wie kann man nur einem Bullen Gehör schenken?« Der Student hatte offenbar keine sehr hohe Meinung von mir. Wir kamen am Pavillon des Sees an, der Chef bedeutete ihm zu schweigen.

»Bleiben wir einen Moment hier«, schlug der Langstreckenläufer vor.

Ich hatte schon einen hübschen Tisch für uns ausgeguckt, aber »Pierre« nahm mich beiseite.

»Während unsere Freunde sich eine kleine Pause gönnen, gehen wir mal ein paar Schritte!«

Wir gingen ein Stück, dabei umklammerte seine Hand meinen Arm. Als wir unter dem dichten Laub der Avenue Michal durchgingen, wurde mir bewusst, dass ich meine Knarre nicht zurückbekommen hatte. Ich tastete meine Tasche ab.

»Keine Sorge, Michail gibt Sie Ihnen nachher wieder. Nehmen Sie es ihm nicht übel, er hat allen Grund nervös zu sein.«

»Und das beeinträchtigt sein Urteilsvermögen?«

»Warum beschuldigen Sie Maxime?«

Wir kamen an den See. Durch die Zweige spielte die Sonne Verstecken. Als sie auf meinen Begleiter fiel, sah ich erst in dem hellen Licht, wie müde er war. Wenn man ihn so sah, in seinem zerknitterten Regenmantel mit dem abgewetzten Kragenschoner um den Hals, hatte man den Eindruck, dass der Winter bei ihm nie zu Ende gehen würde. Ich versuchte, ihn mir am Busen einer Frau vorzustellen. Das war unmöglich. Ich dachte, dass seine Revolution auch nicht jeden Tag das tollste Abenteuer war, und packte aus.

Als ich fertig war, schwieg er. Ich setzte meine Pfeife an den Mund: »Hatten Sie nie den Verdacht, dass Maxime sich bei Ihnen eingeschlichen haben könnte?«

Er betrachtete seine ausgelatschten Schuhe.

»Ich hatte Zweifel, kurz bevor Klement verschwand. Da war es leider zu spät. Armer Klement. Am Tag seiner Entführung sollte er mir Informationen aus Spanien bringen.«

»Welcher Art?«

»Dokumente, die den Tod von Andrés Nin und mehrerer anderer Genossen betrafen.«

»Nin, von der POUM? Ich dachte, der wäre auf Distanz zu Ihren Ideen gegangen.«

»Sie sehen das alles zu einfach. Auch wenn es Differenzen gibt, so sind wir doch alle mit ein und derselben Lage konfrontiert. Kennen Sie die ›Checas‹?«

»Nein.«

»Das sind Geheimgefängnisse. Die Spanier nennen sie so in Anlehnung an die Tscheka. Dort werden alle eingesperrt, die den Einfluss der Sowjets bedrohen, egal aus welcher politischen Richtung sie kommen, glauben Sie mir ... Nin war in einem dieser Checas interniert, als er verschwand.«

»Verschwand?«

»Nach den Ereignissen in Barcelona führte seine Verhaftung und die seiner Kameraden zu einem Schauprozess ähnlich wie in Moskau. Die regierungstreue Presse überbot sich darin, die Angeklagten der Spionage in Diensten Francos zu beschuldigen. Aber die Sache hatte einen Schönheitsfehler: Es gab keine Geständnisse. Nin hatte nie eins unterschrieben. Am 18. Juni haben seine Kerkermeister ihn in das Gefängnis von Valencia verlegt. Bis dahin konnten wir seiner Spur folgen. Dann ...«

»Dann?«

»Nichts mehr. Wir haben Grund zur Annahme, dass er den Folgen eines brutalen Verhörs erlegen ist. Um sein Verschwinden zu erklären, brachte die Partei dümmste Gerüchte in Umlauf. Seine Freunde hätten Nin entführt, er hätte in Deutschland Unterschlupf gefunden ... Eines Morgens tauchte ein Schriftzug auf den Mauern Barcelonas auf. ›*Wo ist Nin?*‹ Er wurde entfernt, war aber bald wieder da, immer dieselbe Frage. Solange seine Leiche nicht gefunden wird, wird sie unbeantwortet bleiben.«

»Glauben Sie, dass Klement wegen der Informationen, die er Ihnen übermitteln wollte, liquidiert wurde?«

»Woher soll ich das wissen? Stalin eliminiert, wo er nur kann. Selbst die, die ihm nahestehen, sind nicht mehr sicher.«

»Haben Sie Ihren Genossen nicht suchen lassen?«

»Von der Polizei? Doch, wir haben sie verständigt. Am übernächsten Tag erhielten wir einen Brief, den Klement in Perpignan aufgegeben haben soll. So sollten seine Spuren verwischt werden. Dabei war es offensichtlich, dass man ihn gezwungen hatte, diesen Text zu schreiben.«

»Da sind Sie sich sicher?«

»Wir halten uns an Vorsichtsmaßnahmen. Klement hatte seine Briefe mit Zeichen versehen, die die GPU nicht entschlüsseln konnte. Und damit sagte er uns: Glaubt nicht, was ich schreibe.«

Der Pavillon am See kam wieder in unseren Blick. Yvette kauerte am Boden und amüsierte sich ungefähr so königlich, als säße sie mit ein paar Zellenkumpanen zusammen. Breton und Michail sprachen über die Zukunft der Welt. Wir setzten uns zu ihnen an den Tisch.

»Die Maske ist gefallen«, fasste Pierre zusammen. »Maxime sehen wir nicht wieder.«

»Er dürfte ausgeflogen sein«, sagte ich, »vorausgesetzt, er hat da überhaupt jemals gelebt. Ich würde trotzdem gerne mal dort vorbeischauen.«

Pierre sah Michail an. Der Student wand sich auf seinem Stuhl, wie ein schlechter Schüler bei einer Prüfung.

»30, Rue Tandou«, sagte er schließlich widerstrebend.

Ich erinnerte ihn noch mal an meine Knarre. Mit finsterem Blick schob er sie mir unter dem Tisch zu. Dann standen die drei Männer auf. Sie hoben kurz die Hand zum Abschied und verschwanden.

Ich begann meine Pfeife zu stopfen: »Tja, das letzte Gefecht wird kein Spaziergang.«

Die Sonne begann zu sinken und ließ die Schatten auf dem Boden länger werden.

Breton fröstelte: »*Ein großer freudiger Wind fuhr vorbei, die Gondeln haben sich wieder in Bewegung gesetzt.*«

Yvettes Strohhalm verursachte ein merkwürdiges Geräusch am Grunde ihres Glases mit Mandelmilch.

XXX

Bei Maxime war wohl schon länger keine Champagnerflasche mehr geköpft worden. Die letzte Party, die in dieser verlassenen Bude stattgefunden hatte, lag mindestens einen Monat zurück. Das ließ zumindest die in einer Ecke herumliegende Ausgabe der *Humanité* vermuten. Der Rest – ein staubiger Tisch, ein Schemel und ein Feldbett mit schmuddeligen Laken – waren ein klares Indiz dafür, dass es sich hier nur um eine Durchgangsstation handelte, und brachte mir ansonsten nichts Neues. Auch die Nachbarschaft nicht. Sie beschränkte sich auf eine Alte, die stocktaub war, und einen Arbeiter vom Schlachthof, der Nachtschichten schob und tagsüber pennte. Keiner von beiden konnte sich an den Typ aus der mittleren Wohnung erinnern. Ich verabschiedete mich, um zu erfahren, wie es Lucia ging.

In der Rue d'Aubervilliers hatte das Beerdigungsinstitut offenbar Feierabend. Ein Schwarm von Bestattern verdunkelte den Horizont wie eine große Wolke. Inmitten der finster blickenden Visagen hatte ich schnell Corbeau ausgemacht. Er war äußerst vergnügt, bog sich vor Lachen, hielt sich den Bauch, als drohte er sonst zu platzen. Als er mich sah, kam er gleich zu mir herüber.

»Stell dir vor, wir haben gerade Pipo beerdigt«, sagte er, und wischte sich die Tränen aus den Augen.

»Wen?«, fragte ich.

»Pipo, du weißt schon, der Zwerg aus Médrano. Der Clown ... Bepo und Pipo, so ein ganz Großer und ein ganz Kleiner.«

»Kann sein ... Ja, und?«

»Pipo war krank. Er wusste schon länger, dass es hoffnungslos war. Er wollte gerne in seinem Clownkostüm beerdigt werden.«

»Das ist doch eher traurig.«

Corbeau fing wieder an zu lachen. »Das sagst du.«

Auf dem Trottoir stießen sich zwei Hausfrauen mit ihren Einkaufstaschen an, als sie den Sargträger sahen, der sich vor Lachen krümmte.

»Wir hatten für ihn seiner Größe entsprechend einen Kindersarg vorbereitet. Als Bepo das sah, schmollte er. ›Nicht so was‹, sagte er, ›Pipo war ein großer Clown. Er braucht einen Sarg, der seinem Talent angemessen ist.‹ Kein Problem, ich trieb also eine teure Kiste auf, innen doppelt mit Satin ausgefüttert, mit Griffen aus Bronze, ein Meter achtzig lang.«

»Begreife ich immer noch nicht ...«

»Überleg doch mal! Pipo trug bei seiner Nummer immer so riesige Schuhe. Latschen, die Musik machten. Wenn er auftrat, dann hupten die lauter als eine Hupe von so einer ollen Motordroschke. Kaum hatten wir den Sarg geschlossen, wurde uns klar, was wir falsch gemacht hatten. Pipo rutschte in dem großen Sarg hin und her. Jedes Mal, wenn die Träger einen Schritt machten, stießen seine Füße an den Sargdeckel. Während des ganzen Weges veranstalteten seine Latschen ein einziges Quietschkonzert. Erst taten wir so, als bemerkten wir nichts. Einige der Anwesenden konnten jedoch nicht mehr an sich halten. Zuerst hörte man nur ein paar unterdrückte Lacher. Am Grab lachten dann alle. Schallendes Gelächter über den ganzen Friedhof hinweg.«

Als wir in der Rue Curial ankamen, hatte Corback sich wieder etwas beruhigt.

»Bepo trat ans Grab, lachte Tränen und weinte vor Trauer. Er lüftete seinen kleinen Hut, den er als dummer August trug, und sagte: ›Pipo, warst wirklich ein großer Clown.‹ Man hörte Bravo-Rufe, zunächst nur vereinzelt, dann brach am Grab der Beifall los. Verdammt, Nes! Pipo wäre überglücklich gewesen. Der hatte wirklich einen guten Abgang.«

Im Treppenhaus lachte Corbeau immer noch.

»Lucia!«, rief er, als wir eintraten, »Nes sorgt sich um deine Gesundheit.«

Ich sah ein Negligé aus Chiffon auf dem Sessel liegen.

»Mir scheint, sie hat sich erholt.«

»In Trance, mein Alter, verfällt man ohne Vorwarnung.«

»Da hatten wir gar keine Zeit mehr, über die Waffen zu reden.«

Er entkorkte die Flasche, die auf dem Buffet herumstand.

»Ah, die Waffen ... Das müssen wir begießen. Lucia! Komm, trink einen kleinen Cinzano mit uns, mein Hase.«

»Wo sind sie?«

»Sitzt du gut?«

»Weiß nicht ...«

»Das rätst du nie, wo die Knarren sind. Sie sind ...«

Er erinnerte an ein Kind, das zum Vatertag stolz einen verschnörkelten Aschenbecher präsentiert.

»... in den Särgen!«

Ich sah ihn eindringlich an, um sicher zu sein, dass er mich nicht verarschte.

»Nun sei kein Spielverderber, Nes. Übermorgen geht es los. Zwei Särge bis oben hin voll. Lecoin vom spanischen Komitee hat für uns einen Zöllner ausfindig gemacht, der nicht guckt, was wir da durch die Gegend karren. Aber das Beste weißt du noch nicht …«

»Sag nicht, dass das nicht alles war.«

Er strahlte.

»Doch! Wir haben zwei Leichen zur Tarnung!«

»Bitte?«

Er füllte drei Aperitifgläser:

»Manche stellen doch ihren Körper der Wissenschaft zur Verfügung. Warum sollten andere ihn nicht den Anarchos überlassen?«

»Moment mal, Corback, das sind Tote. Hast du Tote geklaut?«

»Ich schwöre dir, sobald wir dort sind, bekommen die ein Begräbnis erster Klasse.«

Ich war sprachlos. Corbeau erhob sein Glas.

»Auf die Gesundheit der Verstorbenen!«

Er stieß die Tür zum Schlafzimmer auf.

»Lucia, pennst du? Komm, stoß mit uns an!«

Lucia antwortete nicht. Corback stellte sein Glas ab.

»Machst du hier ein Hypnoseschläfchen?«

Er ging auf Zehenspitzen durch die Bude.

»Dann wollen wir das Medium mal wecken«, flüsterte er.

Ich dachte mir, dass es den beiden in ihren Särgen mit einem Witzbold seines Kalibers auf der Fahrt nach Barcelona bestimmt nicht langweilig werden würde. Ich tauchte meine Oberlippe in den Cinzano, als es einen Aufschrei gab, der mir das Blut in den Adern gefrieren ließ. Der Schrei eines verwundeten Tieres. Ein Schrei wie aus dem Schlachthof. Aber es war Corbeau, der schrie, als würde er gerade abgestochen. Ich sprang ins Schlafzimmer. Auf dem ungemachten Bett drückte Corback den leblosen Körper seiner Lebensgefährtin an sich.

»Sie ist tot«, schluchzte er. »Meine Lucia ist tot.«

XXXI

»Offenbar ist der Umgang mit Ihnen nicht zu empfehlen.«

Inspektor Bailly klappte sein Notizbuch zu. Auf dem Trottoir drängten Schutzmänner die Schaulustigen zurück.

»Ich vermute, Sie bestätigen die Aussage Ihres Freundes?«, fragte Bailly, während zwei Bullen aus der grünen Minna stiegen.

»Als ich ihn traf, machte er Feierabend. Er hatte gerade noch einen Clown beerdigt.«

»Einen Clown?«

»Na, auch Clowns sterben mal. Wir gingen zu ihm nach Hause. Als er Lucia wecken wollte, war sie tot.«

»Stand sie oft erst abends auf?«

»Bei Ihrer Arbeit ...«

»Ihrer Arbeit?«

»Sie trat in der Music-Hall auf. Hypnose, Gedankenübertragung ... Sie führte eine Nummer mit Corbeau auf.«

»Corbeau?«

Ich deutete mit dem Kopf nach oben Richtung Wohnung, wo die Gendarmen gerade Lucias Körper einpackten.

»Seit zwanzig Jahren, seit er als Sargträger arbeitet, wird er so genannt.«

»Kennen Sie auch normale Leute?«

»Es gibt ja nicht nur Bullen auf dieser Erde.«

Die Sanitäter kamen die Treppe herunter. Wir traten beiseite, um sie vorbeizulassen. Lucia auf der Trage war mit einer Pelerine bedeckt. Als sie in den Wagen geschoben wurde, sah ich sie wieder vor mir in ihrem Theatersarg. Bevor die Türen geschlossen wurden, sprang ich ins Auto.

»Der grobe Stoff reizt ihre Haut«, sagte ich, ohne nachzudenken.

Ich nahm die Pelerine herunter und bedeckte den nackten Körper mit meinem Mantel. Zwei Gendarmen baten mich auszusteigen, schlossen die Türen, und der Konvoi entfernte sich mit seinem Ta-tü-ta-ta-Requiem.

Bailly hielt mir seinen Tabak hin.

»Wenn Sie die Bullen mehr unterstützen würden, dann könnten die so etwas Widerwärtiges vielleicht verhindern.«

Die Schaulustigen zerstreuten sich. Wir gingen gemeinsam ein paar Schritte in Richtung Auto, wo sein Kollege wartete.

»Die *Paris-Soir*-Geschichte ist von Ihnen, stimmt's?«, fragte Bailly.

»Ich sagte Ihnen ja, dass ich da noch etwas überprüfen wollte.«

»Und Sie kamen nicht auf die Idee, mich mal anzurufen?«

»Was hätte das geändert?«

Er setzte sich neben den Fahrer: »Keine Ahnung, vielleicht hätte man mir den Fall dann nicht entzogen.«

Er wirkte so desillusioniert, dass ich nicht wusste, was ich sagen sollte.

»Die Politik«, fuhr er fort, »ist dann doch zu heiß für so einen kleinen Stadtteilbullen.«

Auf der Straße verharrten noch ein paar Neugierige. Ich spürte ihre Blicke an meinem Rücken kleben, als ich wieder zu Corbeau hochging.

Er saß zusammengesackt in einem Sessel und heulte in Lucias Negligé. Ich redete irgendetwas, was mir so einfiel. Das Zeug, das man in einer solchen Situation so erzählt, und das niemandem weiterhilft. Er hörte mir sowieso nicht zu. Ich hielt ihm die Flasche hin. Er setzte sie an. Dabei rann ihm die Flüssigkeit am Kinn herunter und mischte sich dort mit seinen Tränen. Ein kleines schmutziges Rinnsal lief in sein Hemd. Nachdem er die Flasche bis auf den letzten Tropfen geleert hatte, bedeutete er mir, die Anrichte zu öffnen. Den zweiten Liter ereilte dasselbe Schicksal. Es ekelte mich zu sehen, wie er dieses süße Zeug herunterkippte. Wenn er so weitermachte, wäre er auch bald fällig. Zwischen zwei großen Schlucken fing er meinen Blick auf.

»Lucia liebte Cinzano«, nuschelte er.

Dann wandte er sich wieder dem Saufen zu. Als er die leere Flasche fallen ließ, hatte er glasige Augen. Immerhin war es jetzt leichter, ihn von hier wegzubekommen.

»Wohin gehen wir?«, stotterte er.

»Zu Yvette, die wird sich um dich kümmern.«

»Und Lucia?«, fragte er mit laufender Nase.

»Die sehen wir dann morgen.«

Er zog den Rotz hoch. »Muss meine Ausstattung mitnehmen.«

Er taumelte zum Schrank rüber und staffierte sich mit seinem Turban aus.

»Corback ...«

»Weißt du, Nes«, seufzte er, »wenn ich meine Ausstattung nicht habe, kann ich sie nicht zurückholen.«

Das Taxi setzte uns in der Rue des Solitaires ab. Ich weckte den schnarchenden Corbeau und bugsierte ihn unter den spöttischen Blicken des Fahrers die Allee entlang.

»Oh, ein Kaninchen«, sagte er erstaunt, als wir an dem Stall vorbeikamen. »Habe ich das hergezaubert?«

Ich hielt ihn fest, bevor er sich auf dem Lauch niederlassen konnte.

»Sicher, Corbeau, das warst du.«

Yvette öffnete uns. Sie runzelte die Stirn, als sie sah, in welchem Zustand Swami war. Ich erklärte ihr schnell, was passiert war, bevor sie ins Fettnäpfchen treten konnte.

»Kommt rein«, sagte sie in einem mütterlichen Ton, den ich gar nicht von ihr kannte.

Im Morgengrauen verließ ich das Häuschen Richtung La Villette. Ich passierte die noch im Schlaf liegenden Buttes-Chaumont und ging zur Rue Jean-Jaurès hinunter. Langsam erwachte die Straße zum Leben. Im fahlen Licht des frühen Morgens durchbrachen die Geräusche scheinbar nur widerwillig die Stille. Ein schlagender Fensterladen, der Greifer eines Lumpensammlers, der damit im Müll wühlte, der Milchmann mit seiner ersten Lieferung, der Husten eines Kettenrauchers auf dem Weg zur Fabrik, das Hupen eines Lastkahns weit weg auf dem Kanal. Und dort hinten, im metallenen Gehäuse der Schlachthöfe, brüllten die Tiere vor Todesangst.

Unter dem inquisitorischen Blick des Großen Architekten des Universums ging ich am Sitz der Handwerkskammer vorbei. Etwas weiter pries man bei Bellynck – Abdeckerei- und Pökelbedarf – die Schärfe der Hackmesser von Barthélemy. Ein spaßiger Messerschmied empfahl sie im Namen des Schutzpatrons der Metzger. Dort, zwischen Les Halles und dem Kanal, erstreckte sich das Reich des großen Gemetzels. Das Reich der Pferdehändler mit den geröteten Gesichtern, das der Ochsenhirten mit Stiernacken, das der Schlächter mit Händen so groß wie Keulen und das der Maden, die für die niederen Tätigkeiten angestellt waren und ihren Dienst in den Augenwinkeln der Tiere versahen. Von den Suppenküchen neben den Händlern für Innereien und Karkassen drang der Duft nach Zwiebeln herüber und mischte sich mit dem Geruch nach Schweiß und saurem Wein.

Ich ging zum Pavillon, in dem die Krankenabteilung untergebracht war. An der Seite hörte man es in einem Pissoir gluckern. Ich stellte mich dahinter und wartete, mit der Pfeife im Mund und der Knarre in der Tasche. Gegen halb sechs erschienen die ersten schwächlichen Gespenster. Ein blutleerer Trupp, siech, tuberkulös, leukämisch, da war alles vertreten. Um sieben öffnete ein Typ im grauen Kittel die Tür. Nachdem er mit argwöhnischem Blick die Rezepte kontrolliert hatte, ließ er die Anwärter auf ein Glas frisches Blut herein. Um acht schloss sich die Tür hinter dem letzten Patienten, einem mageren Mann mit aschfahlem Gesicht. Maxime war nicht gekommen. Ich ging zum Pavillon und betätigte die Klingel.

»Haben Sie eine Bescheinigung?«

Der Angestellte am Empfang hatte einen Ton drauf, der keine Widerrede duldete.

»Nein, ich wollte einen Freund abholen. Ein Großer mit Glatze. Sie haben ihn nicht zufällig gesehen?«

»Stimmt, der ist heute gar nicht gekommen.«

Er trat zurück, um den Kerl mit dem aschfahlen Gesicht vorbeizulassen und stieß die Tür wieder zu.

»Dürfen Sie nicht?«

»Bitte?«

Mit einem Tropfen Blut im Mundwinkel musterte mich der Mann mit fiebriger Miene.

»Wurden Sie nicht reingelassen? Sie brauchen ein Rezept vom Arzt. Wenn Sie es nicht bekommen, umso besser.«

Ich wollte schon auf dem Absatz kehrtmachen.

»Ich«, fuhr er fort, »komme alle zwei Tage, seit drei Monaten. Aber das ändert nichts. Ich weiß sowieso, was ich habe. Das kommt vom Pyrit.«

Seine schwarzen Ringe unter den Augen waren zum Fürchten. Ich wandte den Blick ab.

»Ich habe an Pyrit-Öfen gearbeitet in Aubervilliers. Durch das Einatmen der Schwefeldämpfe begann ich Blut zu spucken. Damit ich neues bekomme, trinke ich das Tierblut. Aber ich glaube nicht wirklich dran. Und Sie?«

Ich wollte seiner Seele etwas Balsam verabreichen.

»Ich bisher auch nicht«, antwortete ich. »Aber ich habe

gerade erfahren, dass der Typ, mit dem ich verabredet war, seine Kur beendet hat. Geheilt. Er ist geheilt.«

In seinen glasigen Augen blitzte ein Hoffungsschimmer auf. Er lächelte schmerzerfüllt und ging. Die Klamotten, die ihm um den Leib schlotterten, waren genauso verbraucht wie er selbst. Ich wollte es ihm gerade gleich tun, als der Schädel von Maxime am Ende der Straße auftauchte. Ein Schädel, der in der Morgensonne aufblitzte. Ein energischer Schädel, verglichen mit denen der armen Schlucker, die noch wenige Minuten zuvor dort frierend herumgestanden hatten. Ich wich zurück bis zum Pissoir. Maxime klingelte und der Graukittel kam zurück zur Information.

»Sie sind zu spät…«

»Tut mir leid.«

»Ihr Freund ist vor zwei Minuten weg.«

Ich sah vom Pissoir aus, wie er zurückzuckte.

»Welcher Freund?«

»Der Sie abholen wollte, ein Typ mit einer Pfeife im Schnabel.«

Er drehte sich um und ließ seinen durchdringenden Blick über die Straße wandern. Ich machte mich ganz klein hinter der Pissbude.

»Kommen Sie rein?«, fragte der Angestellte.

Sie verschwanden im Gebäude. Einige Minuten später kam Maxime wieder raus. Er musterte besorgt die Gegend und ging in Richtung Kanal. Ich heftete mich an seine Fersen.

Auf der Straße herrschte jetzt reges Treiben. Schlachter überwachten eine Fleischlieferung. Eine Gruppe von Metzgern eilte in die Halle und sprach dabei über den Kalbfleischpreis. Maxime ließ sie vorbei. Ich ging langsamer. Unter lautem Geknatter kam ein Spiegelfabrikant aus Romainville angefahren, an jeder Seite ein Spiegel. Als er vorbeifuhr, spiegelte sich darin die ganze Straße. Mich inklusive. Ich sah mich mitten auf der Straße wie einen Touristen auf einem Foto. Es dauerte nur wenige Sekunden. Der Lieferwagen setzte seinen Weg fort und nahm auch mein Spiegelbild mit, aber Maxime genügte das. Irritiert durch die Verschiebung der Perspektive hatte er mich nicht sofort ausgemacht. Ich suchte Deckung unter einer Fleischbank. Kaum hatte ich mich hinter einer Rinderhälfte verborgen, da knallte auch schon der erste Schuss. Ich spürte, wie sich die blaue Bohne in das zähe Fleisch versenkte. Zwei Kerle fragten sich, was da explodiert war.

»Hinlegen!«, schrie ich, bevor der nächste Schuss fiel.

Die Schlachter legten sich so flach auf den Boden wie gestürzte Eisläufer aufs Eis. Drei weitere Kugeln ließen das Lamm erzittern. Die vierte durchbohrte den Topf eines Bouillon-Verkäufers. Der heiße Saft ergoss sich über das Fleisch wie bei einer Lammkeule, die gerade aus dem Ofen kommt.

Auf der Straße kamen sich drei Pferdehändler, die gerade noch enorm wichtig getan hatten, in die Quere, als sie in Deckung gingen. Ein Kaldaunenhändler rutschte auf einem herumliegenden Stück Speck aus. Er landete inmitten seiner Innereien. Auf dem Trottoir lagen verstreut Leber, Milz und Hirn. Und große Stücke Lunge, die erzitterten. Das Zeug war von Äderchen und Blutgerinnseln durchzogen. Hätte nie gedacht, dass man das alles essen kann. Ich hatte meine Knarre rausgeholt, aber in dem ganzen Durcheinander wäre ein Gegenschlag sicher keine gute Idee gewesen. Ich kauerte dort noch eine Weile, dann wurde es still. Ich richtete mich vorsichtig auf. Maxime war verduftet. Mit den herumliegenden Fleischstücken sah die Straße aus wie ein Stillleben von Soutine. Ich tastete das kalte Fleisch meines halben Rinds ab, das von Kugeln durchsiebt war.

»Gespickt mit blauen Bohnen nach Art von Nestor.«

XXXII

»NEUE ERKENNTNISSE IM FALL DES TOTEN OHNE KOPF.
Die Leiche aus dem Kanal wurde identifiziert. Unseren Informationen nach handelt es sich um Rudolf Klement, einen jungen Deutschen, der in Paris lebte. Er ist in politischen Kreisen bekannt und hatte zuletzt als Sekretär für Leo Trotzki gearbeitet, der als Gegner des sowjetischen Regimes heute im Exil in Mexiko lebt. Weggefährten, die ihn offiziell identifiziert haben, vermuten, dass der Mord auf das Konto der GPU geht, des sowjetischen Geheimdienstes. Gerade geht in Moskau eine neue Reihe von Prozessen zu Ende. Steht der mysteriöse Tod Rudolf Klements demnach also in Zusammenhang mit einer vom Kreml eingeleiteten Menschenjagd?«

Peillon ließ nicht locker. Der Reporter von *Paris-Soir* fand offensichtlich Gefallen daran, dass die Konkurrenz ihm hinterherhechelte. Gleich im Anschluss ließen sich alle Zeitungen über den Verstümmelten aus dem Kanal aus, sah schlecht aus für Eugène Weidmann. Wenn er wieder auf die Titelseiten wollte, musste er schon ein paar Mithäftlinge abmurksen. Wer weiß? Vielleicht träumte der schöne Eugène aber auch davon, den Vorsitzenden Richter kalt zu machen, um erneut das Interesse der Journalisten zu wecken.

Weidmann war nicht der Einzige, den die Enthüllungen Peillons nervös machten. Maxime war auch nicht mehr die Ruhe selbst. Der Mord an Lucia und die Schießerei bei La Villette zeugten von ziemlicher Kopflosigkeit.

»Gut, sehr gut!«

Mit verrutschtem Monokel beendete Bohman die Lektüre des *Paris-Soir*.

»Die Ermittler der Agentur Bohman, die sich bereits durch

die Lösung mehrerer bedeutender Fälle einen Namen gemacht hat, ermöglichten es der Polizei, ihre Hypothesen zu bestätigen und die entsprechenden Schlussfolgerungen zu ziehen.«

»Dieser Peillon hat Talent.«

»Und Grips. Es gelingt ihm, uns in besonders günstigem Licht erscheinen zu lassen und dabei zugleich die Bullen zu schonen. Ich sagte Ihnen doch, Chef, dieser Fall ist für die Firma Gold wert.«

»Allerdings, seit heute früh steht das Telefon nicht mehr still. Insofern hätte ich nichts dagegen, wenn Yvette bald mal wiederkäme.«

Als wollte sie mit dem Telefon in Konkurrenz treten, ließ sich nun auch noch die Türklingel hören. Auf der Fußmatte stand ein Botenjunge und begehrte Einlass, einen Umschlag unterm Arm.

»Agentur Bohman?«

»Da bist du richtig, Junge«, sagte ich, und kramte in meiner Tasche nach Kleingeld.

»Ein Brief von Maître Moro-Giafferi.«

Der junge Bursche schielte schon nach seinem Bakschisch. Ich schnappte mir den Umschlag.

»Sehr geehrter Herr,

wie ich schon vermutet hatte, haben die Beamten die Unterlagen, die sich in der Wohnung unseres bedauernswerten Carlo Rosselli befanden, beschlagnahmt. Cianca, seine bewundernswerte Frau, fand jedoch diesen Brief Camillo Berneris, den sie erst nach der Beschlagnahmung erhalten hat. Sie erteilte mir die Befugnis, Ihnen dieses Schriftstück anzuvertrauen (ich füge auch noch eine Übersetzung bei). Ich tue das umso bereitwilliger, als der im Paris-Soir zum Fall Klement erschienene Artikel uns darin bestärkt, dass unsere

Kanzlei der Agentur Bohman zu Recht großes Vertrauen entgegenbringt.

Mit besten Wünschen, Vincent de Moro-Giafferi.«

»Chef, Ihr Ansehen steigt weiter. Der Junge verdient wirklich eine Belohnung.«

Ich überließ Bohman seinem Tête-à-tête mit dem Anwalt und nahm mir den Brief Berneris vor.

»Mein lieber Carlo,

ich teile deine Einschätzung nicht, auch wenn ich darin die moralische Gradlinigkeit wiederfinde, die ich so schätzte, als wir Seite an Seite in Huesca kämpften. Die republikanische Front wird bald nur noch eine hohle Phrase sein. Seit einigen Tagen erreichen uns alarmierende Gerüchte aus Madrid. Darin geht es um den bevorstehenden Versuch, sich Katalonien wieder anzueignen. Wie kann man nur die Augen davor verschließen, dass, wenn wir heute gegen Burgos kämpfen, wir morgen gezwungen sein werden, gegen Moskau zu kämpfen, um unsere Freiheit zu bewahren?

Möge die Geschichte mir nicht Recht geben.

Brüderlich,

Camillo«

Hatte ich auf einen Enthüllungsbrief gehofft, dann wurde ich enttäuscht. In dem Schrieb, den mir Moro da schickte, stand nichts Neues. Ich steckte die Übersetzung weg und befasste mich mit dem Original. Ich ließ meinen Blick über die italienischen Sätze wie über eine Landschaft schweifen. Das war einer der letzten Briefe Berneris. Der Kopfzeile zufolge hatte er ihn am 20. April 1937 in Puerta del Sol verfasst.

Puerta del Sol ... Der Name klang mir in den Ohren wie ein bekannter Flamenco. Aber so sehr ich mir auch das Hirn zermarterte, ich kam einfach nicht drauf. Unter Bohmans besorgtem Blick wiederholte ich die vier Silben laut. Puerta del Sol … Ich kam richtig ins Schwitzen bei der Idee, dass mir das Ding entwischen könnte, da fiel es mir wieder ein. Es war bei Aude Beaupréau gewesen!

Ich nahm mir noch mal die ausgerissene Tagebuchseite von Lema vor.

»4. Mai. Man hört immer wieder Schüsse. Ich habe M. am Eingang eines Hauses in Puerta del Sol gesehen.«

4. Mai, der Tag, an dem man Camillo Berneri das letzte Mal lebend gesehen hatte. Ich leerte meine Schublade auf dem Schreibtisch aus, um den Zeitungsausschnitt auszugraben, den ich bei Samuel Korb gefunden hatte. Der Mann, zu dem Carlo Rosselli in den ersten Tagen des Spanienkrieges gestoßen war, war von zwei Männern mitgenommen worden, die behaupteten, sie wären von der Polizei. Im Morgengrauen fand man seine Leiche dann auf den Ramblas. In dem Chaos, das in Barcelona herrschte, weigerten sich die republikanischen Behörden, auch nur den geringsten Kommentar abzugeben. Das galt aber nicht für alle. Der Journalist zitierte mehrere Quellen, denen zufolge Berneri Opfer einer Abrechnung unter Anarchisten geworden sein sollte. Da musste ich nicht lange raten, um zu ahnen, aus welcher Richtung dieses Gerücht stammte. Dutzende andere, die kursierten, waren aus dem gleichen Holz geschnitzt. Daraus zimmert man dann einen Galgen.

Das war auch Pietro klar geworden. Und Samuel Korb ebenfalls, der konnte diese Wahrheit nicht ertragen. Maxime, der Freund, Maxime, der Genosse, war auch Maxime, der Henkersknecht.

Als Yvette in der Agentur aufkreuzte, war es bereits Nacht.

»Was machen Sie denn hier im Dunkeln?«, fragte sie, während sie die Lampe auf meinem Schreibtisch anknipste.

»Ich suche einen Menschen.«

Sie rümpfte die Nase und ging das Fenster öffnen.

»Wenn Sie schon Diogenes spielen müssen, dann rauchen Sie dabei wenigstens nicht dieses widerliche Zeug!«

Ich legte meine Pfeife weg. »Auch so ein großer Philosoph wie Diogenes duftete nicht nach Rosen. Außerdem ist es die Welt, die stinkt!«

»So, so!«

»Eine Welt, die einen Maxime Collin zum Mörder werden lässt, riecht nicht gut.«

»Nes, Sie haben nicht nur die Luft verpestet, sondern auch getrunken.«

»Wie konnte es nur so weit kommen mit Maxime? Ein Kerl, der das Leben und seine Freunde liebte ... Der hatte auch keine dümmeren Ideen als andere. Auf die hätte man bei Gopian anstoßen können ...«

»Wo haben Sie Ihre Flasche versteckt?«

»Kapiere ich nicht.«

»Da gibt es nicht viel zu kapieren, Sie haben offensichtlich getrunken.«

»Jetzt reicht's mir aber langsam! Ich bin nüchterner als ein Kamel. Ich verstehe nur einfach nicht, wie ein Typ wie Maxime zum Mörder werden konnte. Er hatte echt keine dümmeren Ideen als die anderen, also wie kam es dazu?«

»Wo?«

»In Barcelona, in Belleville, egal wo! Sein Weg ist mit Leichen gepflastert. Und dennoch ... Hätte ihm damals jemand gesagt, dass er mal zu einem Schlächter werden würde ...«

Ich wollte mir gerade einen einschenken, da ließ Yvette mein Glas verschwinden. Ich angelte mir ein neues aus der Schublade.

»Maxime Collin, Pietro Lema, Gino Caretta, Samuel Korb. Die Musketiere von France Navigation. Der Internationalismus kommt der spanischen Republik zu Hilfe. Ein schönes Abenteuer, nicht?«

»Ich wüsste nicht, was dagegen spricht…«

»Nichts, außer, dass die Kreuzfahrt mit der Zeit ihr Ziel änderte. Die Lieferungen der sowjetischen Waffen wurden zu einem Mittel, die spanische Republik zu entmündigen. France Navigation exportierte nicht einfach nur Schießeisen, sondern die Revolution made in UdSSR. Ein eingetragenes Markenzeichen. Ich weiß nicht, wann Maxime den Absprung gemacht hat, aber als er im April 1937 an Bord der *Beluga* geht, ist er jedenfalls nicht mehr Sicherheitsbeauftragter. Sein Name war bereits aus dem Verzeichnis der Gesellschaft getilgt worden.

»Woher wissen Sie das?«

»Reiner Zufall. Als ich bei Caretta war, bewunderte ich die Fotos der Schiffe, die seinen Flur dekorieren. Das Foto der *Beluga* hängt neben dem Organisationsplan der Gesellschaft, und ich überflog ihn ganz automatisch. Maxime ist dort nicht aufgeführt. Er hat nicht mal mehr ein Büro am Boulevard Haussmann.«

»Was schließen Sie daraus?«

»Dass, wenn er immer noch mit an Bord der Schiffe war, die Gesellschaft nicht nur Waffen transportierte.«

»Und was sonst?«

»Solche Typen wie ihn, die zusammen mit den Gewehren kommen und gehen. NKWD, GPU, sowjetische Spezialdienste, nennen Sie es, wie Sie wollen. In diesen Maitagen sind sie zur Stelle. Maxime ist mit von der Partie. Er streckt Berneri nieder. Zumindest gehört er zum Kreis der Mörder.«

»Wie?«

»Pietro sieht ihn in Puerta del Sol. Er notiert das in sein Tagebuch. Erst später, als er in einer spanischen Zeitung den

Bericht über Berneris Tod liest, kann er sich seine Anwesenheit dort erklären. Zwischenzeitlich erfährt er, dass Maxime seine Mission noch nicht beendet hat. Da wird ihm klar, dass da was nicht stimmt. Es gefällt ihm nicht, was er in Barcelona sieht. Und es gefällt ihm genauso wenig, was er in der Zeitung liest. Denn das ist ja nicht irgendeine Zeitung!«

Ich nahm einen großen Schluck aus meinem Glas. Yvette wartete ungeduldig, und dann las ich weiter vor, was Lema geschrieben hatte.

»7. Mai, Orwell zeigte mir eine Ausgabe der *Humanité* vom Vortag. Unsere Zeitung schreibt, dass der von Hitleranhängern angezettelte Putschversuch in Barcelona niedergeschlagen wurde.«

Putsch von Hitleranhängern? Das deckte sich nicht wirklich mit Pietros Beobachtungen. Er war zutiefst verstört, und das war nicht die letzte Überraschung, die ihn erwartete. Auch nicht die letzte Illusion, die ihm geraubt wurde. Die folgenden Ereignisse wurden mir von Bailly bestätigt. Was sich danach abgespielt hat …«

»Dem Inspektor?«

»Ich musste ihm zumindest ermöglichen, wieder ins Spiel zu kommen. Der Mord an Lucia passierte in seinem Zuständigkeitsbereich. Ich rief ihn vorhin an. Es munterte ihn direkt auf, als er hörte, dass ihr Mörder auch der Mörder von Lema und Klement ist. Diese Bullen sind echt komische Käuze. Auf einmal beantwortete er bereitwillig meine Fragen. Er erinnerte sich auch genau an Pietros Tagebuch, er hatte es bei Aude beschlagnahmt. Wir werden vermutlich nie erfahren, wie sich dieses Blatt in die Abenteuer von Chéri-Bibi verirrt hat. Bailly hielt jedenfalls den Rest in den Händen.«

»Also?«

»Also, am 16. Juni 1937 bemerkte Pietro Maxime vor dem Hotel Falcon in Barcelona.«

Ich goss mir nach. Yvette stieß einen genervten Seufzer aus.

»Das kann einen rasend machen, wie Sie einen auf die Folter spannen.«

»Schon möglich. Wissen Sie, wen das Hotel Falcon beherbergte?«

»Das machen Sie absichtlich ...«

»Da war der Sitz der POUM. Dort wurden am 16. Juni Andrés Nin und seine Kameraden verhaftet. Erst Berneri, dann Nin. Maxime arbeitet gründlich. Am 18. Juni verliert Pietro seine Spur. Aus gutem Grund, denn am 18. wird Nin nach Valencia verlegt, um dort verhört zu werden. Niemand wird ihn je wiedersehen.«

»Und warum soll Pietro ein Jahr lang geschwiegen haben?«

»Für ihn brach eine Welt zusammen. Alles, an das er bis dahin geglaubt hatte, all seine Hoffnungen, die Partei, die Freunde ... Nicht mal Samuel reagierte auf seine Appelle. Armer Samuel, als er aus der Zeitung vom Tod Lemas erfuhr, hat er es schließlich verstanden. Und er konnte es nicht ertragen. Pietro hätte es ihm vielleicht gleichgetan, hätte er nicht Aude getroffen. Und der Mord an den Rossellis dürfte ihn so sehr aufgerüttelt haben, dass er einfach weitermachen musste. So einer vergießt keine Tränen über sein Schicksal, wenn die Faschisten vor der Tür stehen. Da er glaubt, denen etwas schuldig zu sein, die zugleich im Kreuzfeuer der Franquisten und seiner ehemaligen Genossen standen, organisiert er mit Corbeau den Diebstahl der Waffen.«

»Das erklärt immer noch nicht, warum Maxime ihn beseitigt hat.«

»Richtig. Pietro hatte nichts öffentlich gemacht, und Maxime ahnte vermutlich nicht, was er alles über ihn wusste.«

»Also?«

»Also muss man bei Maxime selber suchen. Sein Job ist nicht an der spanischen Grenze beendet. Zurück in Frankreich, schleust er sich in eine obskure trotzkistische Splittergruppe ein. Vielleicht keine so große Herausforderung wie die katalanische Corrida, aber Klement, Trotzkis Sekretär, ist in Paris, und der NKWD hat ihn im Visier. Wer an Klement herankommt, kommt auch an Trotzki ran. Maxime tut sich mit dem schwächsten Mitglied der Gruppe, mit Michail, zusammen, einem jungen Luftikus, der gerne mal Mist baut. Durch ihn erfährt Maxime, dass Klement auf Nachrichten aus Spanien wartet. Eine Art gut dokumentiertes Dossier über die Tage im Mai, zu dem Lema sicher einigen Stoff liefern konnte.«

»Lema?«

»Das ist sicher der zweite Grund für sein Schweigen. Es würde mich nicht wundern, wenn er, nachdem er seine Depression überwunden hatte, seine Nachforschungen über die Ereignisse von Barcelona fortgesetzt hätte. Inzwischen kehrten schließlich einige zurück, die von dort geflüchtet waren. Das hatte er Emilio gegenüber angemerkt. Kurzum, Maxime macht Klement kalt, nachdem er ihn einen Brief schreiben ließ, in dem er sich lossagt. Nun, in Besitz des berühmten Dossiers, schnallt er, welche Rolle Pietro spielt, und lässt ihn ebenfalls verschwinden.«

»Wenn das so ist, warum beauftragt er Sie dann damit, ihn wiederzufinden?«

»Maxime ist ein schlauer Kerl. Indem er mich auf Lema ansetzt, vertuscht er den Mord an Klement. Er macht aus zwei Leichen mal eben eine: Pietro. Als der als vermisst gemeldet wird, habe ich schon eine Spur gelegt, der die Polizei nur noch folgen muss. Alle sind sicher, dass die Leiche aus dem Kanal Lema ist, und dass ich sein Mörder bin. Um die

Sache perfekt zu machen, gesteht Klement auch noch seinen Irrtum ein und schließt sich Moskau an. Der Coup hätte gelingen können. Maxime machte sich sogar die Mühe zu verhindern, dass die Feuerkreuzler mein Schicksal besiegelten. Er hing an seinem Zeugen und konnte deshalb nicht riskieren, dass er in Mitleidenschaft gezogen wird. Ich stellte währenddessen diesem Cagoule-Phantom von Corbeau nach. Apropos …«

Yvette schenkte mir nach: »Das fällt Ihnen ja früh ein. Trinken Sie, um zu vergessen, dass Sie Ihre Freunde vergessen? Es geht Corbeau so lala. Wie soll es ihm auch gehen? Ich habe mit ihm die üblichen Formalitäten erledigt. Das hat ihn zumindest etwas abgelenkt.«

Sie sah zu Bohmans Schreibtisch rüber.

»Und wo ist der Chef?«

Trotz des Alkohols ließ die kühle Abendluft mich frösteln.

»Nach Hause gegangen, nehme ich an. Das werde ich im Übrigen jetzt auch tun.«

Ich stand auf, der Boden schwankte ungefähr so wie die Brücke der *Beluga*. Als ich nach meiner Pfeife greifen wollte, schlingerte es so, dass der Aschenbecher umkippte. Yvette drückte mir den Hut auf den Schädel.

»Wo ist Ihr Mantel?«

»Auf Lucias Leiche. Ich konnte sie nicht mit einer Pelerine von einem Bullen abfahren lassen.«

Yvette hakte mich unter, und wir gingen in die Rue des Solitaires.

XXXIII

»Hatten Sie einen Termin bei Monsieur Caretta?«

Sie lächelte verkniffen. Die Empfangsdame von France Navigation bereute ihre Frage schon. Nachdem sie mich wiedererkannt hatte, erschien sie ihr idiotisch.

»Melden Sie mich oder lassen Sie es, das ist mir schnuppe. Ich kenne ja den Weg.«

Vorsichtshalber schloss der Liftboy sein Gitter. Ich stürmte die Treppe hoch. Im Vierten, ganz außer Atem, verfluchte ich meine Schwäche für das nikotinhaltige Kraut. Frisch und munter versperrte Fernand Ligné mir den Weg. Carettas Handlanger wirkte auch heute wieder sehr sportlich. Und er schien Gefallen an der Idee zu finden, mir das unter Beweis zu stellen. Unter seinem Anzug spannte er den Bizeps an. Damit konnte er vielleicht Sekretärinnen beeindrucken, aber ich ließ mich von so etwas nicht mehr beirren. Ich holte meine Knarre raus.

»Können Muskeln aus Stahl Blei abwehren?«

»Aber ich bitte Sie ...«, sagte er in versöhnlichem Ton.

Ich wies ihm mit meiner Kanone den Weg. Er wich im Flur vor mir zurück. Das fing gut an, aber wir waren noch nicht weit gekommen. Wir passierten gerade die Brandschutztür, da quetschte er meinen Arm im Türrahmen ein. Ich ließ meine Knarre los. Und während ich noch dachte, dass sie Unbefugten in die Hände fallen könnte, hatte Ligné sie schon in der Pranke, als er die Tür wieder öffnete.

»Das Gute an diesen Privatbullen ist«, lachte er, »dass sie noch leichter reinfallen als die echten.«

»Willst du einen Kopf kürzer werden?«

Ich hatte mich nicht gerührt. Ligné riss die Augen auf, als hätte er plötzlich festgestellt, dass ich Bauchredner war. Dann ließ er die Kanone langsam Richtung Boden sinken. Er musste sich eingestehen, dass man ihn reingelegt hatte.

»Polizei«, sagte Inspektor Bailly, die Waffe in der Flosse. »Echte Polizei.«

Der Liftboy in seinem Käfig zuckte hilflos mit den Schultern, Ligné ließ seine Waffe fallen, und wir gingen zu Caretta rein.

Der Chef von France Navigation schien nicht überrascht, uns zu sehen, war eher verstimmt wegen der Dummheit seines Untergebenen.

»Was für ein Lärm!«, sagte er mit gespielter Entrüstung. »Was kann ich für Sie tun, Messieurs?«

»Uns den Ort nennen, an dem sich Maxime Collin versteckt«, antwortete Bailly.

Caretta strich sich über seine weiße Strähne.

»Inspektor, ich dachte, der Fall wäre Ihnen entzogen worden.«

»Den Mord an Rudolf Klement, da haben Sie Recht, Monsieur. Aber für die Morde an Pietro Lema und an Lucia Norma bin ich zuständig.«

»Lucia Norma?«

Mit einem Mal schien Carettas ganzer Hochmut dahin. Bailly klärte ihn auf. Als er fertig war, sackte Caretta in sich zusammen. Mir schien es, als sähe ich ihn wieder am Grab von Samuel Korb. Er wies Ligné an, den Raum zu verlassen, und öffnete die Grappaflasche.

»Da haben Sie wohl schon wieder einen Freund verloren«, sagte ich, während er die Gläser füllte. Dabei fiel ein Tropfen Alkohol auf den Schreibtisch. Carettas Blick zeigte, dass ich für ihn in etwa so interessant war wie sein Papierkorb.

»Was wissen Sie schon?«, fragte er.

»Mehr als Sie glauben. Gino, Pietro, Samuel und Maxime, die kenne ich, glaube ich, inzwischen ganz gut.«

Caretta korkte die Flasche wieder zu. Ich fuhr fort:

»Vier Freunde, die das Elend aus allen Ecken Europas hierher trieb, und die sich eine neue Sippe suchten, eine Partei. Die Partei der Unterdrückten im wahrsten Sinne des Wortes und des gelobten Landes. Eine Familie, die sie zu besseren Menschen erzog, die die Welt verändern sollten. Nur Gutes und Gerechtes sollten sie tun, ein neuer Typ Mensch. Und all das musste vor den Feinden beschützt werden. Denn Feinde gibt es in Hülle und Fülle! Sogar unter den Genossen. Das sind die allerschlimmsten: Verräter. Zumindest nennt man sie so, wenn man sie ans Messer liefert…«

Caretta erbleichte. »Hören Sie auf!«

»Und, wie viele Verräter haben Sie fallen lassen, die alles gegeben hatten, so wie Pietro?«

Er schlug mit der Faust auf den Tisch. »Sie haben überhaupt keine Ahnung, wie unser Kampf aussieht! Einige von uns siechen in Kerkern dahin, andere sterben gerade, während Sie hier schwatzen … Denken Sie, Spanien hätte mit solchen Leuten wie Ihnen die geringste Chance zu überleben?«

Ich pfefferte mein Glas in die Ecke. »Und Lucia, welche Chance hatte die?«

Darauf wusste Caretta keine Antwort. Er begnügte sich damit, den Grappafleck zu fixieren. Bailly leerte sein Glas, stellte es auf den Schreibtisch und riss sich von seinem Sessel hoch.

»Monsieur, was Sie in Spanien am Köcheln haben, ist mir egal. Aber Ihr Freund Collin hat in meinem Revier erneut einen Mord begangen. Und diesmal, müssen Sie wissen, nimmt mir keiner diesen Fall weg.«

Caretta betrachtete immer noch den Grappa. Er wirkte benommener als nach einer Rede des Zentralkomitees. Bailly holte die Handschellen heraus. Der Chef von France Navigation blickte auf.

»Sie sind ja verrückt«, stellte er fest, als sei das offensichtlich. »Sie wissen doch genau, dass ich von Maximes Treiben seit seiner Rückkehr nach Frankreich keine Ahnung hatte.«

»Monsieur«, antwortete der Inspektor, »wenn Sie mir dann bitte folgen würden.«

Carettas Gesicht war weißer als seine weiße Strähne.

»Rue des Rondeaux 12«, brachte er kaum hörbar hervor.

Wir gingen zurück durch die Halle, verlegen schweigend, schlimmer, als wären wir bei der *Prawda*. Erst auf dem Trottoir draußen hatte ich das Gefühl, wieder durchatmen zu können: »Schließlich hat er seinen Kumpel also doch fallen lassen.«

»Es blieb ihm nichts anderes übrig, wenn er nicht zum Komplizen werden wollte. Das blutige Treiben von Collins Leuten hat ihn aufgerüttelt.«

»Was ist aus meinen Freunden geworden …?«

Bailly holte sein Zigarettenpapier raus. Er musterte mich, während ihm ein Papier an der Lippe klebte.

»Lassen wir das«, sagte ich. »Holen wir uns jetzt Maxime?«

Der Inspektor hatte seine Fluppe schließlich fertig gedreht. Er riss kleine, überstehende Tabakfäden ab, verstaute sie sorgfältig wieder in dem Päckchen und zündete seine Kippe an.

»Glauben Sie etwa, der Vogel ist im Nest?«, fragte er, während er den Rauch ausstieß.

»Meiner Meinung nach hat der sich abgesetzt.«

»Also?«

»Also dachte ich mir, dass man einen Journalisten schließlich nicht daran hindern kann, genug in Erfahrung zu bringen, um damit ordentlich Wellen zu schlagen.«

»Ein Journalist von *Paris-Soir*?«

»Zum Beispiel …«

Baillys Zigarette war ausgegangen. Er blieb stehen, um sie erneut anzuzünden.

»Ich weiß von gar nichts«, sagte er. »Ich schicke nur zwei Kerle los, die in der Rue des Rondeaux Stellung beziehen sollen. Ansonsten haben wir eine freie Presse.«

»Sie sind schon ein komischer Bulle.«

Seine Fluppe zog nicht. Er schnippte sie kurzerhand in die Gosse. Er sah ihr nach, wie sie dahintrieb und seufzte: »Das Problem mit Ihnen ist, dass Sie so voller Vorurteile stecken.«

Wir kamen zu seinem Auto. Er öffnete die Tür. »Soll ich Sie mitnehmen?«

»Wohin?«, fragte ich überrascht.

»Zur Beerdigung Ihrer Freundin Lucia. Mit dem Auto sind wir in einer Viertelstunde dort.« Sein Schlangengesicht zeigte keinerlei Regung.

In der Rue Curial wurden wir von einer großen Menschenmenge gestoppt. Corbeau bereitete Lucia ein königliches Begräbnis. Eines dieser Begräbnisse, an das man sich im Viertel noch Jahre später erinnern würde. Das ganze Viertel war da, vollzählig. Die Frauen mit Hut, die Männer hatten sich in ihre besten Anzüge gezwängt. Überall sah man feuchte Taschentücher, gerötete Augen, und aus den Blicken sprach eine solche Traurigkeit, dass man sich im Vergleich dazu ziemlich unbedeutend fühlte. Es war eine Art stille Messe, eine flüsternde Anteilnahme.

Kollegen von Corback hatten sich um den Trauermarsch gekümmert. Die vom Beerdigungsinstitut waren in vollem Ornat gekommen, um ihren Kollegen zu unterstützen, außerdem die Leute von der Music-Hall, eine ganze Kohorte von Zauberern, Fakiren und Illusionisten jeder Art. Das zusammen ergab ein merkwürdiges Publikum, eine ziemlich bunte, exotische Mischung. Ich traf dort Yvette wieder. Wir mussten unsere Ellbogen einsetzen, um in das Gebäude zu kommen. Mit den ganzen schwarzen Schleifen glich es einer makabren Bonbonniere. Es war alles Schwarz, bis hin zu den Fahnen, nur hier und da ein wenig Rot. Kein Genosse aus der Gegend, der nicht dem Aufruf gefolgt war. Hätten die Bullen ihre Netze auswerfen wollen, hätten sie sicher einen wunderbaren Fang gemacht. Aber die Bullen hielten sich an diesem Tag zurück. Bailly hatte hier das Sagen. Er stand in der Nähe des Sargs und streichelte die Pferde. Ich entdeckte Breton in der Menge, mit wehender Mähne, den Künstlerschal um den Hals geworfen. Ich ging zu ihm hinüber, als die Bestatter den Sarg heruntertrugen. Swami vorneweg, bahnten die Träger sich einen Weg bis zum Leichenwagen. Sie ließen die Kiste hinten draufgleiten, der Kutscher zog die Zügel an, und der Konvoi setzte sich in Bewegung. Er hatte noch einen ziemlichen Weg vor sich. Um ihn zu markieren, hatte Corbeau die Nacht damit zugebracht, die Mauern mit Lucias Porträt zu tapezieren. Mit ihrem Lächeln einer Mona Lisa der Barrikaden schien sie sich über uns lustig zu machen.

Bei Combat machte sich langsam die Müdigkeit bemerkbar. Yvette humpelte, was wohl an den neuen Schuhen lag, die sie unbedingt hatte anziehen wollen. Kurz vor Père-Lachaise hielt sie an, um sie zu dehnen. Unwillkürlich beobachtete ich die Rue des Rondeaux. Das Gebäude, in dem Maxime gelebt hatte, war so schmal, als hätte der Architekt es zwischen zwei nebeneinanderstehende Häuser geklebt. Im Erdgeschoss und im ersten Stock befand sich ein Fahrradhändler, dessen Schild »Zum drehenden Rad« ins Auge fiel. Im zweiten konnte man nur eine Wohnung erkennen.

»So geht es besser!«

Yvette hatte ihre Schuhe wieder angezogen. Wir gingen weiter. In diesem Moment zeichnete sich eine Silhouette hinter dem Fenster ab. Ich suchte Bailly in der Menge. Um ihn zu finden, lief ich schnell am Trauerzug entlang und riss durch mein Hin- und Hergerenne Corbeau aus seinen Gedanken.

»Was ist los?«, knurrte er, die Augen voller Tränen.

Bailly kam an. Ich zeigte ihm das Fenster.

»Da ist jemand bei Maxime, ist das einer von Ihren Bullen?«

»Sicher nicht, die haben sich unten versteckt.«

»Versteckt oder schlafen sie?«

Corback hatte kapiert, was los war. Mit einem Satz war er auf die Kutsche gesprungen. Er schubste den Kutscher beiseite und ergriff die Zügel. Man hörte die Peitsche knallen, er gab den überraschten Pferden die Sporen. Erst trabten sie nur ein bisschen, aber nachdem sie warm geworden waren, versuchten sie es auch mal mit einem kleinen Galopp, und Corbeau schrie: »Hüa!«

Der Sarg zog schneller an unseren Augen vorbei als die Geisterbahn im Luna Park.

»Nosferatu!«, murmelte Breton leichenblass.

Im Lärm der trappelnden Hufe verschwand die hin- und herschwankende Kutsche. Wer schnell war, versuchte ihr zu folgen, Bailly und Breton vorneweg. Die Passanten, an denen wir vorbeikamen, zogen schnell den Hut vom Kopf. Als sie uns so dahinjagen sahen, schwenkten einige ihren Hut wie in der Zielgeraden des Grand Prix in Auteuil. Weit vorne hörte man Corbeau schreien: »Hüa!«

Völlig außer Atem erreichten wir die Rue des Rondeaux. Unten vor dem Haus beruhigte der Kutscher seine zitternden Gäule. Ein Zivilbulle kam verdutzt zu uns rüber.

»Chef? Ich habe gerade auf der Wache angerufen, um zu berichten, dass sich ein Individuum in der Wohnung des Verdächtigen befindet, als ein Verrückter aus einem Sarg sprang…«

Wir stürmten die Treppe hoch. In der ersten Etage fiel er uns vor die Füße. Wie ein Haufen Fleisch, den jemand schwungvoll fortgeworfen hatte, purzelte der Kerl hinunter bis vor den Laden des Fahrradhändlers. Sein Kopf prallte an jeder Stufe zurück, dann regte er sich nicht mehr.

Ich näherte mich ihm. In seinem zerrissenen Alpaka-Anzug wirkte der Mann nicht gerade elegant. Ein Blutstropfen lief von seinen graumelierten Haaren über seine von aufgeplatzten Äderchen geröteten Wangen.

»Kennen Sie den?«, fragte Bailly, während Corbeau die Treppe herunterkam.

Ich hob den blutigen Kopf an: »Darf ich vorstellen: Beaupréau!«

XXXIV

Nach dem Spektakel gestern war es heute in Maximes Bude still wie in einem Grab. Vom Fenster, das zum Père-Lachaise hinausging, sah ich, wie unterhalb des Fensters ein Totengräber gerade ein frisch ausgehobenes Grab abstützte. Diese Tätigkeit schien das einzige Lebenszeichen weit und breit.

Nachdem die Bullen die zwei Zimmer genau unter die Lupe genommen hatten, hatten sie irgendetwas vor sich hin genuschelt und waren gegangen. Nicht so Peillon. Der Reporter von *Paris-Soir*, der auf einer Ecke des Tisches saß, hatte eine Menge Informationen bekommen. Die verdaute er jetzt erst mal, während er sich bei einem Picon entspannte, den er in der Anrichte aufgetrieben hatte.

»Und Sie haben Kontrollen an den Bahnhöfen eingerichtet?«

Bailly warf seine Kippe in den Ausguss.

»Bahnhöfe und Häfen. Jetzt haben Sie alles, was Sie brauchen, also machen Sie was draus.«

»Darauf können Sie sich verlassen.«

»Sie arbeiten aber ohne Netz«, sagte ich, während ich die Nase ans Fenster drückte.

Der Journalist schien überrascht. »Was befürchten Sie denn?«

»Einige Ihrer Kollegen werden sich nicht zu schade sein, jetzt die Jagd auf alles zu eröffnen, was auch nur den Anschein von rot hat. Das bietet sich doch an, wo ein Mord den nächsten jagt.«

»Ich kann Ihnen nicht folgen.«

»Ich dachte an die Brüder Rosselli.«

»Ihre Mörder sind doch hinter Schloss und Riegel, oder?«

»Die Zeiten ändern sich schnell. Sie sollten aus diesem Anlass mal bei Moro-Giafferi vorbeischauen.«

»Moro?«

»Berufen Sie sich auf mich.«

»Sie sind eine echte Fundgrube!«

Aus einem Fenster nebenan drang Musik herüber. Die Art von Musik, bei der selbst ein Legionär zur Salzsäule erstarrt und ins Träumen kommt.

»Ganz schön süffig«, kommentierte Bailly, während er sich einen Picon eingoss.

Peillon lachte. »Sicher, das ist die erste Suite für Violoncello von Bach. Casals zog es vor, Spanien zu verlassen, statt sie für Franco zu spielen.«

Wir stießen auf Johann Sebastian an, kippten den Rest herunter und stiegen dann schweigend die Treppe hinab.

Auf dem Trottoir bot eine Straßenhändlerin Vogelfutter an.

»Keine Sorge«, sagte Peillon, während er sich eine Zigarette anzündete. »Der Artikel im *Paris-Soir* wird eine angemessene Antwort geben.«

»Sein Wille geschehe.«

Er lächelte: »Aus Ihrem Mund klingt das witzig.«

Dann entfernte er sich Richtung Metro, die Fluppe im Schnabel.

»Soll ich Sie irgendwo absetzen?«, fragte Bailly, während er die Autotür öffnete.

Ich setzte mich hinein: »Vorsicht, das könnte sonst noch zur Gewohnheit werden.«

»Wenn ich es mir genau überlege, könnte es wirklich Schlimmeres geben.«

Wir fuhren schweigend los, im Duft der Blüten, den der Wind durch die heruntergekurbelten Fenster wehte. In der Avenue Simon Bolivar hielt Bailly unten vor der Agentur an.

»Wir sind da«, sagte er fast bedauernd.

Wir drückten uns die Hand, er gab meine nicht gleich wieder frei.

»Wiedersehen, Pipette.«

Mit einem Mal schien die Vergangenheit mich anzuspringen, Handschellen an den Handgelenken. Ich prallte zurück.

»Wie haben Sie mich genannt?«

»Nun spielen Sie nicht den Dummen«, sagte er. »Lassen Sie sich lieber mal neue Papiere machen, Ihre sind einfach zu schlecht gefälscht.«

»Seit wann wissen Sie das?«

»Seit das Einwohnermeldeamt mich informiert hat, dass es Sie nicht gibt. Ich habe lange überlegt, warum Collin sich ausgerechnet Sie ausgesucht hat. Aber mit Ihrer Gummi-Identität waren Sie ja wirklich der ideale Schuldige. Das sah ›Beaupréau‹ offenbar genauso. Das ist vielleicht nur ein Grund gewesen, aber wer weiß, was noch alles ans Licht kommt.«

Er zog die Tür zu und fuhr los. Er war schon seit Ewigkeiten weg, da stand ich immer noch auf dem Trottoir wie ein Ölgötze.

Ich löste mich aus meiner Erstarrung. Auf der Türschwelle erklärte Gopian gerade einem betrunkenen Fahrradfahrer, dass sein Laden geschlossen war.

»Und der?«, fragte der Typ, als ich reinging.

»Der gehört zur Familie«, antwortete Gopian. »Hier findet eine Trauerfeier statt.«

Der Mann entschuldigte sich. Er schwang sich auf sein Rad und strampelte zur nächsten Kneipe.

Im Restaurant traf ich auf Yvette. Sie hing an Bretons Lippen, der ihr etwas über Amour fou erzählte, aber die leere Flasche Raki auf dem Tresen ließ darauf schließen, dass nicht nur seine Worte sie so trunken gemacht hatten.

Gopian hatte seinen schönsten Tisch gedeckt. Mit einer übertrieben wirkenden Tischdecke, sorgfältig gefalteten Servietten und blank poliertem Besteck. Messer und Gabel am richtigen Platz. Normalerweise pfiff man ja hier auf Regeln. Aber zum Abschied eines Freundes riss man sich eher ein Bein aus, als ihm etwas schuldig zu bleiben. Ich betrachtete das alles, und dachte, wie meine arme Mutter sich damit abgeplagt hatte, ihrem Jungen alles Mögliche beizubringen, damit der nicht vom rechten Weg abkam. So eine Trauerfeier hat einen bittersüßen Beigeschmack, und es bleibt einem schnell das Lachen im Halse stecken. Gopian überprüfte seinen Tisch, guckte, ob noch irgendetwas fehlte. Ich legte ihm den Arm um die Schulter.

»Perfekt, Corbeau wird das zu schätzen wissen.«

Corbeau tauchte so gegen sieben Uhr auf. Man spürte sofort, wie der Verlust auf ihm lastete. Es drückte ihn derart nieder, dass nicht viel gefehlt hätte, und ich hätte ihn am Kreuz vor mir gesehen. Leiden kann schon ganz schön fies sein.

Wir versuchten alle, ihm durch unsere Blicke mitzuteilen, wie sehr wir mit ihm fühlten. Ich dachte an die Signale, die Lucia in ihrer Nummer entschlüsselt hatte, und fragte mich, ob es Corback gelingen würde, nicht ständig an sie zu denken. Erst in diesem Moment bemerkte ich die Vase unter seinem Arm. Er stellte sie auf den Tresen, und ich betete, dass nur niemand auf die Idee käme, Wasser hineinzufüllen. Lucias Asche sollte bitte nicht verwässert werden!

Corbeau fing meinen Blick auf. »Sie begleitet mich«, sagte er.

Yvette setzte ihre Brille ab und riss die Augen auf. Ich versuchte am Tisch ein Ablenkungsmanöver.

»Und wann geht die Reise los?«

»Übermorgen. Lebœuf erwartet uns in Barcelona ... Nicht, dass du es bereust, Nes? Es ist noch ein Platz frei.«

Ich zog Yvettes Stuhl zu mir heran: »Ich habe hier noch was zu erledigen.«

Breton war völlig fasziniert von der Urne und schwieg. Als wir uns an den Tisch setzten, betrachtete er den roten Schatten des Weins, der über das Tischtuch tanzte. Er schüttelte seine Mähne und sagte:

»Auf die Lippen des Reisenden legte sich das ruhige Lächeln des Bestatters.«

Gopian ließ mit lautem Rattern das Eisenrollo herunter.

XXXV

Am nächsten Morgen herrschte strahlender Sonnenschein über Belleville. Die Bäume, die Wäsche, die aus den Fenstern hing, sogar der abgewetzte Rasen vor den Sozialbauten bekamen dadurch südliches Flair. Das Wasser, das durch die Gosse floss, klang auf einmal wie ein plätschernder Springbrunnen, und die Fenster, die hier und da offen standen, blitzten in der Sonne.

Vor Audes Haus kamen drei Bengel mit aufgeschlagenen Knien von der Böschung herunter und zogen eine Seifenkiste auf Rädern hinter sich her. Sie sangen aus vollem Halse irgendetwas, wo es abwechselnd um irgendwelche Jammerlappen und um Holzbeine ging.

Auf dem Weg sagte ich mir immer wieder alle möglichen Floskeln auf, eine klang hohler als die andere. Nun, da ich angekommen war, hatte ich sie alle vergessen. Ich dachte mir, dass das auch egal war. Irgendwie hatte ich so eine Ahnung, dass Aude es mittlerweile wusste. Es musste nur noch jemand kommen, um es ihr zu sagen, und dieser Jemand war ich.

Ich betrat das Haus. An der Wand im Treppenhaus sah ich wieder die blauen Herzen, durch die ein Pfeil ging. Auf Audes Etage hatte Salpeter die Zeichnung endgültig zerstört. Ich klopfte. Drinnen hörte man leichte Schritte auf den Dielen. Irgendwo zwitscherte ein Zeisig in seinem Käfig. Draußen hörte ich die Kinder singen:

»Am besten läuft man so wie wir, setzt einen Fuß vor den anderen und beginnt wieder von vorn.«

EPILOG

Pietro Lemas Leiche wurde nie gefunden.

Der Mord an Camillo Berneri ist bis heute nicht aufgeklärt.

Die Umstände, unter denen Andrés Nin starb, wurden erst 1992 nach der Öffnung der Archive des KGB enthüllt. Albert Camus schrieb 1954: »Sein Tod markiert einen Wendepunkt in der Tragödie des 20. Jahrhunderts, das das Jahrhundert der betrogenen Revolution ist.«

Vor dem Château de Couterne in der Basse-Normandie kann man folgende Inschrift lesen:

»Für Carlo und Nello Rosselli, die hier für die Gerechtigkeit und die Freiheit fielen, ermordet von der Cagoule im Auftrag des faschistischen italienischen Regimes am 9. Juni 1937.«

ANMERKUNGEN UND GLOSSAR

Der Spanische Bürgerkrieg

Am 16. Februar 1936 gewann die Frente Popular (Volksfront), ein Bündnis aus Sozialisten, Republikanern, liberalen Katalanen, der stalinistischen PCE und der linkskommunistischen Partido Obrero de Unificación Marxista (POUM), die Wahlen in Spanien. Als Reaktion darauf putschte ein Teil der Armee unter General Franco gegen die Regierung.

Der Putsch löste eine soziale Revolution aus, in vielen Regionen bildeten sich Volkskomitees und Milizen, um die franquistischen Truppen zu bekämpfen. Weite Bereiche der Wirtschaft wurden sozialisiert.

Im August/September 1936 unterzeichneten 27 Nationen einen Nichteinmischungspakt, mit dem sie sich verpflichteten, nicht in den Konflikt einzugreifen. Italien und Deutschland unterstützten General Franco.

Die Putschisten gewannen in der Folge immer mehr an Boden. Im republikanischen Lager brachen Konflikte aus zwischen denjenigen, die den Bürgerkrieg nutzen wollten, um gleichzeitig eine soziale Revolution durchzuführen, und denen, die dafür plädierten, zunächst den Sieg gegen die Faschisten zu erringen.

Ab Oktober 1936 bot die UdSSR, obwohl sie den Nichteinmischungspakt unterschrieben hatte, der republikanischen Regierung Hilfe an (Waffenlieferungen, das Entsenden militärischer Berater usw.). Diese Unterstützung führte zu einem Erstarken der Kommunistischen Partei Spaniens, die nach und nach immer größeren Einfluss gewann. Parallel dazu rief die Kommunistische Internationale dazu auf, die Gegner der sowjetischen Linie auszuschalten.

Schließlich kam es im Mai 1937 in Katalonien zu blutigen Auseinandersetzungen, als kommunistische Armee-Einheiten und Zivilgardisten die Anarchisten und Anhänger der antistalinistischen POUM angriffen.

Währenddessen setzte Franco seine Offensive fort. Am 14. April 1938 wurde das Gebiet der Republikaner von den vorwärtsdrängenden faschistischen Truppen in zwei Teile geteilt. Am 23. Dezember marschierten die Franquisten in Katalonien ein. Barcelona fiel am

26. Januar 1939, Madrid am 3. März, und damit begann eine Welle des Terrors und der Repression.

* * *

Alhambra = Musikhalle im 11. Arrondissement in Paris an der Rue de Malte 50, eröffnet 1866 unter dem Namen »Cirque-Impérial«, geschlossen 1967, 1936 trug der Musikpalast den Namen »Théâtre du peuple et de la République«.

A Paris dans chaque Faubourg = Chanson von René Clair (Text) und Maurice Jaubert (Musik), 1933 geschrieben für den Film *Quatorze Juillet*, gesungen von Lys Gauty (Alice Gauthier, 1908–1994).

Arletty (Léonie Bathiat, 1898–1992) = Stenotypistin, Mannequin und Revuetänzerin, ab 1930 populäre Filmschauspielerin, unter anderem in *Hotel du Nord* (1938) und *Le jour se lève* (1939).

Auriol, Vincent (1884–1966) = sozialistischer Politiker, während der Volksfront-Regierung Finanz- und Justizminister.

Ay Carmela = Revolutionshymne der spanischen Anarchisten während des Bürgerkriegs, ursprünglich 1808 anlässlich des spanischen Unabhängigkeitskriegs gegen die napoleonische Eroberung geschrieben.

Berneri, Camillo (1887–1937) = Professor der Philosophie und bedeutender Vertreter der italienischen anarchistischen Bewegung, kämpfte im Spanischen Bürgerkrieg auf Seiten der Republikaner, wandte sich gegen eine Regierungsbeteiligung der Anarchosyndikalisten, wurde während der blutigen Auseinandersetzungen im Mai 1937 in Barcelona umgebracht.

Berry, Jules (Marie Louis Jules Paufichet, 1883–1951) = Schauspieler und Regisseur.

Blum, Léon (1872–1950) = Jurist, Schriftsteller und Politiker, erster sozialistischer Premierminister Frankreichs und führender Kopf der Front populaire (Volksfront) ab 1935.

Bonnot-Bande = anarchistische Illegalisten, die auf der Basis der Theorie der »individuellen Wiederaneignung« 1911–1912 in Frankreich und Belgien operierten und als erste Banküberfälle mit Automobilen ausführten.

Chat huant = Waldkauz (Vogel) – »Nachteule«, Name für ein Lokal.

Chéri-Bibi = zu Unrecht als Verbrecher angeklagter Held einer Serie melodramatischer Kriminalromane von Gaston Leroux (1868–

1927), die zwischen 1913 und 1925 in der Tageszeitung *Le Matin* abgedruckt wurden.

CNT = Confederación National del Tabajo, spanische anarchosyndikalistische Gewerkschaft, neben der sozialistischen UGT wichtigste Arbeiterorganisation. Die CNT hatte zur Zeit des Spanischen Bürgerkriegs zwei Millionen Mitglieder und kämpfte als Bewegung des freiheitlichen Sozialismus gegen den diktatorischen Anspruch der Kommunisten. Die CNT unterstützte die Volksfront-Regierung und stellte sogar einige Minister, was intern zu heftigen Diskussionen führte, weil viele Mitglieder der Ansicht waren, eine Regierungsbeteiligung widerspräche den anarchistischen Prinzipien.

Courteline, Georges (1858–1929) = französischer Romancier und Dramaturg, der in seinen Satiren das Militär und das Beamtentum karikierte. *Les Gaietés (Gaîtés) de l'escadron*: hier eine Revue, wurde 1932 von Maurice Tourneur verfilmt, mit Raimu, Jean Gabin und Fernandel in den Hauptrollen.

»Du gris que l'on prend dans ces doigts« = Refrainzeile eines Chansons mit dem Titel »Du gris« aus dem Jahr 1920 (gesungen von Berthe Sylva, Text von E. Dumont, Musik von F. L. Benech), das sich um das Laster des Rauchens dreht, von »gris«, einem speziellen, grob geschnittenen Tabak.

Feuerkreuz (Croix-de-feu) = Organisation nationalistisch eingestellter Kriegsveteranen von 1927–1936, ging nach ihrer Auflösung aufgrund eines Gesetzes der Volksfront-Regierung gegen private Kampfgruppen und Milizen in der faschistischen *Parti social français* auf.

Georgius (Georges Auguste Charles Guibourg, 1891–1970) = Chansonnier und Komödiant, auch Schriftsteller und Szenarist, in den 20er und 30er Jahren als Liederkomponist und Sänger sehr populär.

Giustizia e libertà = italienische antifaschistische Organisation, von 1929 bis 1945 aktiv. Gegründet von Carlo Rosselli, Emilio Lussu, Alberto Tarchiani und Ernesto Rossi, vereinte sie ein breites politisches Spektrum von liberalen, sozialdemokratischen, sozialistischen, kommunistischen und anarchistischen Aktivisten.

Guitry, Sacha (Alexandre Pierre Georges Guitry, 1885–1957) = Schauspieler, Dramatiker, Filmregisseur.

Internationale Brigaden = Freiwilligenverbände, durchsetzt von stalinistischen Geheimagenten, die auf Seiten der spanischen Republik gegen Franco kämpften, rekrutiert und ausgebildet von der Kommunistischen Internationale und unter dem Diktat Stalins auch gegen linkssozialistische, »trotzkistische« und anarchistische Gruppen und Aktivisten eingesetzt. Die Interbrigaden hatten bis zu 40 000 Kämpfer, die aus 70 Ländern kamen, und wurden im Spätsommer 1938 aufgelöst.

Je cherche après Titine = Chanson von Leo Daniderff (Text von Louis Mauban und Marcel Bertal) aus dem Jahr 1917, dt.: *Ich suche nach Titine*, Titine ist die Verniedlichung weiblicher französischer Namen wie Martine oder Clémentine.

Kolonnen und Milizen = Freiwilligenverbände verschiedener politischer und gewerkschaftlicher Gruppierungen, die gegen Franco kämpften. Die erste Kolonne wurde von dem einflussreichen anarchistischen Revolutionär Buenaventura Durruti und dem Republikaner Pérez Faras gebildet. Ende 1936 gab es bis zu 40 000 Milizionäre, die 450 Kilometer Frontlinie hielten. In den Reihen der Milizen von CNT und POUM kämpften zahlreiche Ausländer.

La Cagoule = (Cagoule auch: Strumpfmaske) Kurzbezeichnung für den rechtsextremen Geheimbund »Organisation secrète d'action révolutionnaire nationale«, die sich später in »Comité secret d'action révolutionnaire« umbenannte, zwischen 1935 und 1937 aktiv war und mit terroristischen Methoden gegen die Volksfrontregierung vorging.

Lacenaire, Pierre-François (1800–1836) = französischer Dichter, Verbrecher und Mörder, im Film *Die Kinder des Olymp* (1943–45) von Marcel Carné und Jacques Prévert als »Dieb aus Not und Mörder aus Passion« porträtiert.

Landru = (Henri Désiré Landru, 1869–1922), Serienmörder, der während des Ersten Weltkriegs elf Personen, davon zehn Frauen, die er über Heiratsanzeigen kennenlernte, umgebracht hat.

Leclerc, Ginette (Geneviève Lucie Menut, 1912–1992) = französische Schauspielerin, zunächst Postkartenmodell, seit den 1930er Jahren am Theater und beim Film.

Les Pardaillan = Roman-Serie im »Mantel und Degen«-Genre des französischen Schriftstellers und Anarchisten Michel Zévaco (1860–1918).

Méliès, Georges (1861–1938) = Filmpionier, drehte über 500 Filme, darunter die berühmte *Voyage dans la lune* (*Die Reise zum Mond*, 1902, nach Jules Verne), den ersten Science-Fiction-Film.

Nin, Andrés (1892–1937) = Lehrer, Journalist und ehemaliger Sekretär der CNT, Mitbegründer und Generalsekretär der POUM. Lebte einige Jahre in der UdSSR und wurde als Gegner Stalins 1930 ausgewiesen. Eine Weile stand er Trotzki nahe, mit dem er sich schließlich überwarf. Während der blutigen Auseinandersetzungen im Juni 1937 in Barcelona wurde er von Agenten des sowjetischen Geheimdienstes, der immer mehr Einfluss auf die politischen Ereignisse nahm, entführt, gefoltert und ermordet.

Oktober-Gruppe (Groupe Octobre) = proletarische Agitprop-Theatergruppe, für die der Schriftsteller Jacques Prévert (1900–1977) zwischen 1932 und 1936 Stücke verfasste.

Où sont tous mes amants = Chanson von Fréhel (Marguerite Boulc'h, 1891–1951), die Mitte der 20er Jahre nach längerem Auslandsaufenthalt ein grandioses Comeback hatte und bis in die 30er Jahre sehr populär war.

Parti Populaire Français = Faschistische Partei (1936–45), gegründet von Jacques Doriot (1898–1945), der ein Frankreich nach dem Vorbild von Mussolinis Italien oder Hitlers Deutschland errichten wollte.

Péret, Benjamin (1899–1959) = surrealistischer Schriftsteller, kämpfte 1936/37 im Spanischen Bürgerkrieg, zunächst mit den Kommunisten, dann mit den Anarchisten der Kolonne Durruti.

Piaf, Edith (Édith Giovanna Gassion, 1915–1963) = »der Spatz (frz. piaf) von Paris«, berühmte Chansonsängerin, nahm 1935 ihre erste Schallplatte auf.

POUM = Partido Obrero de Unificación Marxista (Arbeiterpartei der Marxistischen Einheit), wurde 1935 als revolutionäre marxistische Partei gegründet. Kämpfte zusammen mit den Anarchisten und Anarchosyndikalisten im Bürgerkrieg für die sofortige Durchführung der sozialen Revolution. In den Milizen der POUM kämpften internationale Aktivisten aus verschiedenen linkssozialistischen und linkskommunistischen Gruppen. Von Stalin und seiner GPU brutal bekämpft, wurde die Führung der Partei im Juni 1937 verhaftet und in der Nähe von Madrid interniert.

Rebatet, Lucien (1903–1972) = Journalist und Schriftsteller, Antisemit und Anhänger des Faschismus. Schrieb für die antidemokratische, rechtsradikale Zeitschrift *Je suis partout*.

Romance, Viviane (Pauline Arlette Ortmans, 1909–1991) = französische Schauspielerin, trat als Tänzerin im Moulin Rouge auf, wurde 1928 zur Miss Paris gewählt, ab 1931 im Filmgeschäft, 1936 sehr populär durch den Film *La belle équipe* mit Jean Gabin.

Rosselli, Carlo (1899–1937) = liberal und demokratisch gesinnter italienischer Sozialist, Gründer der Bewegung »Giustizia e libertà«. Ging nach Mussolinis Machtergreifung ins französische Exil. Als Befürworter des bewaffneten Widerstands gegen den Faschismus organisierte er eine der ersten Freiwilligen-Kolonnen zur Unterstützung der spanischen Republik. Wurde zusammen mit seinem Bruder Nello (1900–1937) im Auftrag von Mussolini von Mitgliedern der Cagoule ermordet.

Simon, Michel (1895–1975) = Schauspieler, Urgestein des klassischen französischen Kinos, arbeitete mit Regisseuren wie Marcel Carné (*Ein sonderbarer Fall, Hafen im Nebel*), Jean Vigo (*Atalante*) und Jean Renoir (*Boudu – aus dem Wasser gerettet*).

Soudy, André (1892–1913) = Mitglied der Bonnot-Bande, Spitzname »Pas de chance« (Pechvogel), ehemaliger Fleischerlehrling, an Tuberkulose und Syphilis erkrankt, zum Tode verurteilt und guillotiniert.

Soutine, Chaim (1893–1943) = französischer Maler jüdisch-litauischer Abstammung, beeinflusst von Cézanne und van Gogh, gefördert von Modigliani.

Temps des cerises (»Kirschenzeit«) = Chanson, geschrieben von Jean-Baptiste Clément (1866), mit Musik von Antoine Renard (1868). Das Lied wird mit der Pariser Kommune (1871) assoziiert, weil es einer Krankenschwester gewidmet wurde, die während der »Blutwoche«, als die Regierungstruppen die Aufständischen abschlachteten, die Kämpfer auf den Barrikaden versorgte.

»Und die Schmetterlinge begannen zu singen« = Collage von Max Ernst aus dem Jahr 1929, Vorlage für eine Illustration zu dem Collage-Roman *La femme 100 têtes*.

Ventura, Ray (1908–1979) = französischer Jazzmusiker, Orchesterchef und Verfasser von bekannten Chansons, zum Beispiel *Tout va très bien, Madame la Marquise*.

Viseur, Gus (Joseph Gustave Viseur, 1915–1974) = belgischer Akkordeonist, spielte Zigeunerjazz, Musette und Chansons, musizierte mit Django Reinhardt, begleitete Edith Piaf und Jean Gabin.

Zay, Jean (1904–1944) = Mitglied der (linksliberalen) Radikalen Partei, unter Léon Blum Minister für Bildung und Kultur, später von der Vichy-Regierung verhaftet und umgebracht.